Alain-Fournier · Der große Meaulnes

Alain-Fournier

Der große Meaulnes

Roman

Übersetzt und mit einem Nachwort
von Peter Schunck

Philipp Reclam jun. Stuttgart

Der Übersetzung liegt die Ausgabe zugrunde:
Alain-Fournier: Le Grand Meaulnes.
Paris: Fayard, 1971.

Universal-Bibliothek Nr. 9304

Satz: Wilhelm Röck, Weinsberg
Druck und Bindung: Reclam, Ditzingen. Printed in Germany 1994

ISBN 3-15-009304-X

Der große Meaulnes

Für meine Schwester Isabelle

ERSTER TEIL

Erstes Kapitel

Der Pensionsschüler

Er kam in unser Haus an einem Sonntag im November 189...

Ich sage immer noch »unser Haus«, auch wenn es uns nicht mehr gehört. Wir haben den Ort vor bald fünfzehn Jahren verlassen und werden sicherlich niemals mehr dorthin zurückkehren.

Wir wohnten in den Gebäuden des *Cours supérieur* von Sainte-Agathe. Mein Vater, den ich wie die anderen Schüler Monsieur Seurel nannte, leitete sowohl den Cours supérieur, in dem man sich auf die Volksschullehrerprüfung vorbereitete, als auch den Cours moyen. Meine Mutter unterrichtete die untere Klasse.

Das langgestreckte rote Haus mit fünf Glastüren unter wildem Wein lag am äußersten Ende des Ortes; der sehr große Hof mit Überdachungen und Wäscherei hatte vorn zum Dorf hin ein großes Portal; auf der Nordseite führte eine kleine Gitterpforte auf die Straße zu dem drei Kilometer entfernten Bahnhof; nach Süden erstreckten sich Felder, Gärten und Wiesen bis hin zu den ersten Häusern... Das ist in groben Zügen der Plan des Hauses, in dem ich die bewegtesten und schönsten Tage meines Lebens verbracht habe – des Hauses, von dem unsere

Abenteuer ausgingen und zu dem sie zurückkehrten, um sich an ihm zu brechen wie die Wogen an einem einsamen Felsen.

Der Zufall der »Versetzungen«, eine Entscheidung des Schulrats oder des Präfekten hatten uns hierher gebracht. Vor sehr langer Zeit hatte uns, meine Mutter und mich, gegen Ferienende ein Bauernwagen, der unserem Hausrat voranfuhr, vor der kleinen rostigen Pforte abgesetzt. Jungen, die im Garten Pfirsiche stahlen, hatten sich still und heimlich durch die Löcher in der Hecke davongemacht. Meine Mutter, die wir Millie nannten und die sicherlich die gründlichste Hausfrau war, die ich je gekannt habe, war unverzüglich in die Räume voll staubigen Strohs gegangen und hatte sofort, wie bei jedem Umzug, verzweifelt festgestellt, daß unsere Möbel niemals in einem so schlecht konstruierten Haus Platz finden würden. Sie war wieder herausgekommen, um mir ihre Sorgen mitzuteilen. Während sie sprach, wischte sie sanft mit dem Taschentuch über mein Kindergesicht, das von der Fahrt ganz schwarz geworden war. Sie war wieder hineingegangen, um die Öffnungen zu zählen, die geschlossen werden mußten, wollte man die Räume bewohnbar machen... Mit meinem großen, bebänderten Strohhut war ich auf dem Kies dieses fremden Hofes geblieben, wartete und ging herum um den Brunnen und unter dem Schuppen.

So wenigstens stelle ich mir heute unsere Ankunft vor. Denn sobald ich die Erinnerung an diesen ersten Abend des Wartens in unserem Hof von Sainte-Agathe wiederfinden möchte, kommen mir andere Augenblicke des Wartens in den Sinn: Ich sehe, wie ich beide Hände an die Stäbe des Portals halte und nach jemandem spähe, der die Hauptstraße herunterkommen wird. Und wenn ich versuche, mir die erste Nacht vorzustellen, die ich in meiner Mansarde mitten zwischen den Speicherräumen verbringen mußte, kommen mir sofort andere Nächte in den Sinn: Ich bin nicht allein in diesem Zimmer, ein großer, unruhiger und freundlicher Schatten streicht an den Wänden entlang und geht umher. Das ganze friedliche Bild – die Schule, das Feld des alten Martin mit seinen drei Nußbäumen, der Garten, in den alle Tage ab vier Uhr die Besucherinnen einfielen – ist in meiner Erinnerung für immer bewegt und verwandelt durch die Anwesenheit dessen, der unsere ganze Jugend durcheinanderbrachte und uns nicht einmal nach seiner Flucht in Ruhe ließ.

Wir wohnten allerdings schon zehn Jahre in diesem Ort, als Meaulnes kam.

Ich war fünfzehn Jahre alt. Es war ein kalter Sonntag im November, der erste Herbsttag, der an den Winter denken ließ. Den ganzen Tag über hatte Millie auf einen Wagen gewartet, der ihr einen Hut für die schlechte Jahreszeit bringen sollte. Am Morgen war sie nicht zur Messe gegangen, und bis zur Predigt saß ich im Chor mit den anderen Kindern und blickte unruhig nach der Seite des Glockenturms, um zu sehen, wie sie mit ihrem neuen Hut hereinkam.

Am Nachmittag mußte ich allein zur Vesper gehen.

»Im übrigen«, sagte sie zu mir, um mich zu trösten, wobei sie mit der Hand über meinen Kinderanzug strich, »selbst wenn dieser Hut gekommen wäre, hätte ich wahrscheinlich meinen Sonntag damit verbringen müssen, ihn anders herzurichten.«

Unsere Sonntage vergingen im Winter oft auf diese Weise: Am Morgen ging mein Vater weiter weg an das Ufer eines von Nebel bedeckten Teiches, um dort Hechte zu angeln; und meine Mutter zog sich bis zum Abend in ihr dunkles Zimmer zurück und besserte einfache

Kleidungsstücke aus. Sie schloß sich ein, weil sie befürchtete, daß eine befreundete Dame, die ebenso arm, aber auch ebenso stolz war wie sie, käme und sie überraschte. Und ich saß nach der Vesper in dem kalten Eßzimmer, las und wartete, daß sie die Tür öffnete und mir zeigte, wie ihr das Kleid stand.

An diesem Sonntag war ich noch nach der Vesper draußen geblieben, weil sich vor der Kirche etwas tat. In der Vorhalle hatten sich ein paar Jungen um eine Taufe versammelt. Auf dem Platz hatten mehrere Männer des Ortes in Feuerwehruniformen ihre Waffen in Pyramiden aufgestellt; sie froren und vertraten sich die Füße und lauschten dem Brigadier Boujardon, der in Verwirrung geriet mit der Theorie...

Die Taufglocken verstummten plötzlich, wie Festgeläut, das sich in Zeit und Ort getäuscht hat; mit umgehängter Waffe zogen Boujardon und seine Männer im Lauf die Spritze weg, und ich sah, wie sie, gefolgt von vier Jungen, die keinen Laut von sich gaben, um die nächste Ecke verschwanden und ihre groben Sohlen die kleinen Zweige auf der Straße zertraten, auf der ich ihnen nicht zu folgen wagte.

Im Ort gab es Leben nur noch im Café Daniel, aus dem ich gedämpft vernahm, wie die Diskussionen der Zecher anschwollen und sich wieder beruhigten. Ich ging an der niedrigen Mauer des großen Hofes entlang, die unser Haus von dem Dorf trennte, und gelangte, etwas ängstlich wegen der Verspätung, zu der kleinen Pforte.

Sie stand halb offen, und ich bemerkte sofort, daß etwas Ungewöhnliches vorging.

Tatsächlich stand an der Tür zum Eßzimmer – der nächstgelegenen der fünf Glastüren zum Hof hin – eine grauhaarige Frau, die sich niederbeugte und versuchte, durch die Vorhänge zu sehen. Sie war klein und trug einen altmodischen Kapotthut aus dunklem Samt. Sie hatte ein feines und schmales Gesicht, das von Sorgen gezeichnet war; und bei ihrem Anblick blieb ich aus einem unbestimmten Gefühl der Furcht heraus auf der ersten Stufe vor der Pforte stehen.

»Wohin ist er nur gegangen, mein Gott?« sagte sie halblaut. »Er war doch eben noch bei mir! Um das Haus ist er schon herumgegangen. Vielleicht ist er ausgerissen?...«

Und zwischen jedem Satz klopfte sie kaum vernehmlich dreimal an die Scheibe.

Niemand kam und machte der unbekannten Besucherin auf. Vermutlich hatte Millie ihren Hut vom Bahnhof bekommen und saß nun hinten im roten Zimmer vor einem Bett voll alter Bänder und schlaff hängender Federn, nähte, trennte auf und stellte ihren armseligen Hut wieder zusammen... Als ich, unmittelbar gefolgt von der Besucherin, ins Eßzimmer eintrat, erschien auch tatsächlich meine Mutter und hielt mit beiden Händen Messingfäden, Bänder und Federn auf dem Kopf fest, die noch nicht völlig im Gleichgewicht waren... Sie lächelte mir mit ihren blauen, von der Arbeit in der Dämmerung ermüdeten Augen zu und rief:

»Schau! Ich habe auf dich gewartet, um dir zu zeigen...«

Aber als sie die Frau in dem großen Sessel hinten im Saal bemerkte, hielt sie verwirrt inne. Sie setzte ganz schnell ihren Hut ab und hielt ihn während der ganzen folgenden Szene mit ihrem angewinkelten rechten Arm umgedreht wie ein Nest vor ihre Brust.

Die Frau mit dem Kapotthut hielt einen Regenschirm und eine Lederhandtasche zwischen ihren Knien; sie hatte begonnen, Erklärungen abzugeben, wobei sie den Kopf hin und her wiegte und mit der Zunge schnalzte wie eine Frau auf Besuch. Sie hatte ihre ganze Selbstsicherheit wiedergewonnen. Wenn sie von ihrem Sohn sprach, setzte sie sogar eine überlegene und geheimnisvolle Miene auf, die unsere Neugier weckte.

Sie waren beide im Wagen von La Ferté-d'Angillon gekommen, das vierzehn Kilometer von Sainte-Agathe entfernt lag. Verwitwet – und sehr wohlhabend, wie sie uns zu verstehen gab – hatte sie ihren jüngeren Sohn Antoine verloren, der eines Abends nach der Schule gestorben war, weil er mit seinem Bruder in einem verunreinigten Teich gebadet hatte. Sie hatte beschlossen, Augustin, den älteren, zu uns in Pension zu geben, damit er den Cours supérieur besuche.

Und sogleich fing sie an, den Pensionsgast zu loben, den sie uns brachte. Ich erkannte die grauhaarige Frau nicht mehr wieder, die ich vor gerade einer Minute gebeugt vor der Tür gesehen hatte mit der flehenden und verängstigten Miene einer Henne, die das wilde Küken ihrer Brut verloren glaubt.

Was sie voll Bewunderung von ihrem Sohn berichtete, klang sehr erstaunlich: Er machte ihr gern eine Freude und ging manchmal kilometerweit barfuß am Fluß entlang, um ihr Eier von Teichhühnern oder Wildenten zu bringen, die irgendwo im Stechginster lagen ... Er legte auch Reusen aus ... Vor kurzem hatte er nachts im Wald eine Fasanenhenne entdeckt, die sich in einer Schlinge gefangen hatte ...

Ich, der ich es nicht mehr wagte, nach Hause zurückzukehren, wenn an meinem Kittel etwas nicht in Ordnung war, sah Millie erstaunt an.

Aber meine Mutter hörte nicht mehr zu. Sie gab der Dame sogar ein Zeichen, still zu sein; sie legte ihr »Nest« vorsichtig auf den Tisch und stand leise auf, als wolle sie jemanden überraschen ...

Und tatsächlich hörte man jemanden über uns in einer Abstellkammer, wo sich das geschwärzte Feuerwerksgerät vom letzten Vierzehnten Juli stapelte, mit unbekanntem, festem Schritt hin und her gehen, daß die Decke zitterte. Er ging durch die unendlichen Speicherräume des ersten Stockwerks und verlor sich schließlich in den leeren Zimmern für die Hilfslehrer, in denen wir die Lindenblüten trockneten und die Äpfel reifen ließen.

»Ich habe dieses Geräusch schon eben in den unteren Räumen gehört«, sagte Millie halblaut, »und glaubte, du, François, seiest heimgekommen...«

Niemand antwortete. Wir standen alle drei mit klopfendem Herzen da, als die Speichertür, die zur Küchentreppe führte, aufging; es schritt jemand die Stufen hinunter, ging durch die Küche und erschien in dem dunklen Eingang zum Eßzimmer.

»Bist du es, Augustin?« fragte die Dame.

Es war ein großer Junge von etwa siebzehn Jahren. In der hereinbrechenden Dunkelheit sah ich von ihm zunächst nur seinen Filzhut bäuerlicher Art, den er nach hinten zurückgeschoben hatte, und seinen schwarzen Kittel, der von einem Gürtel zusammengehalten wurde, wie ihn die Schüler tragen. Ich konnte auch erkennen, daß er lächelte...

Er bemerkte mich, und bevor noch jemand eine Erklärung von ihm verlangen konnte, sagte er: »Kommst du mit in den Hof?«

Ich zögerte eine Sekunde, dann, als Millie mich nicht zurückhielt, nahm ich meine Mütze und ging zu ihm. Wir schritten durch die Küchentür in den überdachten Hof, wo es schon dunkel wurde. Beim Gehen betrachtete ich im letzten Tagesschimmer sein kantiges Gesicht mit der geraden Nase und dem Flaum auf den Lippen.

»Schau!« sagte er. »Das habe ich auf deinem Speicher gefunden. Hast du denn dort nie nachgesehen?«

Er hatte ein kleines Rad aus schwarz versengtem Holz in der Hand, um das außen eine Reihe zerfetzter Raketen lief. Das war wohl die Sonne oder der Mond vom Feuerwerk des letzten Vierzehnten Juli gewesen.

»Zwei davon sind nicht losgegangen. Wir können sie immer noch anzünden«, sagte er in ruhigem Ton und mit dem Ausdruck desjenigen, der später Besseres zu finden hofft.

Er warf seinen Hut auf die Erde, und ich bemerkte, daß er ganz kurz rasierte Haare trug wie ein Bauer. Er zeigte mir die beiden Raketen mit ihren Zündschnüren aus Papier, die die Flamme angesengt, geschwärzt und dann aufgegeben hatte. Er steckte die Nabe des Rades in den Sand, zog – zu meiner großen Überraschung, denn das war uns ausdrücklich untersagt – eine Streichholzschachtel aus der Tasche, bückte sich vorsichtig und zündete die Schnur an. Dann nahm er mich bei der Hand und riß mich schnell zurück.

Einen Augenblick später trat meine Mutter mit der Mutter von Meaulnes, nachdem der Pensionspreis ausgehandelt und festgelegt war, in die Tür; sie sah, wie mit dem fauchenden Geräusch eines Blasebalgs zwei Garben von roten und weißen Sternen unter dem Vordach aufsprühten, und konnte für den kurzen Augenblick einer Sekunde bemerken, wie ich aufgerichtet in dem magischen Licht stand, den großen, gerade angekommenen Jungen an der Hand hielt und keine Furcht zeigte.

Auch diesmal wagte sie nicht, etwas zu sagen.

Und beim Essen am Abend saß ein schweigsamer Geselle am Familientisch, der mit gesenktem Kopf aß und sich nicht um die Blicke kümmerte, die wir drei auf ihn warfen.

Zweites Kapitel

Nach vier Uhr

Bis zu dieser Zeit war ich kaum mit den Dorfjungen in den Straßen herumgelaufen. Eine Hüftgelenkstuberkulose, an der ich bis zu diesem Jahr 189... litt, hatte mich ängstlich und unglücklich gemacht. Ich sehe noch, wie ich, kläglich auf einem Bein hüpfend, den leichtfüßigen Schülern in den Gassen um das Haus nachlief.

Deshalb durfte ich nur selten nach draußen gehen. Und ich erinnere mich, daß Millie, die sehr stolz auf mich war, mich mehr als einmal mit ein paar Ohrfeigen ins Haus zurückholte, weil sie mich humpelnd mit den Lausbuben des Dorfes erwischt hatte.

Das Erscheinen von Augustin Meaulnes, das mit meiner Genesung zusammenfiel, war der Anfang eines neuen Lebens.

Bevor er kam, begann für mich um vier Uhr, nach dem Unterricht, ein langer, einsamer Abend. Mein Vater brachte das Feuer aus dem Ofen des Klassenraums zum Kamin unseres Eßzimmers; und nach und nach verließen die Jungen, die als letzte zurückgeblieben waren, die kalt gewordene Schule, durch die die Rauchschwaden zogen. Im Hof rannte man noch herum und spielte; dann wurde es Nacht; die beiden Schüler, die den Klassenraum gefegt hatten, holten ihre Umhänge und Kapuzen in dem Schuppen, nahmen ihren Korb und liefen ganz schnell weg. Das große Portal ließen sie offen...

Dann blieb ich noch bis zum letzten Tagesschimmer hinten im Rathaus im Archivraum eingeschlossen, der voll toter Fliegen war und wo die Anschläge in der Zugluft flatterten, saß in einem alten Schaukelstuhl und las an dem Fenster, das auf den Garten ging.

Wenn es Nacht war, wenn die Hunde des Nachbarhofes anfingen zu heulen und das Licht in unserer kleinen Küche anging, kehrte ich endlich nach Hause zurück. Meine Mutter hatte begonnen, das Abendessen vorzubereiten. Ich stieg die Speichertreppe drei Stufen hoch; ich setzte mich, ohne etwas zu sagen, lehnte den Kopf an die kalten Stäbe des Geländers und sah ihr zu, wie sie in ihrer engen Küche, in der ein Kerzenlicht flackerte, das Feuer anzündete.

Aber es ist jemand gekommen, der mich all diesen Freuden eines friedlichen Kindes entrissen hat. Jemand hat die Kerze ausgeblasen, die mir das sanfte, über das Abendessen gebeugte Antlitz meiner Mutter erhellte. Jemand hat die Lampe gelöscht, um die wir als eine glückliche Familie saßen, abends, wenn mein Vater die hölzernen Klappläden an den Glastüren eingehängt hatte. Und dieser Jemand war Augustin Meaulnes, den die anderen Schüler bald den großen Meaulnes nannten.

Seit er bei uns in Pension war, das heißt seit den ersten Dezembertagen, war die Schule abends nach vier Uhr nicht mehr leer und verlassen. Trotz der Kälte, die durch die Schwingtür hereindrang, trotz des Geschreis der putzenden Jungen mit ihren Wassereimern blieben immer noch etwa zwanzig große Schüler aus dem Ort und von der Umgebung nach dem Unterricht dicht gedrängt um Meaulnes in dem Klassenraum zurück. Und es kam zu langen Diskussionen und endlosen Streitgesprächen, in die ich mich eifrig und gern einmischte.

Meaulnes sagte nichts; aber seinetwegen kam es, daß ständig einer mit dem größten Mundwerk aus der Mitte der Gruppe hervortrat, der Reihe nach alle seine Kameraden, die laut zustimmten, zu Zeugen nahm und irgendeine lange Geschichte von Felddiebstahl erzählte, der alle anderen still lachend und mit offenem Munde lauschten.

Meaulnes saß auf einem Pult, baumelte mit den Beinen und dachte nach. Bei den guten Stellen lachte auch er, aber leise, als wollte er sein lautes Lachen für eine bessere Geschichte aufbewahren, die nur er kannte. Wenn es dann dunkel wurde und kein Licht mehr durch die Scheiben des Klassenraumes auf die unruhige Gruppe der jungen Burschen fiel, stand Meaulnes plötzlich auf, schritt durch den engen Kreis und rief:

»Los, gehen wir!«

Dann folgten ihm alle, und ihre Rufe waren bis in die dunkle Nacht oben im Ort zu hören...

Inzwischen ging ich mit ihnen. Mit Meaulnes gelangte ich zur Melkzeit bis an die Ställe am Ortsende... Wir betraten die Werkstätten, und von hinten aus der Dunkelheit sagte der Weber zwischen dem Klappern seines Webstuhls:

»Da kommen ja die Studenten!«

Im allgemeinen trafen wir uns um die Zeit des Abendessens ganz in der Nähe der Schule bei Desnoues, dem Wagenbauer, der auch Hufschmied war. Seine Werkstatt war ein ehemaliges Gasthaus mit großen Flügeltüren, die offen blieben. Von der Straße aus hörte man, wie der Blasebalg der Schmiede keuchte, und wir sahen an diesem dunklen und lärmerfüllten Ort im Schein der Glut manchmal Leute vom Land, die ihren Wagen abgestellt hatten, um ein wenig zu plaudern, ein andermal einen Schüler wie uns, der an dem Tor lehnte und schweigend zusah.

Und da, ungefähr acht Tage vor Weihnachten, hat alles angefangen.

Drittes Kapitel

»Ich besuchte oft die Werkstatt eines Korbmachers«

Den ganzen Tag über hatte es geregnet, und es hörte erst am Abend auf. Der Tag war tödlich langweilig gewesen. In den Pausen ging niemand hinaus. Und man hörte ständig, wie mein Vater, Monsieur Seurel, rief:

»Klappert doch nicht so mit den Holzschuhen, ihr Bengel!«

Nach der letzten Pause oder, wie wir sagten, nach der letzten »Viertelstunde« blieb Monsieur Seurel, der seit einer Weile in Gedanken versunken auf und ab gegangen war, stehen, schlug mit dem Lineal kräftig auf den Tisch, um das wirre Gemurmel gegen Schulschluß, wo man sich langweilt, zum Schweigen zu bringen, und fragte in die aufmerksame Stille:

»Wer möchte morgen mit François im Wagen zum Bahnhof fahren, um Monsieur und Madame Charpentier abzuholen?«

Das waren meine Großeltern: Großvater Charpentier, der Mann im weiten Burnus aus grauer Wolle, der alte pensionierte Förster mit seiner Mütze aus Kaninchenfell, die er sein Käppi nannte... Die kleinen Jungen kannten ihn gut. Um sich zu waschen, zog er jeden Morgen einen Eimer Wasser aus dem Brunnen hoch, in dem er nach Art alter Soldaten herumspritzte und ein wenig seinen Spitzbart abrieb. Die Arme auf dem Rücken verschränkt, sah ihm ein Kreis von Kindern mit respektvoller Neugierde zu... Und sie kannten auch Großmutter Charpentier, die kleine Bäuerin mit ihrem gestrickten Häubchen, weil Millie sie wenigstens einmal in die Klasse der Kleinsten mitnahm.

In jedem Jahr holten wir sie wenige Tage vor Weihnachten am Bahnhof von dem Zug um vier Uhr zwei ab. Um uns zu besuchen, waren sie durch das ganze Département gefahren, beladen mit Packen von Eßkastanien und Lebensmitteln für Weihnachten, die sie in Tücher eingewickelt hatten. Sobald beide, eingemummelt, lächelnd und etwas verlegen, die Schwelle des Hauses überschritten hatten, schlossen wir alle Türen hinter ihnen, und dann begann eine große Woche des Vergnügens...

Um den Wagen, der sie bringen sollte, zusammen mit mir zu lenken, brauchte man jemanden, der zuverlässig war und uns nicht in den Graben fuhr; und er mußte ziemlich gutmütig sein, denn Großvater Charpentier fluchte gerne und die Großmutter war etwas schwatzhaft.

Auf die Frage von Monsieur Seurel antworteten zehn Stimmen zugleich und schrieen:

»Der große Meaulnes! Der große Meaulnes!«

Aber Monsieur Seurel tat so, als hörte er nicht.

Da riefen sie:

»Fromentin!«

Andere meinten:

»Jasmin Delouche!«

Der jüngste der Roys, der auf seinem Schwein im schnellen Galopp über die Felder ritt, schrie mit durchdringender Stimme: »Ich! Ich!«

Dutremblay und Moucheboeuf begnügten sich damit, schüchtern die Hand zu heben.

Ich hätte es gerne gesehen, daß es Meaulnes würde. Die kleine Fahrt mit dem Eselswagen wäre so zu einem bedeutenderen Ereignis geworden. Auch er wünschte das, aber er zeigte nur ein verächtliches Schweigen. Alle großen Schüler hatten sich mit den Füßen auf der Bank rückwärts auf den Tisch gesetzt, so wie wir es immer machten in Augenblicken großer Entspannung und großen Vergnügens. Coffin hatte seinen Kittel hochgeschoben und um den Gürtel gerollt; er umschlang die eiserne Säule, die den Träger des Klassenraums stützte, und machte sich daran, vor lauter Fröhlichkeit an ihr hochzuklettern. Aber Monsieur Seurel dämpfte alle, indem er sagte:

»Also, Mouchebœuf wird es machen.«

Und jeder ging wieder schweigend auf seinen Platz zurück.

Um vier Uhr stand ich allein mit Meaulnes in dem großen, eiskalten, vom Regen ausgewaschenen Hof. Wir blickten beide, ohne etwas zu sagen, auf das von der Nässe glänzende Dorf, das der Sturm trocknete. Bald darauf trat der kleine Coffin aus dem Haus, mit der Kapuze über dem Kopf und einem Stück Brot in der Hand; er ging an den Mauern entlang und stellte sich pfeifend an das Tor des Wagenbauers. Meaulnes öffnete das Portal und rief ihn an; einen Augenblick später fanden wir drei uns hinten in der vom Feuer roten und warmen Werkstatt wieder, durch die plötzlich eiskalte Windstöße fuhren: Coffin und ich saßen bei der Esse und streckten die verdreckten Füße in die weißen Hobelspäne; Meaulnes hatte die Hände in den Hosentaschen und lehnte schweigsam an einem Flügel des Eingangstors. Hin und wieder ging eine Frau aus dem Dorf vorbei, die vom Metzger kam. Wegen des Windes hielt sie den Kopf gesenkt, und wir reckten den Hals, um zu sehen, wer es war.

Keiner sagte ein Wort. Der Schmied und sein Arbeiter – der eine fachte das Feuer an, der andere hämmerte das Eisen – warfen große, wilde Schatten auf die Wand…

Ich erinnere mich an diesen Abend als an einen der großen Abende meiner Jugend. Ich war von einer Mischung aus Freude und Angst erfüllt: Ich fürchtete nämlich, daß mein Gefährte mir das kleine Vergnügen der Fahrt zum Bahnhof nähme; und doch erwartete ich von ihm, ohne daß ich es mir einzugestehen wagte, ein außergewöhnliches Unternehmen, durch das alles anders würde.

Von Zeit zu Zeit hörte die ruhige und regelmäßige Arbeit in der Werkstatt auf. Der Schmied ließ seinen Hammer mit kurzen, harten, hellen Schlägen auf den Amboß fallen. Er prüfte das Eisenstück, an dem er arbeitete, indem er es näher an seinen Lederschurz heranzog. Und er hob den Kopf, um etwas zu verschnaufen und sagte zu uns:

»Na, ihr jungen Leute, wie steht's?«

Der Arbeiter behielt seine Hand oben an der Kette des Blasebalgs, stemmte die Faust in die Hüfte und blickte uns lachend an.

Dann nahmen sie wieder ihre Arbeit auf, der eine leise, der andere geräuschvoll.

Während einer dieser Pausen sahen wir durch die Flügeltür, wie Millie, fest in ein Tuch gehüllt und mit Päckchen beladen, im Sturm vorbeiging.

Der Schmied fragte:

»Wird Monsieur Charpentier bald kommen?«

»Morgen«, antwortete ich, »kommt er mit meiner Großmutter. Ich hole sie mit dem Wagen von dem Zug um vier Uhr zwei ab.«

»Mit Fromentins Wagen?«

Ich antwortete schnell:

»Nein, mit dem des alten Martin.«

»Ah so! Dann seid ihr nicht so bald zurück!«

Und beide fingen an zu lachen. Der Arbeiter, um auch einmal etwas zu sagen, bemerkte bedächtig:

»Mit der Stute von Fromentin hätte man sie in Vierzon abholen können. Der Zug hat dort eine Stunde Aufenthalt. Es sind fünfzehn Kilometer bis dorthin. Ihr wärt zurück, bevor der Esel von Martin angeschirrt ist.«

»Das«, sagte der andere, »das ist eine Stute, die läuft! ...«

»Und ich glaube schon, daß Fromentin sie ohne Schwierigkeit ausleihen würde.«

Hier brach das Gespräch ab. Die Werkstatt wurde wieder ein Ort voll Funken und Lärm, wo jeder seinen eigenen Gedanken nachging.

Als es aber Zeit war zu gehen und ich aufstand und dem großen Meaulnes ein Zeichen gab, bemerkte er mich zunächst nicht. Er lehnte mit gesenktem Kopf an dem Tor und schien sich mit dem eben Gesagten zu beschäftigen. Als ich ihn so sah, wie er, in Gedanken versunken, wie durch meilenweiten Nebel diese friedlich arbeitenden Männer betrachtete, mußte ich plötzlich an jenes Bild bei Robinson Crusoe denken, wo der junge Engländer zu sehen ist, wie er »oft die Werkstatt eines Korbmachers besucht« ...

Und ich habe später immer wieder daran gedacht.

Viertes Kapitel

Die Flucht

Am nächsten Tag, ein Uhr, liegt der Klassenraum des Cours supérieur hell mitten in der frostklaren Landschaft wie ein Schiff im Ozean. Es riecht zwar nicht nach Salzlake und Schmieröl wie auf einem Fischerboot, aber nach auf dem Ofen gebratenen Heringen und nach der versengten Wolle jener Schüler, die sich nach der Pause zu nah am Ofen aufgewärmt haben.

Die Hefte für die Klassenarbeiten sind verteilt worden, denn das Jahresende rückt näher. Und während Monsieur Seurel den Text der Aufgaben an die Tafel schreibt, wird es nicht ganz ruhig: Man flüstert, kleine Ausrufe ertönen und Sätze, von denen man, um seinen Nachbarn zu erschrecken, nur die ersten Worte sagt:

»Monsieur! Der Sowieso hat mich...!«

Monsieur Seurel denkt an andere Dinge, während er seine Aufgaben anschreibt. Manchmal dreht er sich um und sieht alle streng und geistesabwesend an. Die dumpfe Unruhe hört für eine Sekunde auf und setzt dann, zunächst leise wie ein Surren, wieder ein.

Nur ich bin ruhig inmitten dieses Getuschels. Ich sitze nahe bei den großen Fenstern an einem der Tische für die Abteilung der jüngsten Schüler und muß mich nur etwas aufrichten, um den Garten, den Bach unten und dann die Felder zu sehen.

Von Zeit zu Zeit stelle ich mich auf die Zehenspitzen und blicke ängstlich zum Gehöft La Belle-Etoile hinüber. Schon zu Beginn der Stunde habe ich bemerkt, daß Meaulnes nach der Mittagspause nicht zurückgekommen war. Seinem Banknachbarn muß es wohl auch aufgefallen sein. Doch sobald er den Kopf hebt, wird die Neuigkeit durch die ganze Klasse gehen, und es wird wie üblich nicht ausbleiben, daß einer die ersten Worte des Satzes laut ausruft:

»Meaulnes! Meaulnes...«

Ich weiß, daß Meaulnes fort ist. Genauer gesagt, ich habe den Verdacht, daß er sich davongemacht hat. Gleich nach dem Mittagessen muß er über die kleine Mauer gesprungen und über die Felder und bei La Vieille-Planche über den Bach bis nach La Belle-Etoile gelaufen sein. Er hat sicher nach der Stute gefragt, um Monsieur und Madame Charpentier abzuholen. In diesem Augenblick läßt er anspannen.

La Belle-Etoile liegt jenseits des Baches auf dem gegenüberliegenden Abhang, ein großes Gut, das im Sommer von den Ulmen und Eichen im Hof und von den wilden Hecken verdeckt wird. Ein kleiner Weg führt auf der einen Seite zu der Straße nach dem Bahnhof, auf der anderen zu den ersten Häusern des Dorfes. Der mächtige Herrensitz ist umgeben von hohen Mauern, deren Widerlager im Mist stehen; im Juni wird er von dem Grün verdeckt, und man kann von der Schule aus nur am Abend das Rollen der Wagen und die Rufe der Kuhhirten hören. Aber heute kann ich durch die Fensterscheibe zwischen den kahlen Bäumen die hohe, schwach graue Mauer des Hofes, das Eingangstor und zwischen einzelnen Heckenteilen einen Streifen des vom Reif weißgefärbten Weges erkennen, der parallel zum Bach auf die Straße zum Bahnhof führt.

Noch bewegt sich nichts in dieser klaren Winterlandschaft. Noch hat sich nichts verändert.

Monsieur Seurel ist fast fertig damit, die zweite Aufgabe anzuschreiben. Er gibt gewöhnlich drei Aufgaben. Wenn er heute zufällig nur zwei gäbe ... Er würde dann gleich wieder aufs Katheder steigen und das Fehlen von Meaulnes bemerken. Er würde ihn von zwei Jungen im Dorf suchen lassen, die ihn bestimmt finden würden, bevor die Stute angespannt wäre ...

Nachdem er die zweite Aufgabe angeschrieben hat, läßt Monsieur Seurel für einen Moment seinen ermüdeten Arm sinken ...

Dann fängt er zu meiner großen Erleichterung eine neue Zeile an und sagt:

»Das hier jetzt ist ein reines Kinderspiel!«

... Zwei dünne schwarze Striche, die über die Mauer von La Belle-Etoile herausragten und die wohl die beiden aufrecht stehenden Arme der Deichsel eines Wagens sein mußten, sind verschwunden. Jetzt bin ich sicher, daß dort drüben Meaulnes' Abfahrt vorbereitet wird. Kopf und Brust der Stute erscheinen zwischen den beiden Pfeilern der Einfahrt, dann bleibt sie stehen, während man vermutlich hinten im Wagen eine zweite Sitzbank anbringt für die Reisenden, die Meaulnes abzuholen vorgibt. Schließlich rollt das ganze Gespann langsam aus dem Hof, verschwindet für einen Augenblick hinter der Hecke und taucht ebenso langsam am Ende des weißen Weges wieder auf, der zwischen zwei Stücken der Einfriedung zu erkennen ist. Jetzt erkenne ich in dieser dunklen Gestalt, die die Zügel hält und nach Art der Bauern einen Ellbogen lässig auf den Wagenrand stützt, meinen Kameraden Augustin Meaulnes.

Nach einem kurzen Augenblick verschwindet alles hinter der Hecke. Zwei Männer, die an der Einfahrt von La Belle-Etoile stehengeblieben sind und dem Wagen nachsehen, sprechen in wachsender Erregung miteinander. Einer der beiden entschließt sich endlich, führt die Hände trichterförmig an den Mund und ruft Meaulnes nach; dann läuft er ein paar Schritte auf dem Weg hinter ihm her ... Aber in diesem Augenblick, als der Wagen langsam auf der Straße zum Bahnhof ankommt und man ihn von dem kleinen Weg nicht mehr sehen kann, ändert Meaulnes plötzlich seine Haltung. Einen Fuß vorgesetzt und hochaufgerichtet wie ein römischer Wagenlenker, schüttelt er mit beiden Händen die Zügel; er treibt das Tier zu vollem Lauf an und verschwindet in einem Augenblick auf der anderen Seite der Anhöhe. Auf dem Weg hört der Mann, der ihm nachgerufen hatte, auf zu laufen; der andere rennt im Galopp durch die Felder und scheint zu uns zu kommen.

Wenige Minuten später, gerade in dem Moment, als Monsieur Seurel von der Tafel geht, sich die Kreide von den Händen reibt und drei Stimmen hinten im Klassenraum gleichzeitig schreien: »Monsieur, der große Meaulnes ist weg!«, ist der Mann mit dem blauen Kittel an der Tür und reißt sie weit auf. Er zieht seinen Hut und fragt noch auf der Schwelle:

»Entschuldigen Sie bitte, Monsieur, haben Sie diesen Schüler beauftragt, nach dem Wagen zu fragen, um Ihre Eltern in Vierzon abzuholen? Uns ist auf einmal der Verdacht gekommen...«

»Aber absolut nicht!« antwortet Monsieur Seurel.

Und sogleich setzt in der Klasse ein schreckliches Durcheinander ein. Die drei ersten, die beim Ausgang sitzen und gewöhnlich die Aufgabe haben, die Ziegen und Schweine mit Steinwürfen zu vertreiben, die in den Hof kommen und das Hellerkraut abfressen, sind zur Tür gestürzt. Nach dem lauten Getrampel ihrer eisenbeschlagenen Holzschuhe auf den Steinfliesen des Klassenraums hört man draußen den gedämpften Ton ihrer eiligen Schritte, die in den Sand eindringen und in der Kurve zur Straßenpforte ausrutschen. Der ganze Rest der Klasse hängt an den Fenstern zum Garten. Einige sind auf die Tische geklettert, um besser sehen zu können...

Aber es ist zu spät. Der große Meaulnes ist entflohen.

»Du fährst trotzdem mit Mouchebœuf zum Bahnhof«, sagte Monsieur Seurel zu mir. »Meaulnes kennt den Weg nach Vierzon nicht. Er wird sich an den Wegekreuzungen verfahren und nicht um drei Uhr am Bahnhof sein.«

Millie streckt den Kopf aus der Tür zum Klassenraum der Kleinen und fragt:

»Was ist denn hier los?«

Auf der Straße des Dorfes beginnen sich die Leute zu versammeln. Der Landmann steht noch immer unbeweglich da, hartnäckig, den Hut in der Hand, wie jemand, der nach Gerechtigkeit verlangt.

Fünftes Kapitel

Der Wagen kommt zurück

Als ich die Großeltern vom Bahnhof abgeholt hatte und sie nach dem Abendessen vor dem großen Kamin saßen und bis in alle Einzelheiten erzählten, was seit den letzten Ferien bei ihnen passiert war, bemerkte ich nach kurzer Zeit, daß ich ihnen gar nicht zuhörte.

Die kleine Pforte zum Hof lag ganz nahe bei der Eßzimmertür. Beim Öffnen quietschte sie. Gewöhnlich wartete ich während der langen Abende auf dem Land bei Einbruch der Dunkelheit insgeheim auf das Quietschen der Tür. Ihm folgte das Geräusch von Holzschuhen, die klapperten oder auf der Schwelle abgestreift wurden; manchmal war auch ein Flüstern von Leuten zu hören, die sich absprachen, bevor sie eintraten. Dann klopften sie an, und es erschienen ein Nachbar, die Lehrerinnen oder irgend jemand, der kam, um uns an den langen Abenden zu unterhalten.

An diesem Abend nun hatte ich nichts mehr von draußen zu erwarten, da alle, die ich liebte, in unserem Haus beisammen waren; und doch lauschte ich ständig auf alle Geräusche der Nacht und wartete darauf, daß die Tür aufging.

Der alte Großvater, struppig wie ein Schäfer aus der Gascogne, hatte beide Beine schwer vor sich gesetzt und hielt seinen Stock zwischen ihnen; er neigte seine Schulter zur Seite, um die Pfeife an seinem Schuh auszuklopfen. Mit seinen wäßrigen und gutmütigen Augen bestätigte er, was die Großmutter von ihrer Reise, von ihren Hühnern, von den Nachbarn und von den Bauern erzählte, die ihre Pacht noch nicht bezahlt hatten. Aber ich war mit meinen Gedanken nicht mehr bei ihren Geschichten.

Ich dachte an das Rollen eines Wagens, der plötzlich vor dem Tor hält. Meaulnes würde herunterspringen und hereinkommen, als wäre nichts geschehen... Oder vielleicht würde er auch zunächst die Stute nach La Belle-Etoile zurückbringen; und ich würde seine Tritte auf der Straße und das Öffnen der Pforte hören...

Aber nichts dergleichen geschah. Der Großvater blickte starr vor sich hin, und die Lider bedeckten lange seine Augen, als käme ihm der Schlaf. Die Großmutter wiederholte verlegen ihren letzten Satz, dem niemand zuhörte.

Schließlich fragte sie: »Macht ihr euch Sorgen wegen dieses Jungen?«

Am Bahnhof hatte ich sie nämlich ohne Erfolg ausgefragt. Beim Aufenthalt in Vierzon hatte sie niemanden gesehen, der dem großen Meaulnes ähnlich gewesen wäre. Mein Kamerad mußte sich unterwegs verspätet haben. Sein Unternehmen war gescheitert. Auf der Rückfahrt im Wagen war ich mit meiner Enttäuschung beschäftigt, während meine Großmutter mit Moucheboeuf plauderte. Auf der weiß bereiften Straße flogen die kleinen Vögel um die Hufe des dahintrottenden Esels. In der großen Stille des frostigen Nachmittags erscholl von Zeit zu Zeit der ferne Ruf einer Schäferin oder eines Jungen, der seinen Kameraden von einem Tannenwäldchen zum anderen etwas zurief. Und jedesmal erschauerte ich bei diesem langen Ruf über die verlassenen Hügel, als wäre es die Stimme von Meaulnes, der mich aufforderte, ihm in die Ferne zu folgen...

Während mir dies alles durch den Kopf ging, wurde es Zeit, ins Bett zu gehen. Mein Großvater war schon in das rote Zimmer, den Salon, gegangen, das, seit dem letzten Winter verschlossen, feucht und eiskalt war. Damit er sich darin einrichten konnte, waren die Schondeckchen aus Spitze für den Kopf schon von den Sesseln entfernt, die Teppiche aufgerollt und die zerbrechlichen Gegenstände weggestellt worden. Er hatte seinen Stock auf einen Stuhl gelegt und die Schuhe unter einen Sessel gestellt; sogleich danach hatte er seine Kerze gelöscht; wir standen noch da und sagten einander gute Nacht, als ein Wagengeräusch uns verstummen ließ.

Es klang so, als ob zwei Wagen in ganz langsamem Trab hintereinander heranfuhren. Sie wurden noch langsamer und hielten schließlich unter dem zugestellten Fenster des zur Straße hin liegenden Eßzimmers an.

Mein Vater hatte die Lampe genommen und öffnete, ohne zu zögern, die bereits verschlossene Tür. Dann machte er die Gartenpforte auf, trat an die oberste Stufe und hob das Licht über seinen Kopf, um zu sehen, was vorging.

Tatsächlich standen da zwei Wagen, das Pferd des hinteren Wagens war an dem vorderen angebunden. Ein Mann sprang herab und zögerte...

»Ist hier das Bürgermeisteramt?« fragte er und trat näher. »Können Sie mir sagen, wo Monsieur Fromentin, der Pächter von La Belle-Etoile, wohnt? Ich habe seine Stute mit dem Wagen gefunden, die ohne einen Menschen auf einem Weg nahe der Straße von Saint-Loup-des-Bois dahinzogen. Mit meinem Windlicht konnte ich auf dem Schild Namen und Adresse erkennen. Da es auf meinem Weg lag, habe ich sein Gespann hierher gebracht, damit kein Unglück geschieht, aber ich habe mich dadurch sehr verspätet.«

Wir standen ganz verblüfft da; mein Vater trat näher und beleuchtete den Wagen mit seiner Lampe.

»Von einem Reisenden fehlt jede Spur«, fuhr der Mann fort. »Nicht einmal eine Decke. Das Pferd ist erschöpft; es hinkt ein bißchen.«

Ich war näher herangetreten und betrachtete mit den anderen dieses verlorene Gespann, das da zu uns zurückkam wie ein Wrack, das die hohe See wieder ans Ufer gespült hat – das erste und vielleicht letzte Wrack von Meaulnes' Abenteuer.

»Wenn es bis zu Fromentin zu weit ist«, sagte der Mann, »lasse ich Ihnen den Wagen hier. Ich habe schon viel Zeit verloren, und bei mir zu Hause machen sie sich sicher Sorgen.«

Mein Vater war einverstanden. So konnten wir noch heute abend den Wagen nach La Belle-Etoile zurückbringen, ohne zu sagen, was geschehen war. Später könnten wir dann entscheiden, was wir den Leuten im Dorf sagen und was wir der Mutter von Meaulnes schreiben wollten ... Der Mann, der ein Glas Wein abgelehnt hatte, gab seinem Pferd die Peitsche.

Als wir schweigend ins Haus zurückgingen und mein Vater den Wagen zu dem Gutshof brachte, rief mein Großvater von hinten aus dem Zimmer, wo er die Kerze wieder angezündet hatte:

»Ist der Reisende zurückgekommen?«

Die Frauen verständigten sich in Sekundenschnelle mit einem Blick:

»Ja doch! Er war bei seiner Mutter. Schlaf nur und mach dir keine Sorgen!«

»Also um so besser! Das hatte ich mir gedacht«, sagte er.

Und befriedigt löschte er das Licht und drehte sich wieder zum Schlafen um.

Den Leuten des Dorfes gaben wir dieselbe Erklärung. Bei der Mutter des Flüchtlings wollten wir warten, bis wir ihr schrieben. Drei lange Tage behielten wir unsere Sorgen für uns. Ich sehe noch, wie mein Vater, den Schnurrbart feucht von der Nacht, von dem Gutshof zurückkehrte und leise, besorgt und verärgert mit Millie sprach...

Sechstes Kapitel

Es klopft einer ans Fenster

Der vierte Tag war einer der kältesten jenes Winters. Am frühen Morgen wärmten sich die Erstankömmlinge auf, indem sie um den Brunnen schlitterten. Sie warteten darauf, daß der Ofen in der Schule angeheizt würde, um dann schnell hineinzustürzen.

Hinter dem Portal warteten wir zu mehreren auf das Kommen der Jungen vom Land. Sie erschienen und waren noch ganz begeistert von ihrem Weg durch die Landschaft im Rauhreif, von den zugefrorenen Teichen und dem Dickicht, in das sich die Hasen flüchteten... In ihrer Kleidung war ein Geruch von Heu und Stall, der die Luft in dem Klassenraum verschlechterte, wenn sie sich um den rotglühenden Ofen drängten. An diesem Morgen hatte einer in einem Korb ein erfrorenes Eichhörnchen mitgebracht, das er auf dem Weg gefunden hatte. Ich erinnere mich noch, daß er versuchte, das längliche, steifgefrorene Tier mit den Krallen an dem Pfosten des Pausendachs aufzuhängen...

Dann begann der langweilige Unterricht des Winters...

Ein plötzliches Klopfen an der Scheibe ließ uns aufblicken. Wir sahen den großen Meaulnes an der Tür, der vor dem Eintritt den Reif von seinem Kittel abklopfte, erhobenen Hauptes und strahlend!

Die beiden Schüler, die der Tür am nächsten saßen, sprangen hin, um sie zu öffnen: An der Tür gab es noch ein undeutliches Gespräch, das wir nicht verstanden, und dann entschloß sich der Flüchtling endlich, in den Klassenraum einzutreten.

Der Schwall frischer Luft, der von dem verlassenen Hof hereindrang, die Strohhalme an der Kleidung des großen Meaulnes und vor allem sein Aussehen eines erschöpften, hungrigen, aber strahlenden Wanderers, all das erweckte in uns ein seltsames Gefühl von Freude und Neugier.

Monsieur Seurel war die zwei Stufen des kleinen Katheders herabgestiegen, von wo er uns gerade ein Diktat schreiben ließ, und Meaulnes ging mit einem herausfordernden Gesichtsausdruck auf ihn zu. Ich entsinne mich noch, wie schön ich ihn in diesem Augenblick fand, den großen Kameraden, trotz seines erschöpften Aussehens und seiner Augen, die vermutlich von den im Freien verbrachten Nächten gerötet waren.

Er ging bis zum Katheder und sagte in dem sicheren Ton dessen, der eine Auskunft erteilt:

»Ich bin zurückgekommen, Monsieur.«

»Das sehe ich«, antwortete Monsieur Seurel, der ihn neugierig betrachtete. »Gehen Sie auf Ihren Platz!«

Der junge Mann drehte sich zu uns um, den Rücken leicht gebeugt und spöttisch lächelnd, wie es die ungehorsamen großen Schüler zu tun pflegen, wenn sie bestraft werden; er ergriff mit einer Hand das Tischende und ließ sich auf seine Bank gleiten.

»Sie nehmen ein Buch, das ich Ihnen angebe, während Ihre Kameraden das Diktat zu Ende schreiben«, sagte der Lehrer, während alle Köpfe noch Meaulnes zugewandt waren.

Und der Unterricht ging weiter wie zuvor. Von Zeit zu Zeit drehte sich Meaulnes zu mir um, dann blickte er wieder durch die Fenster, wo man den weißverschneiten, stillen Garten und die öden Felder sah, auf denen sich manchmal ein Rabe niederließ. Im Klassenraum herrschte eine stickige Hitze um den rotglühenden Ofen. Mein Kamerad stützte den Kopf in seine Hände, um zu lesen; zweimal bemerkte ich, wie seine Lider sich schlossen, und ich glaubte, er würde einschlafen.

»Ich möchte schlafen gehen, Monsieur«, sagte er schließlich, während er den Arm halb anhob. »Ich habe drei Nächte lang nicht geschlafen.«

»Gehen Sie!« sagte Monsieur Seurel, der jedes Aufsehen vermeiden wollte.

Alle streckten wir die Köpfe und hielten die Federhalter hoch. Wir sahen ungern, wie er mit seinem hinten zerknitterten Kittel und seinen verdreckten Schuhen hinausging.

Wie langsam verstrich dieser Vormittag! Als es Mittag wurde, hörten wir aus der Mansarde oben, wie sich der Reisende anschickte herunterzukommen. Zum Essen traf ich ihn vor dem Feuer bei den erstaunten Großeltern. Als es zwölf Uhr schlug, strichen die großen und die kleinen Schüler, die auf dem verschneiten Hof verstreut gewesen waren, wie Schatten an der Glastür des Eßzimmers vorüber.

Von diesem Mittagessen habe ich nur die Erinnerung

an ein großes, betretenes Schweigen zurückbehalten. Alles war eisig: das Wachstuch ohne Tischdecke, der kalte Wein in den Gläsern, die roten Fliesen unter unseren Füßen... Um den Ausreißer nicht rebellisch zu machen, war beschlossen worden, ihm keine Fragen zu stellen. Und er benutzte diese Waffenruhe, um kein Wort zu sagen.

Nach dem Nachtisch konnten wir endlich auf den Hof hinauseilen. Der Schulhof am Nachmittag, wo der Schnee von den Holzschuhen weggetreten war ... der schwarz gewordene Hof, wo es durch das Tauwetter vom Dach tropfte ... der von Spielenden und Geschrei erfüllte Hof! Meaulnes und ich liefen an den Gebäuden entlang. Gleich ließen zwei oder drei unserer Freunde aus dem Dorf ihr Spiel und kamen unter Freudenschreien zu uns gelaufen, mit wehendem Schal, die Hände in den Taschen; der Matsch spritzte unter ihren Holzpantinen. Aber mein Kamerad lief schnell in den großen Klassenraum, ich folgte ihm, und er verschloß die Glastür gerade noch rechtzeitig vor dem Ansturm unserer Verfolger. Die Scheiben klirrten hell und heftig, die Pantinen klapperten auf der Schwelle; unter dem Druck verbog sich der Eisenstab, der die beiden Türflügel zusammenhielt. Aber schon hatte Meaulnes, auf die Gefahr hin, sich an dem zerbrochenen Ring des Schlüssels zu verletzen, diesen im Schloß umgedreht.

Ein solches Verhalten galt bei uns im allgemeinen als sehr gemein. Im Sommer liefen die so Ausgeschlossenen schnell in den Garten, und es gelang ihnen oft, durch ein Fenster hereinzuklettern, bevor alle geschlossen waren. Aber jetzt im Dezember war alles zu. Für eine Weile drückten sie noch von außen gegen die Tür und riefen uns Schimpfwörter zu, dann zogen sie mit hängendem Kopf ab und banden ihre Schals wieder fest.

In dem Klassenraum, wo es nach Kastanien und billigem Wein roch, waren nur zwei Schüler, die fegten und die Tische verrückten. Ich ging an den Ofen, um mich gemütlich aufzuwärmen, bis der Unterricht wieder begann, während Meaulnes in dem Katheder des Lehrers und in den Pulten herumsuchte. Bald entdeckte er einen kleinen Atlas, den er auf dem Podest, den Kopf in den Händen und mit den Ellenbogen auf den Tisch gestützt, eifrig studierte.

Ich wollte gerade zu ihm gehen, ihm die Hand auf die Schulter legen; zusammen wären wir auf der Karte dem Weg gefolgt, den er gemacht hatte, da flog plötzlich unter einem heftigen Druck die Tür zu der Klasse der kleinen Schüler weit auf, und mit Triumphgeschrei erschien Jasmin Delouche mit einem Jungen aus dem Dorf und drei weiteren vom Land. Ein Fenster der anderen Klasse war vermutlich schlecht geschlossen, und sie hatten es wohl aufgestoßen und waren hereingesprungen.

Obwohl ziemlich klein, war Jasmin Delouche einer der ältesten Schüler im Cours supérieur. Er war sehr eifersüchtig auf den großen Meaulnes, auch wenn er sich als seinen Freund ausgab. Vor der Ankunft unseres Pensionsgastes war Jasmin der Anführer in der Klasse gewesen. Sein Gesicht war bleich und ziemlich nichtssagend, und in den Haaren hatte er Pomade. Als einziger Sohn der Witwe Delouche, einer Gastwirtin, spielte er sich gerne als Mann auf; er pflegte mit dem anzugeben, was er von den Billardspielern und den Wermuttrinkern aufgeschnappt hatte.

Als er hereinkam, hob Meaulnes den Kopf, runzelte die Stirn und rief den Jungen, die sich um den Ofen drängelten, zu:

»Kann man denn hier nicht eine Minute seine Ruhe haben?«

»Wenn es dir nicht gefällt, hättest du bleiben sollen, wo du warst«, antwortete, ohne aufzublicken, Jasmin Delouche, der sich unter seinen Kameraden stark fühlte.

Ich denke, Augustin war in jenem Zustand der Übermüdung, in dem die Wut hochkommt, ohne daß man sie beherrschen kann.

»Du«, sagte er, richtete sich auf und schloß, etwas bleich geworden, sein Buch, »du wirst als erster hier verschwinden!«

Der andere lachte höhnisch und rief:

»Ach, weil du drei Tage abgehauen warst, glaubst du jetzt, du wärst hier der Chef!«

Und um die anderen in den Streit einzubeziehen, fuhr er fort:

»Du wirst uns hier nicht hinauswerfen, verstehst du?!«

Aber Meaulnes hatte sich schon auf ihn gestürzt. Es gab zunächst ein Gerempel, die Nähte an den Jackenärmeln krachten auf. Nur Martin, einer der Jungen vom Land, die mit Jasmin hereingekommen waren, trat dazwischen, schüttelte den Kopf wie ein Widder und sagte mit geblähten Nüstern: »Laß ihn los!«

Mit einem kräftigen Stoß warf ihn Meaulnes zurück, so daß er mit ausgebreiteten Armen ins Klassenzimmer taumelte; dann packte er mit der einen Hand Delouche am Hals, öffnete mit der anderen die Tür und versuchte, ihn hinauszuwerfen. Jasmin hielt sich an den Tischen fest und ließ seine eisenbeschlagenen Schuhe kreischend über die Fliesen schrammen, während Martin, der sein Gleichgewicht wiedergefunden hatte, wütend, mit vorgestrecktem Kopf und gemessenem Schritt herankam. Meaulnes ließ von Delouche ab, um sich mit diesem Dummkopf zu raufen, und er wäre vielleicht in eine schlechte Lage geraten, als die Tür zur Wohnung halb aufging. Monsieur Seurel erschien, den Kopf nach hinten zur Küche gewandt, um vor dem Eintreten noch ein Gespräch mit jemandem zu Ende zu führen...

Sofort hörte der Kampf auf. Diejenigen, die bis zuletzt noch nicht Partei ergriffen hatten, drängten sich mit gesenktem Kopf um den Ofen. Meaulnes setzte sich auf seinen Platz; seine Ärmel hatten oben die Form verloren und die Naht war aufgegangen. Bevor ein Schlag mit dem Lineal den Beginn des Unterrichts ankündigte, hörten wir noch, wie Jasmin mit hochrotem Kopf schrie:

»Er kann nichts mehr vertragen! Er spielt sich auf! Er denkt vielleicht, wir wüßten nicht, wo er gewesen ist!«

»Du Idiot! Ich weiß es ja selber nicht!« antwortete Meaulnes in die schon größer gewordene Stille hinein.

Er zuckte die Achseln, nahm den Kopf in die Hände und machte sich dann daran, seine Aufgaben zu lernen.

Siebtes Kapitel

Die seidene Weste

Wie ich erzählt habe, war unser Zimmer eine große Mansarde; halb Zimmer, halb Mansarde. Die anderen Räume für die Hilfslehrer hatten Fenster; ich kann nicht sagen, warum dieser Raum nur durch eine Dachluke erhellt wurde. Es war nicht möglich, die Tür, die am Boden schleifte, ganz zu schließen. Jedesmal, wenn wir am Abend hinaufgingen und mit der Hand die Kerze vor der starken Zugluft in dem großen Gemäuer schützten, versuchten wir, die Tür zuzumachen, und immer ohne Erfolg. Die ganze Nacht über spürten wir die Stille der drei Speicher um uns, die bis in unser Zimmer drang.

Hier fanden Augustin und ich uns am Abend jenes Wintertages wieder.

Während ich mich im Handumdrehen ausgezogen und die Kleider in einem Haufen auf den Stuhl am Kopfende geworfen hatte, fing mein Kamerad schweigend an, sich langsam zu entkleiden. Aus meinem Eisenbett, dessen Vorhänge aus Cretonne mit einem Weinrankenmuster bedruckt waren, sah ich ihm zu. Er setzte sich auf sein niedriges Bett ohne Vorhänge, dann erhob er sich und ging auf und ab, wobei er sich weiter auszog. Die Kerze, die er auf einen kleinen, von Zigeunern geflochtenen Weidentisch gestellt hatte, warf seinen unsteten, riesigen Schatten an die Wand.

Ganz im Gegensatz zu mir legte er seine Schülerkleidung zwar mit zerstreuter und bitterer Miene, aber sorgfältig zusammen. Ich sehe ihn noch, wie er seinen schweren Gürtel flach auf einen Stuhl legte und den sehr zerknitterten und beschmutzten schwarzen Kittel über die Lehne hängte; dann zog er eine Art dunkelblauen Paletot aus, den er unter dem Kittel trug, und beugte sich nieder, wobei er mir den Rücken zudrehte, um ihn auf dem Fußende seines Bettes auszubreiten... Aber als er sich wieder aufrichtete und sich mir zuwandte, bemerkte ich, daß er statt der kleinen Weste mit den Kupferknöpfen, die wir gewöhnlich unter dem Paletot trugen, eine merkwürdige, weit ausgeschnittene seidene Weste trug, die unten von einer engen Reihe Perlmuttknöpfe geschlossen wurde.

Es war ein entzückendes, reizvolles Kleidungsstück, wie es wohl die jungen Männer getragen hatten, die mit unseren Großmüttern um achtzehnhundertdreißig tanzten.

In diesem Augenblick erinnere ich mich wieder an den großen Schüler vom Land, barhäuptig, denn er hatte die

Mütze sorgfältig auf die anderen Kleider gelegt, mit seinem so jungen, kühnen und doch schon so hartem Gesichtsausdruck. Er hatte wieder angefangen, im Zimmer auf und ab zu gehen, und machte sich daran, dieses geheimnisvolle Kleidungsstück eines Anzugs, der nicht ihm gehörte, aufzuknöpfen. Und es sah seltsam aus, wie er, in Hemdsärmeln, in seinen zu kurzen Hosen und den schmutzigen Schuhen die Hand auf diese Weste eines Marquis legte.

Kaum hatte er sie berührt, fiel er plötzlich aus seinen Träumen, drehte sich zu mir um und warf mir einen beunruhigten Blick zu. Ich hatte beinahe Lust zu lachen. Er lächelte zugleich mit mir, und sein Gesicht hellte sich auf.

»Oh, erzähl mir, was das ist!« sagte ich, mutig geworden, mit leiser Stimme. »Woher hast du das?«

Aber sogleich erlosch sein Lächeln. Er strich zweimal mit schwerer Hand über seine kurzgeschorenen Haare und zog dann ganz plötzlich, wie jemand, der einem Verlangen nicht widerstehen kann, über die feine Hemdkrause wieder seine Jacke, die er sorgfältig zuknöpfte, und seinen zerknitterten Kittel; dann blickte er mich eine Weile zögernd von der Seite an... Schließlich setzte er sich auf den Rand seines Bettes und zog die Schuhe aus, die laut auf den Boden fielen, dann legte er sich wie ein Soldat in Alarmbereitschaft völlig bekleidet auf sein Bett und blies die Kerze aus.

Gegen Mitternacht wachte ich plötzlich auf: Meaulnes stand mitten im Zimmer, hatte seine Mütze aufgesetzt und suchte etwas am Kleiderständer – einen Umhang, den er sich überwarf... Im Zimmer war es ganz dunkel. Nicht einmal der Widerschein des Schnees gab etwas Helligkeit. Ein eiskalter, schwarzer Wind fegte durch den toten Garten und über das Dach.

Ich richtete mich etwas auf und rief ihm ganz leise zu: »Meaulnes! Gehst du wieder weg?«

Er gab keine Antwort. Da sagte ich, ganz außer mir: »Ich gehe mit dir. Du mußt mich mitnehmen.«

Und ich sprang aus dem Bett.

Er kam zu mir, packte mich am Arm, zwang mich, mich auf die Bettkante zu setzen, und sagte:

»Ich kann dich nicht mitnehmen, François. Wenn ich den Weg genau wüßte, könntest du mitkommen. Aber ich muß ihn erst auf dem Plan finden, und das gelingt mir nicht.«

»Dann kannst du also auch nicht fortgehen?«

»Das stimmt, es ist ganz sinnlos...«, sagte er entmutigt. »Los, geh wieder ins Bett! Ich verspreche dir, daß ich nicht ohne dich weggehe.«

Und wieder ging er in dem Zimmer auf und ab. Ich wagte es nicht mehr, ihn anzusprechen. Er ging, blieb stehen, ging schneller weiter, wie jemand, der in seinem Geist etwas sucht oder Erinnerungen vorüberziehen läßt, sie einander gegenüberstellt, sie vergleicht, abwägt und plötzlich meint, etwas gefunden zu haben, dann aber von neuem den Faden verliert und wieder zu suchen anfängt...

Es war nicht die einzige Nacht, in der ich ihn, aufgeweckt vom Geräusch seiner Schritte, gegen ein Uhr nachts durch das Zimmer und die Speicher schreiten hörte – wie jene Seeleute, die es sich nicht abgewöhnen können, auf Wache zu ziehen, und die hinten auf ihren Besitzungen in der Bretagne zur vorgeschriebenen Zeit aufstehen und sich anziehen, um die Nacht des Festlands zu überwachen.

Zwei- oder dreimal im Januar und in der ersten Februarhälfte wurde ich so aus meinem Schlaf gerissen. Jedesmal stand der große Meaulnes ganz fertig da mit dem Umhang über der Schulter, bereit zu gehen; und jedesmal blieb er am Rande dieses geheimnisvollen Landes, in das er schon einmal geflüchtet war, stehen und zögerte. In dem Augenblick, da er die Treppentür aufklinken und durch die Küchentür, die er, ohne gehört zu werden, leicht hätte öffnen können, hinausgehen wollte, schreckte er noch einmal zurück... Während der langen Stunden um die Mitte der Nacht ging er fiebrig und gedankenverloren durch die leeren Speicherräume.

In einer Nacht um den 15. Februar weckte er mich schließlich, indem er mir sanft die Hand auf die Schulter legte.

Es war an diesem Tag ziemlich lebhaft zugegangen. Meaulnes, der an den Spielen seiner früheren Kameraden überhaupt nicht mehr teilnahm, war während der letzten Pause am Abend auf einer Bank sitzen geblieben; er war gänzlich damit beschäftigt, einen geheimnisvollen kleinen Plan anzufertigen, indem er mit dem Finger auf einer Karte des Département Cher entlangfuhr und lange Berechnungen anstellte. Zwischen dem Hof und dem Klassenraum herrschte ein ständiges Kommen und Gehen. Die Holzschuhe klapperten. Die Schüler jagten von Tisch zu Tisch und überquerten Bänke und Podest in einem Sprung... Sie wußten, daß es nicht ratsam war, sich Meaulnes zu nähern, wenn er so arbeitete; aber als die Pause länger dauerte, schlichen sich zwei oder drei Jungen aus dem Dorf wie zum Spiel auf Zehenspitzen näher und sahen ihm über die Schulter. Einer erdreistete sich sogar, die anderen auf Meaulnes zu stoßen... Dieser schlug seinen Atlas heftig zu, steckte das Blatt Papier weg und ergriff den nächsten der drei Jungen, während die beiden anderen entkommen konnten.

...Es war der zänkische Giraudat; er jammerte los

und versuchte, mit dem Fuß zu treten. Als er von dem großen Meaulnes hinausgeworfen wurde, schrie er ihm voller Wut zu:

»Du Schuft! Ich wundere mich nicht, daß alle gegen dich sind und dich bekriegen wollen!...« Es folgte noch eine Flut von Schimpfworten, auf die wir antworteten, ohne ganz zu verstehen, was er hatte sagen wollen. Ich schrie am lautesten, denn ich hatte für Meaulnes Partei ergriffen. Zwischen uns gab es jetzt so etwas wie einen Pakt. Sein Versprechen, mich mitzunehmen und mir nicht wie alle anderen zu sagen, »ich könne nicht laufen«, hatte mich ein für allemal an ihn gebunden. Und ich dachte immer an seine geheimnisvolle Reise. Ich war überzeugt davon, daß er ein junges Mädchen getroffen hatte. Es war vermutlich unendlich viel schöner als alle Mädchen des Ortes, schöner als Jeanne, die man durch das Schlüsselloch im Garten der Nonnen sehen konnte, und schöner als Madeleine, die Tochter des Bäckers, die blond und ganz rosig war; und als Jenny, die Tochter der Schloßherrin, die wunderschön, aber verrückt war und deshalb immer eingeschlossen blieb. Sicherlich dachte er nachts wie der Held in einem Roman an ein junges Mädchen. Ich hatte beschlossen, offen mit ihm darüber zu sprechen, sobald er mich einmal wecken würde.

Es war schon nach vier Uhr am Abend nach diesem neuen Kampf, als wir beide die Gartengeräte, Hacken und Schaufeln wegräumten, die zum Ausheben von Löchern gedient hatten, und plötzlich von der Straße her Schreie hörten. Eine Schar Buben und größerer Jungen kam im Laufschritt in Viererkolonne heran; sie schwenkten herum wie eine perfekt eingeübte Kompanie und wurden von Delouche, Daniel, Giraudat und noch einem, den wir nicht kannten, angeführt. Sie hatten uns bemerkt und verhöhnten uns tüchtig. So stand also das ganze Dorf gegen uns, und sie bereiteten irgendein Kriegsspiel vor, von dem wir ausgeschlossen waren.

Ohne etwas zu sagen, stellte Meaulnes den Spaten und die Hacke, die er über der Schulter trug, im Schuppen ab...

Aber um Mitternacht spürte ich seine Hand auf dem Arm und fuhr aus dem Schlaf hoch.

»Steh auf«, sagte er, »wir gehen!«

»Kennst du jetzt den Weg bis zum Ende?«

»Ich kenne einen guten Teil, und den Rest müßten wir schon finden«, antwortete er mit zusammengebissenen Zähnen.

»Hör zu, Meaulnes«, sagte ich und setzte mich auf. »Hör zu: wir haben nur ein Ziel, nämlich am hellen Tag und mit deiner Karte den fehlenden Teil des Weges zu suchen.«

»Aber dieser Teil ist gerade sehr weit von hier entfernt!«

»Dann nehmen wir eben einen Wagen, im Sommer, wenn die Tage länger sind.«

Er schwieg lange, und das bedeutete, daß er einverstanden war.

Schließlich fuhr ich fort und sagte: »Da wir also zusammen versuchen wollen, das junge Mädchen wieder zu finden, das du liebst, sage mir, wer sie ist, erzähl mir von ihr!«

Er setzte sich ans Fußende meines Bettes. Im Halbdunkel erkannte ich seinen gesenkten Kopf, die verschränkten Arme und seine Knie. Dann holte er tief Luft wie jemand, dem lange etwas auf dem Herzen lag und der endlich sein Geheimnis preisgibt...

Achtes Kapitel

Das Abenteuer

An diesem Abend erzählte mir mein Kamerad nicht alles, was er unterwegs erlebt hatte. Und selbst als er sich in den Tagen der Verzweiflung, über die ich noch berichten werde, entschloß, mir alles anzuvertrauen, blieb das für lange Zeit das große Geheimnis unserer Jugend. Heute aber, da alles zu Ende ist und nichts mehr bleibt als Staub

von so viel Leid, von so viel Glück,

kann ich sein merkwürdiges Abenteuer erzählen.

. . . .

Bei diesem eisigen Wetter um halb zwei Uhr ließ Meaulnes sein Pferd auf der Straße nach Vierzon tüchtig laufen, denn er wußte, daß er nicht zu früh dran war. Um sich zu belustigen, dachte er anfangs nur an unser aller Erstaunen, wenn er um vier Uhr im Wagen mit Großvater und Großmutter Charpentier zurückkommen würde. Denn bis zu diesem Zeitpunkt hatte er sicherlich nichts anderes im Sinn.

Als ihn dann allmählich die Kälte durchdrang, wickelte er seine Beine in eine Decke, die er zunächst abgelehnt hatte und die ihm die Leute von La Belle-Etoile gegen seinen Willen doch in den Wagen gelegt hatten.

Um zwei Uhr kam er durch das Dorf La Motte. Während der Schulzeit war er noch nie durch einen kleinen Ort gekommen, und es amüsierte ihn, wie verlassen und verschlafen er war. Nur hier und da wurde eine Gardine geöffnet, und das neugierige Gesicht einer älteren Frau erschien.

Gleich hinter dem Schulhaus am Ortsausgang von La

Motte stand er zögernd vor zwei Straßen, und er meinte sich zu erinnern, daß er sich links halten müsse, um nach Vierzon zu gelangen. Niemand war da, um ihm Auskunft zu geben. So ließ er die Stute auf der jetzt schmaleren und schlecht gepflasterten Straße wieder antraben. Er fuhr eine Zeitlang an einem Tannenwald entlang und begegnete schließlich einem Fuhrmann, den er, indem er die Hände zum Sprachrohr formte, fragte, ob das wirklich die Straße nach Vierzon wäre. Die Stute zog an den Zügeln und lief weiter, und der Mann verstand wohl nicht die Frage; er rief etwas und machte eine undeutliche Handbewegung, und so fuhr Meaulnes auf gut Glück weiter.

Wieder war um ihn nichts als das weite vereiste Land ohne jede Unebenheit und Abwechslung; nur hie und da flog eine von dem Wagen aufgeschreckte Elster hoch und ließ sich etwas weiter entfernt auf einer abgebrochenen Ulme nieder. Der Reisende hatte sich seine große Decke wie einen Umhang um die Schultern gelegt. Mit ausgestreckten Beinen und gestützt auf die eine Seite des Wagens, mußte er wohl längere Zeit geschlummert haben...

...Als die Kälte durch die Decke drang, wurde Meaulnes wieder wach und bemerkte, daß sich die Landschaft verändert hatte. Da waren nicht mehr jene weiten Horizonte, dieser hohe, weiße Himmel, in dem sich der Blick verlor, sondern kleine, noch immer grüne Wiesen mit hohen Einfriedungen. Rechts und links floß in den Straßengräben das Wasser unter einer Eisschicht. Alles wies darauf hin, daß er sich einem Fluß näherte. Und die Straße zwischen den hohen Hecken war nur noch ein schmaler, ausgefahrener Weg.

Seit einem kurzen Augenblick trabte die Stute nicht mehr. Meaulnes wollte sie mit einem Peitschenschlag antreiben, aber sie ging nur ganz langsam im Schritt weiter, und als der große Schüler sich mit den Händen vorn am Wagen abstützte und an der Seite hinuntersah, bemerkte er, daß sie mit einem Hinterhuf lahmte. Sofort sprang er, aufs äußerste beunruhigt, ab.

»Niemals werden wir rechtzeitig zum Zug in Vierzon sein«, sagte er halblaut.

Er wagte es nicht, sich die schlimmste Befürchtung einzugestehen, daß er sich nämlich im Weg getäuscht hatte und nicht mehr auf der Straße nach Vierzon war.

Er untersuchte lange den Huf des Tieres und konnte keine Spur einer Verletzung erkennen. Ängstlich hob die Stute das Bein, sobald Meaulnes es berühren wollte und scharrte den Boden mit ihrem schweren und ungeschickten Huf. Schließlich begriff er, daß sie nur einen Stein im Huf hatte. Als Bursche vom Land verstand er sich auf Tiere; er hockte sich nieder und versuchte, den rechten Huf mit der linken Hand zu packen und zwischen seine Knie zu legen, aber der Wagen behinderte ihn dabei. Zweimal machte sich die Stute frei und lief ein paar Meter weiter. Das Trittbrett schlug Meaulnes an den Kopf und das Rad verletzte ihn am Knie. Er hielt durch und wurde mit dem verängstigten Tier fertig, doch der Stein war so tief eingedrungen, daß Meaulnes sein Bauernmesser nehmen mußte, um ihn herauszuholen.

Als er nach getaner Arbeit, etwas benommen und ohne klaren Blick, endlich den Kopf hob, bemerkte er mit Erstaunen, daß die Nacht hereinbrach...

Jeder andere als Meaulnes wäre sofort umgekehrt. Das war der einzige Weg, um sich nicht noch weiter zu verirren. Er aber dachte, daß er jetzt schon sehr weit von La Motte entfernt war. Außerdem war es möglich, daß die Stute während seines Schlafs einen Nebenweg eingeschlagen hatte. Letzten Endes mußte dieser Weg doch auch zu einem Dorf führen... Zu allen diesen Überlegungen kam hinzu, daß der große Bursche, als er wieder auf das Trittbrett stieg und das Pferd schon ungeduldig am Zügel zerrte, in sich das verzweifelte Verlangen aufsteigen spürte, die Sache zu einem Ende zu bringen und trotz aller Hindernisse irgendwo hinzugelangen!

Er gab der Stute die Peitsche; sie machte einen Satz zur Seite und fiel wieder in schnellen Trab. Auf dem ausgewaschenen Weg war gerade noch Platz für den Wagen. Manchmal verfing sich ein dürrer Ast der Hecke in einem Rad und brach mit trockenem Krachen... Als es ganz dunkel war, wurde Meaulnes das Herz schwer und er mußte plötzlich an den Eßraum von Sainte-Agathe denken, wo wir in diesem Moment wohl alle versammelt waren. Dann packte ihn die Wut; Stolz erfüllte ihn und tiefe Freude, daß er auf diese Weise ausgerissen war, ohne es eigentlich zu wollen...

Neuntes Kapitel

Ein Halt

Plötzlich wurde die Stute langsamer, als wäre sie in der Dunkelheit mit dem Fuß an etwas gestoßen; Meaulnes sah, wie sie zweimal ihren Kopf senkte und wieder hob, dann blieb sie vollends stehen, ging mit den Nüstern nach unten, als würde sie etwas wittern. Um die Füße des Tieres war ein Geräusch wie von plätscherndem Wasser zu hören. Ein Bach versperrte den Weg. Im Sommer war hier wohl eine Furt, aber zu dieser Jahreszeit war die

Strömung so stark, daß sich kein Eis hatte bilden können und es gefährlich gewesen wäre weiterzufahren.

Meaulnes zog leicht an den Zügeln, um ein paar Schritte zurückzufahren, und richtete sich ganz erstaunt im Wagen auf. Er bemerkte in diesem Augenblick einen Lichtschimmer durch die Zweige. Es sah so aus, als wäre dieser nur durch zwei oder drei Wiesen von dem Weg getrennt...

Der Schüler stieg von dem Wagen, führte die Stute zurück und redete ihr zu, damit sie sich beruhige und nicht weiter erschrocken mit dem Kopf ausschlage:

»Nur Ruhe, alte Freundin! Jetzt ist es nicht mehr weit. Wir werden gleich wissen, wo wir hingelangt sind.«

Er stieß ein halb offenes Gattertor an einer Wiese, die am Wege lag, auf und führte sein Gespann hinein. Seine Füße sanken in dem weichen Gras ein. Der Wagen holperte ohne ein Geräusch. Er lehnte den Kopf an den des Pferdes und spürte seine Wärme und seinen harten Atemstoß... Er führte es bis zum Ende der Wiese und legte ihm die Decke über; dann bog er die Zweige der Hecke am Ende der Wiese auseinander und bemerkte wieder das Licht aus einem alleinstehenden Haus.

Er mußte aber noch über drei Wiesen gehen und über einen trügerischen kleinen Bach springen, in dem er fast mit beiden Füßen gelandet wäre... Nach einem letzten Sprung herab von einer Böschung gelangte er in den Hof eines ländlichen Anwesens. Ein Schwein grunzte in seinem Koben, und der Hund, der das Geräusch seiner Schritte auf dem gefrorenen Boden wahrnahm, begann heftig zu bellen.

Der Türladen stand offen, und das Licht, das Meaulnes bemerkt hatte, rührte von einem Reisigfeuer im Kamin her. Nur dieses Feuer spendete Licht. Eine ältere

Frau im Haus stand auf und ging ohne jedes Anzeichen von Furcht zur Tür. Genau in diesem Augenblick schlug die Uhr halb acht.

»Entschuldigen Sie, gute Frau«, sagte der große Bursche, »ich muß wohl in Ihr Chrysanthemenbeet getreten sein.«

Sie blieb mit einer Schale in der Hand stehen und sah ihn an.

»In unserem Hof ist es wirklich so dunkel«, sagte sie, »daß man nicht erkennt, wohin man seinen Fuß setzt.«

Sie schwiegen beide, und Meaulnes betrachtete die Wände des Zimmers, die wie in einem Wirtshaus mit illustrierten Zeitungen tapeziert waren, und den Tisch, auf dem ein Männerhut lag.

»Ist der Hausherr nicht da?« fragte er und setzte sich.

»Er kommt gleich«, antwortete die Frau, die Vertrauen gefaßt hatte. »Er holt Reisigholz.«

»Es ist nicht so, daß ich ihn brauche«, fuhr der junge Mann fort und zog seinen Stuhl näher zum Feuer. »Wir sind zu mehreren auf der Jagd, und ich bin gekommen, Sie um etwas Brot zu bitten.«

Der große Meaulnes wußte, daß man bei Leuten auf dem Land und insbesondere auf einem einsamen Hof mit großer Zurückhaltung, ja sogar mit diplomatischem Geschick sprechen muß und vor allem nie erkennen lassen darf, daß man nicht aus der Gegend ist.

»Brot?« sagte die Frau. »Wir können Ihnen kaum etwas geben. Der Bäcker, der sonst immer am Dienstag vorbeikommt, ist heute nicht erschienen.«

Augustin hatte einen Augenblick gehofft, in der Nähe eines Dorfes zu sein, und erschrak nun.

»Aus welchem Dorf kommt der Bäcker?«

»Aus Le Vieux-Nançay«, antwortete die Frau mit Verwunderung.

»Wie weit ist die genaue Entfernung von hier bis nach Le Vieux-Nançay?« fragte Meaulnes sehr beunruhigt.

»Die genaue Entfernung auf der Straße kann ich Ihnen nicht sagen, aber über die Abkürzung sind es dreieinhalb Meilen.«

Und sie begann zu berichten, daß ihre Tochter dort in Stellung sei, daß sie an jedem ersten Sonntag im Monat zu Fuß sie besuchen käme und daß ihre Herrschaften...

Aber Meaulnes war nun ganz durcheinander und unterbrach sie mit der Frage:

»Ist Le Vieux-Nançay das nächste Dorf von hier?«

»Nein, das ist Les Landes, fünf Kilometer entfernt. Aber dort sind keine Geschäfte und kein Bäcker. Nur an Sankt Martin findet alljährlich ein kleiner Jahrmarkt statt.«

Meaulnes hatte noch nie von Les Landes gehört. Es machte ihm beinahe Spaß zu sehen, wie weit er sich verirrt hatte. Aber die Frau, die gerade dabei war, die Schale über dem Ausguß zu spülen, wurde nun ihrerseits stutzig, drehte sich um und fragte ihn langsam, wobei sie ihm direkt in die Augen blickte:

»Sie kommen also gar nicht von hier?«

In diesem Augenblick erschien ein älterer Bauer in der Tür mit einem Bündel Holz unter dem Arm, das er auf den Fliesenboden warf. Sehr laut, als wäre er schwerhörig, erklärte die Frau ihm, was der junge Mann wünschte, und er sagte nur:

»Das ist nicht schwierig. Kommen Sie doch näher, Monsieur, Sie wärmen sich ja gar nicht auf.«

Wenig später saßen beide nahe beim Kamin, der Alte brach sein Holz, um es ins Feuer zu legen, und Meaulnes nahm eine Schale Milch mit Brot zu sich, die man ihm angeboten hatte. Unser Reisender war beglückt von dem

Gedanken, daß er sich nach allen Sorgen in diesem einfachen Haus befand; er glaubte, sein seltsames Abenteuer sei beendet, und er machte schon Pläne, wie er später mit Kameraden wiederkäme und die braven Leute besuchte. Er ahnte nicht, daß dies hier nur ein Halt war und daß er gleich wieder losziehen würde.

Er bat darum, daß man ihn wieder auf den Weg nach La Motte bringe. Und er berichtete, indem er der Wahrheit allmählich näher kam, daß er sich mit seinem Wagen von den anderen Jägern getrennt und dann völlig verirrt habe.

Da bestanden der Mann und die Frau so lange darauf, er möge doch über Nacht bleiben und erst am nächsten Tag wieder abfahren, daß Meaulnes schließlich das Angebot annahm und seine Stute suchen ging, um sie in den Stall zu bringen.

»Passen Sie auf die Löcher im Weg auf!« sagte der Mann zu ihm.

Meaulnes wagte es nicht zu gestehen, daß er nicht über den »Weg« gekommen war. Fast hätte er den braven Mann schon gebeten, ihn zu begleiten. Schon auf der Schwelle, zögerte er eine Sekunde, und er war so unentschlossen, daß er beinahe ins Taumeln geriet. Dann ging er auf den dunklen Hof hinaus.

Zehntes Kapitel

Der Schafstall

Um sich wieder zurechtzufinden, kletterte er die Böschung hoch, von der er herabgesprungen war.

Wie beim Hinweg mußte er sich langsam und mühselig einen Weg über Wassergräben, durch Pflanzen und Weidenhecken bahnen und suchte dann den Wagen am Ende der Wiese, wo er ihn stehengelassen hatte. Aber der Wagen war nicht mehr da... Unbewegt und mit pochenden Schläfen horchte er angespannt auf die nächtlichen Geräusche und glaubte in jedem Augenblick, er höre ganz in der Nähe das Zaumzeug des Pferdes. Aber nichts... Er ging die ganze Wiese ab; das Gatter war halb geöffnet, halb umgeworfen, als wäre das Rad eines Wagens darübergerollt. An dieser Stelle mußte sich die Stute davongemacht haben.

Beim Rückweg verwickelten sich nach wenigen Schritten seine Beine in der Decke, die vermutlich von der Stute heruntergeglitten war. Er schloß daraus, daß das Tier in diese Richtung davongelaufen war, und er begann zu rennen.

Er war nur von dem einen festen und verrückten Verlangen erfüllt, seinen Wagen wiederzufinden, und mit hochrotem Kopf, von diesem panischen Verlangen getrieben, das der Angst nahekam, rannte er... Manchmal stolperte er in den Wagenspuren. Wenn der Weg eine Biegung machte, fiel er bei der völligen Dunkelheit in die Hecken, und da er schon zu erschöpft war, um noch rechtzeitig anzuhalten, stürzte er mit vorgestreckten Armen in die Dornen, die seine Hände zerrissen, mit denen er die Augen schützte. Manchmal blieb er stehen, lauschte – und lief wieder weiter. Einmal glaubte er, das Geräusch eines Wagens zu hören, aber es war nur ein Karren, der sehr weit links auf einer Straße dahinholperte...

Schließlich bereitete ihm sein Knie, das er sich an dem Trittbrett verletzt hatte, derartige Schmerzen, daß er mit steifem Bein stehenbleiben mußte. Da überlegte er, daß er die Stute, wenn sie nicht in vollem Galopp davongelaufen war, schon längst eingeholt hätte. Er sagte sich auch, daß ein Wagen auf diese Weise nicht verlorengeht und daß ihn schon jemand finden würde. Schließlich schleppte er sich, erschöpft und wütend, mühselig zurück.

Nach einiger Zeit glaubte er, er sei wieder in der Gegend, aus der er gekommen war, und wenig später erblickte er das Licht des Hauses, das er suchte. Ein tief eingeschnittener Weg führte durch die Hecke.

»Das ist der Pfad, von dem der Alte mir erzählt hat«, sagte sich Augustin.

Und er schlug diesen Weg ein, froh darüber, daß er nicht mehr die Hecken und Böschungen überwinden mußte. Bald darauf bog der Weg nach links, und das Licht schien nach rechts zu gleiten. Meaulnes gelangte an eine Wegkreuzung, und da er möglichst schnell wieder zu dem kleinen Haus gelangen wollte, wählte er, ohne lange zu überlegen, einen Pfad, der direkt dorthin zu führen schien. Doch kaum hatte er zehn Schritte in diese Richtung gemacht, verschwand das Licht; entweder wurde es von einer Hecke verdeckt oder aber die Bauersleute waren das Warten leid und hatten die Läden zugemacht. Entschlossen lief der Schüler querfeldein in die Richtung, aus der das Licht eben noch geschienen hatte. Er überwand nochmals eine Einfriedung und gelangte auf einen anderen Pfad ...

So verlor der große Meaulnes nach und nach die Orientierung, und das Band zu denen, die er verlassen hatte, riß.

Entmutigt und fast am Ende seiner Kräfte, beschloß er in seiner Verzweiflung, den Weg bis ans Ende zu gehen. Hundert Schritte weiter mündete dieser in eine große graue Wiese, auf der hier und da Schatten, vermutlich Wacholdersträucher, und in einer Mulde ein dunkles Gebäude zu erkennen waren. Meaulnes ging darauf zu. Es war nichts anderes als eine Art großes Viehgehege oder verlassener Schafstall. Das Tor ging knarrend auf. Wenn der kräftige Wind die Wolken verjagte, drang der Mondschein durch die Ritzen der Wände. Es roch modrig.

Ohne weiter zu suchen, legte sich Meaulnes auf das feuchte Stroh, stützte den Ellenbogen auf den Boden und den Kopf in die Hand. Er machte den Gürtel auf und rollte sich mit angezogenen Knien in seinem Kittel zusammen. Jetzt mußte er an die Decke der Stute denken, die er auf dem Weg gelassen hatte, und er fühlte sich so unglücklich, er war so wütend auf sich selbst, daß ihn ein starkes Verlangen überkam zu weinen...

Deshalb gab er sich Mühe, an etwas anderes zu denken. Er war durchgefroren bis auf die Knochen, und es kam ihm ein Traum oder vielmehr eine Vision in den Sinn, die er als kleines Kind gehabt hatte und über die er noch nie mit jemand gesprochen hatte: Statt in seinem Zimmer aufzuwachen, in dem seine Hosen und Jacken hingen, hatte er sich eines Morgens in einem langen, grünen Raum mit Tapeten wie von Blätterwerk befunden. Das Licht, das diesen Raum durchflutete, war so süß, daß man glaubte, es schmecken zu können. Am ersten Fenster saß ein junges Mädchen, das ihm den Rücken zuwandte. Es nähte und schien darauf zu warten, daß er erwache... Er hatte nicht die Kraft gehabt, sein Bett zu verlassen und durch diesen verzauberten Raum zu schreiten, und er war wieder eingeschlafen... Aber er nahm sich fest vor, beim nächsten Mal bestimmt aufzustehen. Morgen früh, vielleicht!...

Elftes Kapitel

Das geheimnisvolle Gut

Am frühen Morgen machte er sich wieder auf den Weg. Doch sein geschwollenes Knie bereitete ihm solche Schmerzen, daß er ständig stehenbleiben und sich niedersetzen mußte. Obendrein befand er sich in der ödesten Ecke der Sologne. Während des ganzen Morgens sah er nur eine Schäferin am Horizont, die ihre Herde heimführte. Vergebens rief er sie an und versuchte zu laufen: sie verschwand, ohne ihn zu hören.

Aber er marschierte weiter in ihre Richtung, wenn auch verzweifelt langsam... Kein Haus, keine Menschenseele, nicht einmal der Schrei eines Brachvogels im Schilf des Moors. Und über dieser vollkommenen Einsamkeit strahlte eine klare und eisige Dezembersonne.

Es mochte am Nachmittag gegen drei Uhr gewesen sein, als er über einem Tannenwald die Spitze eines kleinen, grauen Turmes erkannte.

»Es wird irgendein verlassener alter Herrensitz sein«, sagte er bei sich, »irgendein leeres Taubenhaus!...«

Und ohne sich zu beeilen, ging er weiter. Am Ende des Gehölzes öffnete sich zwischen zwei weißen Pfosten eine Allee, in die Meaulnes seine Schritte lenkte. Gleich danach blieb er ganz überrascht und von einer unerklärlichen inneren Bewegung ergriffen stehen. Dennoch ging er mit dem gleichen müden Schritt weiter, der eisige Wind ließ seine Lippen aufspringen und nahm ihm manchmal fast den Atem; und doch erfüllte ihn ein ungewöhnliches Gefühl der Zufriedenheit, eine vollkommene, fast berauschende Ruhe, die Gewißheit, daß er sein Ziel erreicht und nur noch Glück zu erhoffen hatte. In gleicher Weise hatte er früher, am Abend vor den großen

Festtagen des Sommers, das Gefühl gehabt zu vergehen, wenn bei Einbruch der Dunkelheit in den Straßen des Dorfes Tannen aufgestellt wurden, deren Zweige sein Zimmerfenster verdeckten.

»So viel Freude«, sagte er zu sich, »nur weil ich zu diesem zugigen alten Taubenhaus voller Eulen komme!...«

Aus Ärger über sich selbst blieb er stehen und fragte sich, ob es nicht besser wäre, umzukehren und weiterzugehen bis zum nächsten Dorf. Wie er so mit gesenktem Kopf eine Weile überlegte, bemerkte er plötzlich, daß die Allee in regelmäßigen großen Kreisen gefegt war, wie man es bei ihm zu Hause vor den Festtagen zu tun pflegte. Der Weg glich der Hauptstraße von La Ferté am Morgen von Mariä Himmelfahrt!... Wenn er gesehen hätte, daß hinter einer Biegung der Allee Leute im Festtagsgewand den Staub aufwirbelten wie im Juni, wäre er nicht weiter überrascht gewesen.

»Sollte es in dieser Einsamkeit ein Fest geben?« fragte er sich.

Er ging bis zur nächsten Biegung und hörte Stimmen, die näher kamen. Er sprang zur Seite in die dicht stehenden jungen Tannen, kauerte sich nieder und lauschte mit angehaltenem Atem. In nächster Nähe ging eine Schar Kinder an ihm vorüber. Eines von ihnen, vermutlich ein kleines Mädchen, redete so brav und verständig, daß Meaulnes lächeln mußte, auch wenn er den Sinn der Worte nicht ganz begriff.

»Eine einzige Sache macht mir Sorgen«, sagte sie, »nämlich die Frage mit den Pferden. Niemals wird man zum Beispiel Daniel daran hindern können, auf das große gelbe Pony zu steigen!«

»Daran wird man mich auch nicht hindern«, sagte die spöttische Stimme eines Jungen. »Ist uns denn nicht alles erlaubt? Auch uns weh zu tun, wenn es uns gefällt?...«

Und die Stimmen entfernten sich in dem Augenblick, da schon eine andere Gruppe Kinder herankam.

»Wenn das Eis morgen früh geschmolzen ist«, sagte ein kleines Mädchen, »machen wir eine Bootsfahrt.«

»Aber wird uns das denn erlaubt sein?« fragte ein anderes.

»Ihr wißt doch genau, daß wir das Fest so feiern, wie wir es wollen.«

»Und wenn Frantz mit seiner Braut schon heute abend zurückkäme?«

»Nun gut, er würde tun, was wir wollen.«

»Das ist wahrscheinlich eine Hochzeit«, sagte sich Augustin, »aber bestimmen denn hier die Kinder, was zu tun ist? Was für ein merkwürdiges Landgut!«

Er wollte aus seinem Versteck herauskommen und sie fragen, wo es etwas zu essen und zu trinken gäbe. Er richtete sich auf und sah, wie sich die letzte Gruppe entfernte. Es waren drei Mädchen in gerade herabfallenden Kleidern, die ihnen bis zum Knie gingen. Sie trugen hübsche Hüte mit Bändern um das Kinn. Am Hals hatten alle drei eine weiße Feder hängen. Eines der Mädchen neigte sich ein wenig zur Seite und lauschte der Kameradin, die ihr mit erhobenem Finger große Erklärungen gab.

»Ich würde ihnen Angst machen«, sagte sich Meaulnes und sah auf seinen zerrissenen Bauernkittel und den breiten Schülergürtel von Sainte-Agathe.

Er fürchtete, daß ihm die Kinder begegneten, wenn sie durch die Allee zurückkämen, und so nahm er weiter seinen Weg durch die Tannen in Richtung auf das »Taubenhaus«, ohne viel nachzudenken, um was er dort bitten könnte. Schon bald wurde er am Ende des Gehölzes von einer kleinen, bemoosten Mauer aufgehalten. Auf der anderen Seite, zwischen der Mauer und den Nebengebäuden des Gutes, lag ein schmaler, länglicher Hof, der wie der Hof eines Gasthofes am Markttag voller Wagen stand. Alle Arten und alle Formen waren vertreten: elegante kleine Viersitzer, deren Deichseln nach oben ragten, Wagen mit Bänken, altmodische Bourbonnaisen mit Galerien aus Zierleisten und sogar alte Berlinen, deren Fenster hochgezogen waren.

Um nicht gesehen zu werden, versteckte sich Meaulnes hinter den Tannen und sah sich die Unordnung in dem Hof an. Dabei bemerkte er, wie auf dessen anderer Seite, gerade oberhalb des Sitzes eines hohen Wagens, ein Fenster des Nebengebäudes halb offenstand. Zwei Eisenstäbe, wie sie an der Rückseite von Gutsgebäuden vor den immer verschlossenen Läden der Stallungen zu sehen sind, hatten früher zur Verriegelung dieser Öffnung gedient. Aber mit der Zeit waren sie aus der Wand gebrochen.

»Da werde ich einsteigen«, sagte sich der Schüler, »ich werde im Heu schlafen und bei Tagesanbruch wieder aufbrechen, ohne diese hübschen kleinen Mädchen zu erschrecken.«

Er kletterte mühselig, wegen seines verletzten Knies, über die Mauer und stieg von einem Wagen auf den anderen; so gelangte er vom Kutschersitz eines Wagens über das Dach einer Berline auf die Höhe des Fensters, das er ohne ein Geräusch wie eine Tür aufstieß.

Er befand sich nicht in einem Heuboden, sondern in einem großen Zimmer mit niedriger Decke, das wohl als Schlafzimmer diente. In dem Halbdunkel des Winterabends erkannte er, daß auf dem Tisch, dem Kamin und sogar auf den Sesseln große Vasen, wertvolle Gegenstände und alte Waffen lagen. Hinten im Zimmer hingen Vorhänge, vermutlich vor einem Alkoven.

Wegen der Kälte und weil er fürchtete, von draußen gesehen zu werden, hatte Meaulnes das Fenster geschlossen. Er schob den Vorhang hinten im Raum beiseite und entdeckte ein großes, niedriges Bett, auf dem ein Durcheinander von alten Büchern mit Goldschnitt, Lauten mit gerissenen Saiten und Kandelabern lag. Er schob all dies nach hinten in den Alkoven und legte sich auf das Bett, um sich auszuruhen und etwas nachzudenken über das merkwürdige Abenteuer, in das er sich gestürzt hatte.

Tiefe Stille lag über dem Gut, nur manchmal war zu hören, wie der starke Dezemberwind heulte.

Und wie er da so lag, kam ihm der Gedanke, ob es sich trotz dieser seltsamen Begegnungen, trotz der Stimmen der Kinder in der Allee, trotz der zusammengestellten Wagen, nicht doch nur, wie er anfangs geglaubt hatte, um ein altes, verlassenes Gemäuer in der Einsamkeit des Winters handelte.

Kurz danach schien es ihm, als trüge der Wind den Klang einer fernen Weise heran. Es war wie eine Erinnerung voll Zauber und Sehnsucht. Er entsann sich der Zeit, als seine Mutter noch jung war, als sie sich nachmittags im Salon an das Klavier setzte und er ohne ein Wort hinter der Tür zum Garten stand und ihr lauschte bis in die Nacht hinein …

»Es klingt so, als würde irgendwo jemand auf dem Klavier spielen?« dachte er.

Aber er ließ die Frage ohne Antwort, die Müdigkeit überkam ihn und er schlief schnell ein …

Zwölftes Kapitel

Das Wellington-Zimmer

Als er erwachte, war es Nacht. Steif vor Kälte wälzte er sich auf seinem Lager hin und her, zerknitterte den schwarzen Kittel und rollte ihn unter sich zusammen. Ein schwaches, blaugrünes Licht drang durch die Vorhänge des Alkovens.

Er setzte sich im Bett auf und steckte den Kopf durch die Vorhänge. Irgend jemand hatte das Fenster geöffnet und zwei grüne Lampions am Fensterrahmen angebracht.

Aber Meaulnes hatte sich kaum umsehen können, da vernahm er auf dem Treppenflur das Geräusch leiser Schritte und einer gedämpften Unterhaltung. Er zog sich schnell in den Alkoven zurück, und seine eisenbeschlagenen Schuhe brachten einen der Gegenstände aus Bronze, den er an die Wand gestoßen hatte, zum Tönen. Erschrocken hielt er für einen Augenblick den Atem an. Die Schritte kamen näher, und zwei Gestalten schlichen sich in sein Zimmer.

»Mach keinen Lärm!« sagte der eine.

»Ach was«, meinte der andere, »es wird allmählich Zeit, daß er aufwacht!«

»Hast du sein Zimmer geschmückt?«

»Gewiß! Wie die der anderen.«

Durch einen Windstoß schlug das offene Fenster an.

»Siehst du?« sagte der erste, »du hast nicht einmal das Fenster zugemacht. Der Wind hat schon einen der Lampions ausgeblasen. Wir müssen sie wieder anzünden.«

»Ach was«, erwiderte der andere, der plötzlich von Trägheit und Entmutigung gepackt wurde, »wozu die ganze Beleuchtung zum Land, also praktisch zur Einöde hin? Niemand sieht sie.«

»Niemand? Während eines Teils der Nacht kommen doch noch Leute. Sie werden sehr froh sein, wenn sie in ihren Wagen von der Straße dort hinten unsere Lichter erkennen!«

Meaulnes hörte, wie ein Streichholz angezündet wurde. Derjenige, der zuletzt gesprochen hatte und der der Chef zu sein schien, fing wieder an und sagte mit schleppender Stimme, wie ein Totengräber bei Shakespeare:

»Du hängst grüne Lampions auf im Wellington-Zimmer! Da könntest du genausogut rote nehmen... Du kennst dich ebensowenig aus wie ich!«

Einen Moment herrschte Stille.

»... Wellington, war das nicht ein Amerikaner? Ist denn das Grün eine amerikanische Farbe? Als weitgereister Komödiant solltest du das wissen.«

»Na was«, antwortete der »Komödiant«, »von wegen weitgereist! Ja, ich bin viel gereist, aber ich habe nichts gesehen. Was meinst du denn, was man in einem Wohnwagen sieht?«

Meaulnes blickte vorsichtig durch die Vorhänge.

Derjenige, der den Ton angab, war ein dicker, barhäuptiger Mann, der in einem enormen Paletot steckte. Er hielt in der Hand eine lange Stange mit Lampions in den verschiedenen Farben; er hatte ein Bein über das andere geschlagen und sah mit Ruhe zu, wie sein Gefährte arbeitete.

Die Gestalt des Komödianten war die erbärmlichste, die man sich vorstellen kann: Er war groß, mager, schlotternd; seine Augen waren graugrün und schielten, der Schnurrbart hing über einen Mund voller Zahnlücken; sein Gesicht sah aus wie das eines Ertrunkenen, von dem das Wasser auf die Fliesen rieselt. Er war hemdsärmelig und klapperte mit den Zähnen. Seine Worte und Gesten verrieten eine vollständige Mißachtung der eigenen Person.

Verbittert und zugleich lächerlich überlegte er einen Augenblick, trat dann zu seinem Partner und vertraute ihm mit weit geöffneten Armen an:

»Soll ich dir etwas sagen? . . . Ich kann nicht verstehen, warum man so widerliche Kerle wie uns geholt hat, um auf einem solchen Fest zu bedienen! Da weißt du's, mein Junge!«

Ohne auf diesen großen Gefühlsausbruch zu achten, sah ihm der dicke Mann weiter bei der Arbeit zu; seine Beine waren übereinandergeschlagen, er gähnte, zog ungeniert die Nase hoch; dann drehte er ihm den Rücken zu, nahm die Stange über die Schulter und ging, wobei er sagte:

»Vorwärts! Es ist Zeit, daß wir uns für das Abendessen umziehen.«

Der Schauspieler folgte ihm. Aber als er an dem Alkoven vorüberging, machte er übertriebene Verbeugungen und sagte in spöttischem Tonfall:

»Monsieur Langschläfer, Sie müssen jetzt aufstehen und sich als Marquis verkleiden, auch wenn Sie so ein armer Hund sind wie ich; dann gehen Sie hinunter zu dem Kostümfest, denn das wünschen diese Herren und kleinen Damen.«

Mit einer letzten Verbeugung fügte er im Ton eines Marktschreiers hinzu:

»Unser Kamerad Maloyau von der Küche wird sich Ihnen vorstellen als Harlekin und Ihr Diener als der große Pierrot.«

Dreizehntes Kapitel

Das seltsame Fest

Sobald sie verschwunden waren, kam der Schüler aus seinem Versteck hervor. Er hatte eiskalte Füße und seine Glieder waren steif, aber er hatte sich ausgeruht und sein Knie schien geheilt zu sein.

»Zum Abendessen hinuntergehen«, dachte er, »das werde ich mir nicht entgehen lassen. Ich werde ganz einfach ein Gast sein, dessen Namen alle vergessen haben. Im übrigen bin ich ja hier kein Eindringling. Es ist ganz klar, daß Monsieur Maloyau und sein Kamerad mich erwartet haben...«

Als er aus dem völlig dunklen Alkoven heraustrat, konnte er in dem von den grünen Lampions erhellten Zimmer alles ziemlich deutlich erkennen.

Der Gaukler hatte es »ausstaffiert«. An den Kleiderhaken hingen Mäntel. Auf einem schweren Toilettentisch mit zerbrochener Marmorplatte lag alles bereit, was nötig war, um einen Jungen, der die vorangegangene Nacht in einem verlassenen Schafstall verbracht hatte, in einen Stutzer zu verwandeln. Auf dem Kamin sah man Streichhölzer neben einem großen Leuchter. Allerdings war vergessen worden, das Parkett einzuwachsen, und Meaulnes spürte Sand und Schutt unter seinen Schuhen. Von neuem überkam ihn der Eindruck, in einem seit langem verlassenen Haus zu sein... Als er zum Kamin ging, wäre er beinahe über einen Stapel großer Kartons und kleiner Schachteln gestolpert: Er streckte den Arm aus und zündete die Kerze an; dann nahm er die Deckel hoch und beugte sich nieder, um hineinzusehen.

Es waren darin Kleider, wie sie junge Männer vor langer Zeit trugen: Gehröcke mit hohem Samtkragen, hübsche, weit offene Westen, unendlich lange, weiße Krawatten und Lackschuhe vom Anfang des Jahrhunderts. Er wagte nicht, etwas davon auch nur mit den Fingerspitzen zu berühren, aber nachdem er sich zitternd vor Kälte gesäubert hatte, zog er über seinen Schülerkittel einen der großen Mäntel und schlug dessen Plisseekragen hoch; anstelle seiner eisenbeschlagenen Schuhe wählte er feine Lackhalbschuhe und machte sich daran, ohne Kopfbedeckung hinunterzugehen.

Er begegnete niemandem und gelangte am Fuß einer Holztreppe in die dunkle Ecke eines Hofes. Der eisige Atem der Nacht blies ihm ins Gesicht und ließ einen Teil des Mantels hochflattern.

Er machte ein paar Schritte und konnte bei schwach erleuchtetem Himmel schnell ein Bild von der Örtlichkeit gewinnen. Er stand in einem kleinen Hof, den die Nebengebäude einschlossen. Alles sah alt und verfallen aus. Wo es zu den Treppen ging, klafften leere Öffnungen, denn die Türen waren seit langer Zeit herausgenommen; auch waren die Scheiben nicht ersetzt worden, die Fenster bildeten schwarze Löcher in den Mauern. Und doch hatten alle diese Gebäude ein geheimnisvolles, festliches Aussehen. Eine Art farbiger Widerschein bewegte sich in den niedrigen Räumen, in denen man zum freien Gelände hin wohl auch Lampions angezündet hatte. Der Boden des Hofs war gefegt und das wuchernde Unkraut entfernt worden. Als Meaulnes aufmerksam lauschte, glaubte er schließlich, etwas wie Gesang, Stimmen von Kindern und Mädchen dort hinten bei den unklar zu erkennenden Gebäuden zu hören, vor deren rosafarbenen, grünen und blauen Fensteröffnungen der Wind die Zweige schüttelte.

Als er so wie ein Jäger in seinem großen Mantel dastand und halb vorgebeugt lauschte, trat ein ungewöhnlicher kleiner junger Mann aus dem Nachbargebäude, das man für unbewohnt gehalten hätte.

Er trug einen sehr schwungvollen Zylinder, der in der Dunkelheit glänzte, als wäre er aus Silber, einen Frack, dessen Kragen bis zu seinen Haaren reichte, eine weit offene Weste und dazu Steghosen... Dieser Stutzer von etwa fünfzehn Jahren ging sehr schnell, aber auf den Zehenspitzen, als würde er von den elastischen Stegen seiner Hose hochgezogen. Er grüßte Meaulnes beim Vorübergehen tief und mechanisch und verschwand in der Dunkelheit in Richtung auf das Hauptgebäude, einen Gutshof, ein Schloß oder eine Abtei, dessen kleiner Turm dem Schüler am frühen Nachmittag den Weg gewiesen hatte.

Nach kurzem Zögern folgte unser Held der merkwürdigen kleinen Person. Sie schritten zwischen Zierbeeten durch eine Art großen Hofgarten, um einen von einer Hecke umgebenen Fischteich herum und an einem Brunnen vorbei und waren endlich am Hauptgebäude angelangt.

Die schwere Holztür, oben gerundet und mit Nägeln verziert wie die Tür eines Pfarrhauses, stand halb offen. Der Stutzer stürzte hinein, und Meaulnes folgte ihm. Nach den ersten Schritten im Flur war er, ohne irgend jemanden zu sehen, von Gelächter, Gesang, Rufen und Verfolgungsspielen umgeben.

Ganz am Ende des Flurs lag ein Quergang. Während Meaulnes zögerte, ob er bis dorthin gehen oder eine der Türen öffnen solle, hinter denen er ein Gewirr von Stimmen vernahm, sah er hinten zwei Mädchen vorüberlaufen, die Fangen spielten. Um sie zu sehen und sie einzuholen, schlich er sich auf seinen Lackschuhen leise heran. Ein Geräusch von aufgehenden Türen, zwei Gesichter von fünfzehn Jahren unter großen Hauben mit Kinnband, mit rosigen Wangen von der frischen Abendluft und dem Fangspiel, und dann verschwand alles in plötzlich hereinbrechendem Licht.

Für eine Sekunde drehen sie sich im Spiel um sich selbst; ihre leichten, weiten Röcke heben sich und bauschen sich auf, die Spitzen ihrer lustigen langen Hosen sind zu erkennen, dann springen sie nach dieser Pirouette gemeinsam in das Zimmer und schließen wieder die Tür.

Einen Augenblick bleibt Meaulnes geblendet und schwankend in dem dunklen Flur stehen. Er fürchtet jetzt, ertappt zu werden. Man würde ihn wegen seiner zögernden und linkischen Art vermutlich für einen Dieb halten. Er ist jetzt fest entschlossen, zum Ausgang zurückzugehen, da vernimmt er vom Ende des Flurs wieder das Geräusch von Schritten und Kinderstimmen. Zwei kleine Jungen kommen plaudernd heran.

»Gibt es bald etwas zum Abendessen?« fragt Meaulnes sie kühn.

»Komm mit uns!« antwortet der größere, »wir bringen dich hin.«

Und mit dem Vertrauen und dem Verlangen nach Freundschaft, das Kinder am Vorabend vor einem großen Fest empfinden, nehmen ihn beide an die Hand. Vermutlich sind es zwei kleine Bauernjungen, die ihre schönste Kleidung tragen: kurze, bis zu der Hälfte der Waden reichende Kniebundhosen, unter denen ihre groben Wollstrümpfe und ihre Holzpantinen zu sehen sind, eine enge kleine Jacke aus blauem Samt, eine Mütze in derselben Farbe und eine zum Knoten geschlungene weiße Halsbinde.

»Kennst du sie denn?« fragt eins der Kinder.

»Ich?« sagt das kleinere mit seinem runden Kopf und seinen treuherzigen Augen. »Mama hat mir erzählt, daß sie ein schwarzes Kleid mit einer Halskrause anhat und einem hübschen Pierrot gleicht.«

»Wer denn?« fragt Meaulnes.

»Na, die Braut, die Frantz gerade holt...«

Bevor der junge Mann etwas sagen kann, sind sie alle drei an der Tür eines großen Saales angekommen, in dessen Kamin ein schönes Feuer brennt. Bretter auf Trageböcken dienen als Tische, über die weiße Tischtücher gebreitet sind, und Leute aller Art sitzen daran und nehmen ein festliches Mahl zu sich.

Vierzehntes Kapitel

Das seltsame Fest

(Fortsetzung)

In einem großen Saal mit niedriger Decke fand ein Essen statt, wie es am Vorabend einer Hochzeit auf dem Lande für Verwandte gegeben wird, die von weit her angereist sind.

Die beiden Kinder hatten die Hände des Schülers losgelassen und waren in ein angrenzendes Zimmer gestürzt, aus dem Kinderstimmen und das Geklapper von Löffeln auf Tellern zu hören waren. Selbstbewußt und ruhig stieg Meaulnes über eine Bank und kam neben zwei alten Bäuerinnen zu sitzen. Er begann sofort mit einem riesigen Appetit zu essen und hob erst nach einer Weile den Kopf, um die anderen Gäste zu betrachten und ihnen zuzuhören.

Es wurde im übrigen nur wenig gesprochen. Die Leute schienen sich kaum zu kennen. Die einen kamen offenbar vom tiefen Land, die anderen aus fernen Städten.

Vereinzelt saßen Greise mit einem Backenbart an den Tischen, anderswo solche, die glattrasiert waren und alte Seeleute sein konnten. Zwischen ihnen speisten wiederum andere Alte, die ihnen ähnlich waren: das gleiche vom Wetter gegerbte Gesicht, die gleichen lebhaften Augen unter buschigen Brauen, die gleichen wie Schnürsenkel schmalen Krawatten... Aber es war leicht zu erkennen, daß sie niemals weiter gesegelt waren als bis zur Grenze ihres Kreises; und wenn sie unter Sturm und Regen mehr als tausendmal gestampft und geschlingert waren, so war dies auf jener harten, aber gefahrlosen Reise geschehen, auf der man die Furche bis zum Ende seines Ackers zieht und dann den Pflug wendet... Es waren nur wenige Frauen zu sehen, ein paar alte Bäuerinnen, deren breite Gesichter, runzlig wie Äpfel, unter Hauben steckten, die in runde Falten gelegt waren.

Es gab niemanden unter den Gästen, mit dem sich Meaulnes nicht wohl und vertraut gefühlt hätte. Später hat er diesen Eindruck folgendermaßen erklärt: Wenn man, so sagte er, einen schweren und unverzeihlichen Fehler begangen hat, denkt man manchmal inmitten großer Bitterkeit: »Irgendwo in der Welt gibt es doch Menschen, die mir verzeihen würden.« Man stellt sich alte Leute, Großeltern voll Nachsicht vor, die von vorneherein davon überzeugt sind, daß alles, was man tut, gut ist. Sicher waren die Gäste im Saal unter solchen braven Leuten ausgewählt worden. Die übrigen waren Jugendliche und Kinder...

Unterdessen unterhielten sich die beiden alten Frauen neben Meaulnes:

»Im besten Fall«, sagte die ältere mit drolliger, schriller Stimme, die sie vergeblich abzumildern suchte, »wird das Brautpaar morgen um drei Uhr hier sein.«

»Sei still! Du machst mich noch wütend«, antwortete die andere in ganz ruhigem Ton.

Sie trug eine Strickmütze auf dem Kopf.

»Rechnen wir doch einmal nach!« fing die erste wieder an und zeigte dabei keinerlei Erregung. »Anderthalb Stunden braucht die Bahn von Bourges nach Vierzon, und dann kommen noch sieben Meilen Fahrt mit dem Wagen von Vierzon bis hierher...«

Die Diskussion ging weiter, und Meaulnes entging kein Wort. Durch dieses friedliche Streitgespräch wurde ihm die Situation etwas klarer: Frantz de Galais, der Sohn im Schloß, war Student oder Seemann oder Seekadett – man wußte es nicht genau; er war nach Bourges gefahren, um dort ein junges Mädchen abzuholen und zu heiraten. Merkwürdig war, daß der offenbar sehr junge und phantasievolle Mann auf dem Gut alles nach seinen Vorstellungen lenkte. Er hatte gewünscht, daß das Haus beim Eintritt seiner Braut einem festlichen Palast gliche. Und um die Ankunft des jungen Mädchens zu feiern, hatte er selbst die Kinder und die gutmütigen alten Leute eingeladen. Dies waren die Punkte, die ihm aus dem Gespräch der beiden Frauen klar wurden. Alles übrige ließen sie unerwähnt und besprachen immer wieder die Frage der Ankunft des Brautpaares. Die eine beharrte auf dem nächsten Morgen, die andere auf dem Nachmittag.

»Meine arme Moinelle, du bist immer noch so närrisch«, sagte die jüngere ruhig.

»Und du, meine arme Adèle, bist immer noch so dickköpfig. Du hast dich nicht verändert in den vier Jahren, in denen ich dich nicht gesehen habe«, antwortete achselzuckend, aber mit ganz friedlicher Stimme die andere.

Und so fuhren sie fort, sich ohne die geringste Mißstimmung gegenseitig die Stirn zu bieten. Meaulnes mischte sich ein in der Hoffnung, mehr zu erfahren, und sagte:

»Ist die Braut von Frantz so hübsch wie behauptet wird?«

Sie sahen ihn erstaunt an. Niemand außer Frantz hatte das Mädchen gesehen. Er selbst war ihr bei der Rückkehr von Toulon an einem Abend begegnet, als er sie in großer Verzweiflung in den Anlagen von Bourges, die man Les Marais nennt, antraf. Ihr Vater, ein Weber, hatte sie aus dem Haus geworfen. Sie war sehr hübsch, und Frantz hatte sofort beschlossen, sie zu heiraten. Eine merkwürdige Geschichte! Aber hatten sein Vater, Monsieur de Galais, und seine Schwester Yvonne ihm nicht immer alles erlaubt?...

Meaulnes wollte gerade weitere vorsichtige Fragen stellen, als ein reizendes Paar in der Tür erschien: ein Mädchen von sechzehn Jahren im Samtmieder und einem Rock mit großen Volants; ein Junge in einem Frack mit hohem Kragen und in Steghosen. Sie schritten durch den Saal und deuteten einen Pas de deux an; andere folgten ihnen; dann liefen wiederum andere mit Geschrei durch den Raum, verfolgt von einem großen, bleichen Pierrot mit viel zu langen Ärmeln; er hatte eine schwarze Mütze auf dem Kopf und lachte aus zahnlosem Mund. Er lief ungeschickt in großen Schritten, als müßte er bei jedem einen Satz machen, und schwenkte seine langen, leeren Ärmel. Die Mädchen hatten Angst vor ihm; die Jungen drückten ihm die Hand, und er schien die Freude der Kinder zu sein, die mit durchdringenden Schreien hinter ihm herliefen. Beim Vorübereilen sah er Meaulnes mit seinen glanzlosen Augen an, und der Schüler glaubte in dem nun ganz Glattrasierten den Kameraden von Monsieur Maloyau zu erkennen, den Gaukler, der kurz zuvor die Lampions aufgehängt hatte.

Das Essen war zu Ende und alle standen auf.

In den Gängen begann man, Rundtänze und Farandolen zu tanzen. Irgendwo wurde ein Menuett gespielt... Meaulnes, den Kopf halb verborgen in seinem Mantelkragen wie in einer Halskrause, fühlte sich wie ein anderer Mensch. Auch er wurde von der Fröhlichkeit mitgerissen und folgte dem großen Pierrot durch die Gänge des Gutshauses wie in den Kulissen eines Theaters, wo sich die Pantomime von der Bühne nach allen Seiten ausgebreitet hat. So trieb er bis zum Ende der Nacht in einer fröhlichen Menge von ungewöhnlichen Kostümen dahin. Einmal öffnete er eine Tür und stand in einem Raum, in dem die Laterna magica aufgeführt wurde. Die Kinder klatschten laut Beifall... Ein andermal geriet er in der Ecke eines Salons, in dem getanzt wurde, mit einem Dandy ins Gespräch und zog übereilt Auskünfte ein über die Kostüme, die an den folgenden Tagen getragen würden...

Auf die Dauer wurde ihm etwas bang bei all den Vergnügungen, die sich ihm boten, und er hatte ständig Angst, daß der halb geöffnete Mantel seinen Schülerkittel erkennen ließ. So zog er sich für eine Weile in den ruhigsten und dunkelsten Teil des Gebäudes zurück. Hier war nur der gedämpfte Klang eines Klaviers zu hören.

Er trat in einen stillen Raum, ein Eßzimmer, das nur von einer Hängelampe erhellt wurde. Auch hier gab es ein Fest, aber es war ein Fest für die kleinen Kinder.

Die einen saßen auf Sitzkissen und blätterten in Alben, die aufgeschlagen auf ihren Knien lagen; andere hockten auf dem Boden vor einem Stuhl, auf dessen Sitz sie mit ernstem Ausdruck Bilder ausbreiteten; wieder andere saßen beim Kaminfeuer, sagten und taten nichts, sondern lauschten dem fernen Lärm des Festes in dem großen Gebäude.

Eine Tür dieses Eßzimmers stand weit offen. Im Nebenraum war Klavierspiel zu hören. Neugierig steckte Meaulnes den Kopf hinein. Es war eine Art kleiner Salon; eine Frau oder ein Mädchen mit einem großen braunen Mantel über den Schultern drehte ihm den Rücken zu und spielte Melodien von Rondos und kleinen Liedern. Gleich daneben saßen auf dem Sofa sechs oder sieben kleine Jungen und Mädchen wie im Bilderbuch und lauschten so brav, wie Kinder es sind, wenn es spät wird. Nur von Zeit zu Zeit stützte sich eines auf seine Handgelenke, richtete sich auf und ließ sich auf den Boden gleiten, um in das Eßzimmer hinüberzugehen; von dort kam eines von denen, die aufgehört hatten, die Bilder anzusehen, und nahm seinen Platz ein...

Nach diesem Fest, wo alles so reizend, aber auch fieberhaft und verrückt zugegangen war, wo er selbst so närrisch dem großen Pierrot gefolgt war, befand Meaulnes sich hier in dem tiefsten, stillsten Glück auf Erden.

Während das Mädchen weiterspielte, ging er ohne ein Geräusch in das Eßzimmer zurück, setzte sich, öffnete eines der großen roten Bücher, die auf dem Tisch lagen, und begann zerstreut, darin zu lesen.

Fast im gleichen Augenblick kam eines der Kinder, das auf dem Boden saß, zu ihm, hängte sich an seinen Arm und kletterte auf sein Knie, um mit ihm hineinzusehen; ein anderes Kind machte es auf der anderen Seite ebenso. Es war jetzt ein Traum wie sein Traum von früher. Lange konnte er sich der Vorstellung hingeben, er befände sich an einem schönen Abend in seinem eigenen Haus, verheiratet, und das reizende unbekannte Wesen nebenan wäre seine Frau...

Fünfzehntes Kapitel

Die Begegnung

Am nächsten Morgen war Meaulnes als einer der ersten fertig. Wie man ihm geraten hatte, zog er einen einfachen schwarzen, altmodischen Anzug an: eine taillierte Jacke mit Puffärmeln an den Schultern, eine zweireihige Weste, eine unten weite Hose, die seine eleganten Schuhe verdeckte; dazu nahm er einen Zylinder.

Der Hof war noch menschenleer, als er hinunterging. Er machte ein paar Schritte und wurde wie in einen Frühlingstag versetzt. Es war tatsächlich der mildeste Morgen in jenem Winter. Die Sonne schien wie in den ersten Apriltagen. Der Reif schmolz, und das feuchte Gras funkelte wie von Tau benetzt. Ein paar kleine Vögel sangen in den Bäumen, und immer wieder einmal ging eine laue Brise über das Gesicht des Spaziergängers.

Er verhielt sich so, wie es Gäste tun, die vor dem Hausherrn aufgewacht sind. Er ging hinaus in den Hof des Gutes und meinte in jedem Augenblick, daß eine herzliche, fröhliche Stimme hinter ihm herriefe:

»Schon aufgestanden, Augustin?...«

Aber er spazierte lange allein durch Garten und Hof. Hinten an dem Hauptgebäude rührte sich nichts, weder an den Fenstern noch an dem kleinen Turm. Die beiden Flügel der runden Holztür standen indessen schon offen. Und in eines der oberen Fenster drang wie in den ersten Morgenstunden des Sommers ein Sonnenstrahl.

Zum ersten Mal betrachtete Meaulnes das Innere des Anwesens am hellen Tag. Die Überreste einer Mauer trennten den verwilderten Garten von dem Hof, wo vor kurzem Sand ausgebreitet und mit dem Rechen verteilt worden war. Am Ende der Nebengebäude, wo er wohnte, lagen Ställe, die in einem lustigen Durcheinander gebaut waren, wodurch noch mehr Ecken mit wildwachsenden Büschen und wildem Wein entstanden. Tannenwälder reichten bis an den Hof und verbargen ihn vor dem ganzen flachen Land; nur nach Osten waren blaue Hügel, bedeckt mit Felsen und Tannen, zu erkennen.

Für einen Augenblick lehnte sich Meaulnes auf das wacklige Holzgeländer, das den Fischteich umgab; an den Rändern war, wie Schaum erstarrt, eine hauchdünne Eisschicht geblieben. Er sah sich in seinem romantischen Studentenanzug im Wasser gespiegelt, als würde er sich über den Himmel beugen. Und er glaubte, einen anderen Meaulnes zu sehen, nicht mehr den Schüler, der mit einem Bauernwagen ausgerissen war, sondern ein reizvolles, ungewöhnliches Wesen in einem schönen, wertvollen Buch ...

Er ging schnell zum Hauptgebäude, da er Hunger bekommen hatte. In dem großen Saal, wo er am Vorabend gesessen hatte, deckte eine Bäuerin den Tisch. Als Meaulnes vor einer der auf dem Tischtuch aufgereihten Schalen Platz genommen hatte, schenkte sie ihm Kaffee ein und sagte:

»Sie sind der erste, Monsieur.«

Er wollte nicht antworten, weil er fürchtete, als Fremder erkannt zu werden. Er fragte nur, wann das angekündigte Schiff für den Ausflug am Morgen abführe.

»Nicht vor einer halben Stunde, Monsieur; noch ist niemand heruntergekommen«, lautete die Antwort.

Er ging also weiter umher und suchte die Abfahrtsstelle um das langgestreckte Herrenhaus, das mit seinen ungleichen Flügeln wie eine Kirche aussah. Als er um den Südflügel gebogen war, bemerkte er plötzlich, so weit das Auge reichte, Schilf, das das Aussehen der ganzen Landschaft bestimmte. Das Wasser der Teiche reichte auf dieser Seite bis an den Fuß der Gebäudemauern, und vor mehreren Türen waren hölzerne Balkone über den plätschernden Wellen angebracht.

Müßig ging der Spaziergänger einige Zeit an dem Ufer entlang, das mit Sand bedeckt war wie ein Treidelpfad. Er sah neugierig durch die großen Türen mit den verstaubten Scheiben in verfallene oder aufgegebene Räume, in Abstellkammern voll Schubkarren, verrostetem Gerät und zerbrochenen Blumentöpfen, als er plötzlich am anderen Ende des Gebäudes das Knirschen von Schritten im Sand hörte.

Es waren zwei Frauen, die eine sehr alt und gebeugt, die andere, ein junges Mädchen, blond und hochgewachsen; nach all den Verkleidungen des Vortages erschien ihr reizendes Gewand Meaulnes zunächst ungewöhnlich.

Sie blieben einen Augenblick stehen, um die Landschaft zu betrachten, während Meaulnes mit einem Erstaunen, das ihm später sehr ungezogen vorkam, zu sich sagte:

»So etwas nennt man vermutlich ein exzentrisches junges Mädchen – eine Schauspielerin, die man für das Fest hat kommen lassen.«

Indessen gingen die beiden Frauen nahe an ihm vorbei, und Meaulnes betrachtete das Mädchen unbewegt. Oft, wenn er später einschlief, nachdem er verzweifelt versucht hatte, sich das undeutlich gewordene schöne Gesicht ins Gedächtnis zu rufen, sah er im Traum Reihen junger Frauen vorüberziehen, die dieser ähnlich sahen. Die eine trug einen Hut wie sie, eine andere ging wie sie leicht vorgebeugt; eine blickte so klar wie sie, eine andere besaß ihre gute Figur und wieder eine ihre blauen Augen, aber keine dieser Frauen war jemals dieses große junge Mädchen.

Meaulnes hatte die Zeit, unter schwerem blondem

Haar ein Gesicht wahrzunehmen, dessen Züge vielleicht etwas eng, aber von fast schmerzhafter Feinheit gezeichnet waren. Und da sie schon vorübergeschritten war, betrachtete er ihre Kleidung, die wohl die einfachste und schlichteste Kleidung war...

Er war ratlos und fragte sich, ob er sie begleiten sollte, da wendete sich das junge Mädchen unmerklich ihm zu und sagte zu seiner Begleiterin:

»Ich denke, das Schiff wird jetzt nicht mehr auf sich warten lassen?...«

Und Meaulnes folgte ihnen. Die gebrechliche und zittrige alte Dame hörte nicht auf, fröhlich zu plaudern und zu lachen. Das junge Mädchen antwortete ruhig. Als sie zu der Anlegestelle hinuntergingen, kam aus ihren Augen wieder derselbe unschuldige und ernste Blick, der zu sagen schien:

»Wer sind Sie? Was machen Sie hier? Ich kenne Sie nicht. Und doch kommt es mir so vor, als würde ich Sie kennen.«

Andere Gäste standen jetzt wartend zwischen den Bäumen, und drei Ausflugsschiffe legten an, um die Spaziergänger aufzunehmen. Als die beiden Damen, offenbar die Schloßherrin und ihre Tochter, vorübergingen, machte einer der jungen Männer nach dem anderen eine tiefe Verbeugung, und die jungen Fräulein verneigten sich. Ein seltsamer Morgen und eine seltsame Vergnügungsfahrt! Trotz der Wintersonne war es kalt, und die Frauen legten sich die Federboas um den Hals, die damals Mode waren...

Die alte Dame blieb am Ufer zurück, und ohne zu wissen, wie es geschah, fand sich Meaulnes auf dem gleichen Boot wieder wie die junge Schloßherrin. Er stand angelehnt an Deck und hielt wegen des starken Winds seinen Hut mit der einen Hand fest; so konnte er in Ruhe das junge Mädchen betrachten, das an einer geschützten Stelle Platz genommen hatte. Auch sie sah ihn an. Sie gab ihren Gefährtinnen lächelnd Antwort, dann senkte sich wieder der Blick ihrer blauen Augen auf ihn, wobei sie sich leicht auf die Lippe biß.

Eine große Stille herrschte auf den nahegelegenen Ufern. Das Boot glitt dahin mit dem ruhigen Geräusch der Maschine und des Wassers. Man hätte meinen können, man wäre mitten im Sommer. Man würde, so hieß es, bei dem schönen Garten eines Landhauses anlegen. Das junge Mädchen würde dort unter einem weißen Sonnenschirm spazierengehen. Bis zum Abend würde man die Tauben gurren hören... Aber plötzlich rief ein eisiger Windstoß den Gästen dieses merkwürdigen Festes den Dezember ins Gedächtnis zurück.

Sie legten vor einem Tannenwald an. Auf dem Landungssteg mußten die Passagiere einen Augenblick eng aneinandergedrängt warten, bis einer der Schiffsleute das Schloß an der Barriere geöffnet hatte... Wie bewegt war Meaulnes später, wenn er sich an diese Minute erinnerte, da er am Ufer des Sees das Gesicht des seitdem verlorenen jungen Mädchens ganz nahe an dem seinen gehabt hatte! Er hatte dieses so reine Profil so intensiv mit seinen Augen verschlungen, daß sie sich fast mit Tränen gefüllt hatten. Und wie an ein zartes Geheimnis, das sie ihm anvertraut hätte, erinnerte er sich an ein wenig Puder auf ihrer Wange...

An Land spielte sich alles wie im Traum ab. Während die Kinder mit Freudenschreien herumsprangen, während sich einzelne Gruppen bildeten und im Gehölz zerstreuten, schritt Meaulnes in eine Allee, in der zehn Schritte vor ihm das junge Mädchen ging. Er war bei ihr, ohne Zeit zur Überlegung gefunden zu haben:

»Sie sind schön«, sagte er einfach.

Aber sie beschleunigte ihren Schritt und bog ohne Antwort in eine Seitenallee ein. Andere Spaziergänger liefen und spielten durch die Alleen, und jeder ging nach seiner eigenen Lust und Laune und nur von seiner Phantasie geleitet umher. Der junge Mann machte sich wegen seines, wie er es nannte, tölpelhaften Benehmens, seiner Grobheit und seiner Dummheit heftige Vorwürfe. Er irrte ziellos umher und war überzeugt, daß er dieses anmutige Wesen nie mehr sehen würde, als er plötzlich bemerkte, wie sie ihm entgegenkam und auf dem engen Pfad nahe an ihm vorbeigehen mußte. Sie strich mit ihren bloßen Händen die Falten aus ihrem weiten Mantel. Sie trug schwarze, weit offene Schuhe. Ihre Knöchel waren so zart, daß sie manchmal nachgaben und man fürchten mußte, sie könnten brechen.

Diesmal grüßte der junge Mann und sagte ganz leise:

»Wollen Sie mir verzeihen?«

»Ich verzeihe Ihnen«, sagte sie mit Ernst. »Aber jetzt muß ich wieder zu den Kindern gehen, weil die heute die Herren sind. Adieu.«

Meaulnes bat sie inständig, noch einen Augenblick zu bleiben. Er redete ungeschickt, aber in so verstörtem und verwirrtem Ton auf sie ein, daß sie langsamer ging und ihm zuhörte.

Schließlich sagte sie: »Ich weiß nicht einmal, wer Sie sind.«

Sie sprach jedes Wort im gleichen Tonfall, mit demselben Nachdruck aus, nur das letzte sagte sie sanfter... Dann nahm ihr Gesicht wieder einen unbewegten Ausdruck an, sie biß sich ein wenig auf die Lippe und ihre blauen Augen sahen starr in die Ferne.

»Auch ich kenne Ihren Namen nicht«, antwortete Meaulnes.

Sie gingen jetzt auf einem Weg durch freies Gelände und sahen auf einige Entfernung, wie sich die Gäste um ein Haus drängten, das einsam im Land lag.

»Das ist ›Frantz' Haus‹«, sagte das junge Mädchen, »ich muß Sie jetzt verlassen ...«

Sie zögerte, sah ihn einen Augenblick lächelnd an und sagte:

»Mein Name?... Ich bin Mademoiselle Yvonne de Galais ...«

Und sie eilte davon.

›Frantz' Haus‹ war damals unbewohnt. Aber Meaulnes fand es bis zum Dachboden angefüllt von der Schar der Gäste. Im übrigen hatte er kaum Zeit, sich den Ort, an dem er sich befand, genauer anzusehen: Es gab in Eile ein kaltes Essen, das mit den Booten mitgebracht worden war; das entsprach zwar nicht der Jahreszeit, aber vermutlich hatten die Kinder so entschieden; danach fuhr man wieder ab. Als Meaulnes Mademoiselle de Galais aus dem Haus gehen sah, ging er zu ihr und knüpfte an das an, was sie eben gesagt hatte:

»Der Name, den ich Ihnen gegeben habe, war schöner.«

»Wie? Welcher Name war das?« fragte sie immer noch mit demselben Ernst.

Er aber hatte Angst, etwas Törichtes gesagt zu haben, und antwortete nicht.

»Ich heiße Augustin Meaulnes«, fuhr er dann fort, »und bin Student.«

»Oh, Sie studieren?« sagte sie. Und sie unterhielten sich noch eine Weile miteinander. Sie sprachen langsam, glücklich – und freundschaftlich. Dann änderte das junge Mädchen sein Verhalten. Weniger hochmütig und ernst, schien sie jetzt eher unruhig zu sein. Man hätte meinen können, sie habe Angst vor dem, was Meaulnes sagen wollte, und erschrecke schon im voraus. Sie stand, am ganzen Körper zitternd, neben ihm, wie eine Schwalbe, die sich für einen Augenblick auf dem Boden niedergelassen hat und schon unruhig ist vor Verlangen, sich wieder in die Lüfte zu erheben.

»Wozu das? Wozu?« antwortete sie sanft auf die Pläne, die Meaulnes bereits anstellte.

Aber als er es dann endlich wagte, sie um die Erlaubnis zu bitten, eines Tages wieder auf dieses schöne Gut zurückzukommen, antwortete sie einfach:

»Ich werde Sie erwarten.«

Als sie des Landestegs ansichtig wurden, blieb sie plötzlich stehen und sagte nachdenklich:

»Wir sind zwei Kinder. Wir haben eine Dummheit begangen. Wir dürfen diesmal nicht in das gleiche Boot steigen. Adieu, folgen Sie mir nicht!«

Bestürzt blieb Meaulnes für einen Augenblick stehen und sah ihr nach, wie sie davonging; dann schritt er weiter. Bevor sich das junge Mädchen, in der Ferne, wieder in der Schar der Gäste verlor, blieb es noch einmal stehen, wandte sich ihm zu und sah ihn zum ersten Mal lange an. War dies ein letztes Zeichen des Abschieds? Wollte sie ihm verbieten, mit ihr zu gehen? Oder hatte sie ihm vielleicht noch etwas zu sagen?

Sobald man wieder auf das Gut zurückgekehrt war, begann auf einer großen, leicht abschüssigen Wiese hinter dem Pachthof das Ponyrennen. Das war der letzte Teil des Festes. Nach aller Voraussicht mußte das Brautpaar rechtzeitig dazu eintreffen, und Frantz sollte alles leiten.

Aber man mußte ohne ihn beginnen. Die Jungen in Jockeyanzug, die Mädchen als Reiterinnen führten lebhafte und mit Bändern geschmückte Ponys die einen, sehr alte, folgsame Pferde die andern heran. Inmitten des Geschreis, des Lachens der Kinder, der Wetten und der langen Glockenschläge hätte man meinen können, man wäre auf dem grünen, kurzgeschorenen Rasen einer Rennbahn in Miniaturausgabe.

Meaulnes erkannte Daniel und die kleinen Mädchen mit den Federhüten wieder, denen er am Tage zuvor in der Allee des Waldes zugehört hatte... Der Rest des Schauspiels entging ihm, denn er war nur darauf bedacht, in der Menge den reizenden Rosenhut und den weiten braunen Mantel wiederzufinden. Aber Mademoiselle de Galais erschien nicht. Er war noch auf der Suche, als heftiges Schlagen der Glocke und Freudenschreie das Ende der Rennen verkündeten. Ein kleines Mädchen auf einer alten weißen Stute hatte den Sieg davongetragen. Im Triumph kam es auf seinem Roß vorbeigeritten, und der Federbusch seines Hutes flatterte im Wind.

Dann wurde plötzlich alles still. Die Spiele waren zu Ende, und Frantz war nicht zurückgekehrt. Es gab einen Augenblick des Zögerns und verlegene Besprechungen; dann ging man in Gruppen wieder in die Wohnungen, um still und besorgt auf die Rückkehr des Brautpaares zu warten.

Sechzehntes Kapitel

Frantz de Galais

Das Rennen war zu früh zu Ende gegangen. Es war halb fünf und noch hell, als Meaulnes wieder in sein Zimmer gelangte, noch ganz erfüllt von den Erlebnissen dieses ungewöhnlichen Tags. Er setzte sich an den Tisch und wartete untätig auf das Abendessen und auf das Fest, das sich anschließen sollte.

Wie am ersten Abend blies wieder ein heftiger Wind. Er hörte sich an wie das Tosen eines Gebirgsbaches oder wie das starke Brausen eines Wasserfalls. Der Schieber am Kamin klapperte immer wieder.

Zum ersten Mal empfand Meaulnes ein leichtes Gefühl der Angst, wie es uns nach allzu schönen Tagen befällt. Einen Augenblick dachte er daran, das Feuer anzuzünden, aber sein Versuch, den rostigen Schieber am Kamin hochzudrücken, war vergeblich. Also ging er daran, in seinem Zimmer aufzuräumen; er hängte seine schöne Kleidung an die Garderobe und stellte die umgefallenen Stühle längs der Wand wieder auf, als ob er alles für einen längeren Aufenthalt vorbereiten wollte.

Er dachte jedoch daran, daß er sich immer zur Abreise bereithalten müsse, und legte deshalb seinen Kittel und die übrige Schülerkleidung sorgfältig gefaltet wie einen Reiseanzug über eine Stuhllehne; die genagelten und noch immer schmutzstarrenden Schuhe stellte er unter den Stuhl.

Dann setzte er sich wieder und betrachtete mit mehr Ruhe den Raum um sich herum, den er in Ordnung gebracht hatte.

Immer wieder zog ein Regentropfen im Streifen über die Scheibe des Fensters, das auf den Hof mit den Fahrzeugen und auf den Tannenwald ging. Der große Junge war, nachdem er den Raum aufgeräumt hatte, zufrieden und fühlte sich vollkommen glücklich. Als ein geheimnisvoller Fremder befand er sich mitten in dieser unbekannten Welt und in dem Zimmer, das er sich ausgesucht hatte. Was er erreicht hatte, ging über alle seine Erwartungen hinaus. Und für sein Glücksgefühl genügte es jetzt, sich an das Gesicht des jungen Mädchens zu erinnern, das sich im starken Wind ihm zugewandt hatte...

Während er so träumte, war die Dunkelheit hereingebrochen, ohne daß er daran gedacht hätte, die Leuchter anzuzünden. Ein Windstoß ließ die Tür zum Hinterzimmer anschlagen, das mit seinem Raum verbunden war und dessen Fenster ebenfalls auf den Hof mit den Wagen hinausging. Meaulnes ging, sie wieder zu schließen, da bemerkte er in dem Zimmer einen Lichtschein wie von einer auf dem Tisch stehenden Kerze. Er steckte den Kopf in den Türspalt. Durch das Fenster vermutlich war jemand hineingelangt, der jetzt mit leisen Schritten im Zimmer auf und ab ging. Soweit er sehen konnte, war es ein sehr junger Mann. Er trug keine Kopfbedeckung, hatte aber einen Reiseumhang über den Schultern und lief unaufhörlich umher, wie außer sich vor unerträglichem Schmerz. Durch das Fenster, das er weit offen gelassen hatte, bauschte der Wind seinen Umhang, und jedesmal, wenn er an dem Licht vorbeiging, war zu sehen, wie die vergoldeten Knöpfe seines feinen Gehrocks funkelten.

Er pfiff eine Melodie zwischen den Zähnen, eine Art Seemannslied, wie es die Matrosen und die leichten Mädchen in den Hafenkneipen singen, um sich aufzumuntern...

Wie er so auf und ab ging, blieb er plötzlich für einen Augenblick stehen, beugte sich über den Tisch, wühlte in einer Schachtel und nahm mehrere Blatt Papier heraus... Im Schein der Kerze sah Meaulnes im Profil ein bartloses, sehr fein geschnittenes Gesicht mit einer Adlernase unter kräftigem, seitlich gescheiteltem Haar. Er hatte aufgehört zu pfeifen. Er war sehr bleich, hatte die Lippen halb geöffnet und schien am Ende zu sein, so als hätte ihn ein tödlicher Stoß ins Herz getroffen.

Meaulnes zögerte, ob er sich aus Rücksicht zurückziehen oder zu ihm gehen, ihm als Kamerad sanft die Hand auf die Schulter legen und mit ihm sprechen sollte. Da hob der andere den Kopf und erblickte ihn. Er sah ihn eine Sekunde an und kam dann, ohne Erstaunen zu zeigen, näher; er gab seiner Stimme einen festen Ausdruck und sagte:

»Monsieur, ich kenne Sie nicht, aber es freut mich, Sie zu sehen. Da Sie hier sind, werde ich Ihnen alles erzählen... Also!...«

Er schien völlig außer sich zu sein. Nachdem er »Also!« gesagt hatte, packte er Meaulnes am Revers seiner Jacke, als wollte er seine Aufmerksamkeit erzwingen. Dann drehte er seinen Kopf zum Fenster, wie wenn er überlegte, was er sagen wollte, seine Augenlider bewegten sich – und Meaulnes begriff, daß er heftig mit den Tränen kämpfte.

Mit einem Ruck schluckte er diesen ganzen kindlichen Schmerz hinunter; dann sagte er, wobei er immer noch starr zum Fenster hinausblickte, mit veränderter Stimme:

»Nun gut, also: Es ist vorbei, das Fest ist zu Ende. Sie können hinuntergehen und es den anderen sagen. Ich bin allein zurückgekehrt. Meine Braut wird nicht kommen, aus Bedenken, aus Furcht, aus Mangel an Vertrauen... Im übrigen möchte ich Ihnen erklären, Monsieur...«

Aber er konnte nicht weiterreden; sein ganzes Gesicht zog sich zusammen. Er erklärte nichts. Dann wandte er sich plötzlich ab und ging ins Dunkle des Raums, um Schubladen voller Kleider und Bücher zu öffnen und wieder zu schließen.

»Ich werde mich fertigmachen und wieder abreisen«, sagte er. »Ich möchte nicht gestört werden.«

Er legte verschiedene Gegenstände auf den Tisch, ein Reisenecessaire, eine Pistole...

Und Meaulnes ging völlig verwirrt hinaus und wagte nicht, ihm etwas zu sagen oder ihm die Hand zu drükken.

Unten schienen alle schon etwas geahnt zu haben. Fast alle jungen Mädchen hatten bereits ihr Kleid gewechselt. Im Hauptgebäude hatte das Abendessen begonnen, in Eile und ohne Ordnung, wie kurz vor einem Aufbruch.

Es herrschte ein ständiges Kommen und Gehen zwischen dem großen Speiseraum mit Küche und den Zimmern oben und den Stallungen. Diejenigen, die gegessen hatten, standen in Gruppen zusammen und nahmen Abschied voneinander.

»Was geht denn vor?« fragte Meaulnes einen Burschen vom Land, der seinen Filzhut auf den Kopf und die Serviette in die Weste gesteckt hatte und eilig sein Essen hinunterschlang.

»Wir fahren ab«, antwortete der. »Das wurde plötzlich beschlossen. Um fünf Uhr waren wir Gäste, alle zusammen, immer noch allein. Wir hatten bis zum letzten Augenblick gewartet. Das Brautpaar konnte nicht mehr kommen. Da hat einer gesagt: ›Sollen wir nicht abreisen?‹ Und alle haben sich zur Abfahrt fertig gemacht.«

Meaulnes gab keine Antwort. Er hatte nichts dagegen, jetzt abzureisen. War er nicht bis ans Ende seines Abenteuers gelangt? ... Hatte er diesmal nicht alles erreicht, was er sich wünschte? Er hatte kaum die Zeit gehabt, noch einmal in seinem Gedächtnis die ganze schöne Unterhaltung vom Morgen vorüberziehen zu lassen. Im Augenblick ging es nur noch darum abzureisen. Und bald schon würde er wiederkommen – doch dann ohne zu mogeln ...

»Wenn Sie mit uns fahren wollen«, fuhr der andere, ein junger Mann seines Alters, fort, »dann ziehen Sie sich schnell um! Wir spannen gleich an.«

Meaulnes ließ seine angefangene Mahlzeit stehen und lief schnell davon, ohne die Gäste über das zu informieren, was er wußte. An diesem Abend hingen keine Lampions an den Fenstern. Aber da das Abendessen schließlich so etwas war wie das letzte Mahl nach einer Hochzeit, hatten die weniger ordentlichen Gäste, die vielleicht ein wenig getrunken hatten, zu singen angefangen. Je weiter sich Meaulnes entfernte, um so deutlicher hörte er ihre Trinklieder in diesem Park erschallen, der in den letzten beiden Tagen so viel Anmut und so viel Wunderbares gesehen hatte. Das war der Anfang der Verwirrung und der Zerstörung. Er kam an dem Fischteich vorbei, in dem er sich am gleichen Morgen noch gespiegelt hatte. Wie anders sah jetzt schon alles aus ... – mit dem im Chor angestimmten Lied, das in Fetzen herüberdrang:

Woher kommst du, liederliche Kleine?
Deine Haube ist zerrissen,
Deine Haare sind zerzaust ...

und dann kam noch das andere Lied:

Meine Schuhe sind rot ...
Adieu, ihr Amouren ...
Meine Schuhe sind rot ...
Adieu, für immer!

Als er unten an die Treppe seines abseits gelegenen Hauses gelangte, kam jemand herunter, stieß in der Dunkelheit gegen ihn und sagte:

»Adieu, Monsieur!«

Er hüllte sich in seinen Umhang, als wäre ihm sehr kalt, und verschwand. Es war Frantz de Galais.

Die Kerze, die Frantz in seinem Zimmer gelassen hatte, brannte noch. Alles war an seinem Ort. Auf einem Blatt Papier, das so hingelegt war, daß es auffallen mußte, standen nur die folgenden Worte:

Meine Braut ist verschwunden und hat mir sagen lassen, daß sie nicht meine Frau sein könne, daß sie eine Näherin und keine Prinzessin sei. Ich weiß nicht, was werden soll. Ich gehe fort. Ich habe keine Lust mehr zu leben. Yvonne möge mir verzeihen, daß ich ihr nicht mehr Adieu sage, aber sie könnte nichts für mich tun …

Die Kerze war an ihrem Ende; die Flamme flackerte, brannte für eine Sekunde ganz schwach und verlosch. Meaulnes ging in sein eigenes Zimmer zurück und schloß die Tür. Trotz der Dunkelheit erkannte er alle seine Sachen, die er einige Stunden zuvor am hellen Tag und voller Glück bereitgelegt hatte. Stück um Stück und unverändert fand er seine einfache, alte Kleidung wieder, von den groben Stiefeln bis zu dem derben Gürtel mit der Schnalle aus Kupfer. Er zog sich aus und schnell wieder an; als er aber die ausgeliehenen Kleidungsstücke auf einen Stuhl legte, verwechselte er die Westen.

Unter seinem Fenster, im Hof mit den Wagen, setzte ein großer Trubel ein. Es wurde gezogen, gerufen, gestoßen, weil jeder seinen Wagen aus dem unentwirrbaren Durcheinander herausziehen wollte, in dem er verfangen war. Da und dort kletterte ein Mann auf den Sitz seines Karrens, auf das Verdeck eines Wagens und schwenkte seine Laterne; ihr Schein fiel auf das Fenster: um Meaulnes herum gewann für einen Augenblick das inzwischen vertraute Zimmer, in dem alles so freundlich zu ihm gewesen war, wieder Leben … Und so schloß er sorgfältig die Tür und verließ diesen geheimnisvollen Ort, den er vermutlich nie wiedersehen würde.

Siebzehntes Kapitel

Das seltsame Fest

(Schluß)

Schon rollte eine Reihe von Wagen in der Nacht auf das Tor zum Walde zu. Mit einer Laterne in der Hand führte an der Spitze ein Mann im Umhang aus Ziegenfell das Pferd des ersten Gespanns am Zügel.

Meaulnes beeilte sich, jemanden zu finden, der ihn mitnehmen würde. Er hatte es eilig abzufahren. Im Grunde seines Herzens fürchtete er, daß er allein auf dem Gut zurückbliebe und sein Schwindel entdeckt würde.

Als er vor das Hauptgebäude kam, brachten die Wagenführer der letzten Wagen gerade die Lasten ins Gleichgewicht. Sie ließen alle Fahrgäste aufstehen, um die Sitze näher aneinanderzurücken oder auseinanderzustellen, und die in Tücher gehüllten jungen Mädchen hatten Mühe aufzustehen; die Decken fielen auf ihre Füße hinunter, und man sah die ängstlichen Gesichter derjenigen, die sich zu den Laternen hin herabbeugten.

In einem der Wagenführer erkannte Meaulnes den jungen Bauern wieder, der ihm gerade angeboten hatte mitzufahren, und er fragte ihn:

»Kann ich einsteigen?«

»Wohin möchtest du, mein Junge?« antwortete der andere, der ihn nicht wiedererkannte.

»Nach Sainte-Agathe.«

»Dann mußt du Maritain um einen Platz bitten.«

So ging der große Schüler und suchte den ihm unbekannten Maritain unter den verspäteten Reisenden. Man sagte ihm, daß er unter den Trinkenden zu finden sei, die in der Küche sangen.

»Das ist ein lustiger Vogel«, wurde ihm gesagt. »Der wird noch bis drei Uhr am Morgen dort sitzen.«

Meaulnes dachte für einen Augenblick an das junge Mädchen, das unruhig, fiebrig und voll Kummer bis spät in die Nacht diese betrunkenen Bauern auf dem Gut würde singen hören. In welchem Zimmer war sie? Wo war ihr Fenster in diesen geheimnisvollen Gebäuden? Aber es würde dem Schüler nichts nützen, wenn er noch länger bliebe. Er mußte gehen. Wenn er erst einmal nach Sainte-Agathe zurückgekehrt wäre, würde sich alles klären; er wäre nicht mehr ein Schüler, der ausgerissen ist, und er könnte wieder an die junge Schloßherrin denken.

Ein Wagen nach dem anderen fuhr ab; die Räder knirschten im Sand der großen Allee. Und man sah im Dunkeln, wie sie abdrehten und verschwanden, beladen mit eingemummelten Frauen und Kindern, die schon einschliefen. Ein großes Fuhrwerk kam noch, und ein Wagen mit Sitzbänken, auf denen die Frauen Schulter an Schulter eng aneinandergedrängt saßen, zog vorbei. Meaulnes blieb bestürzt auf der Schwelle des Hauses zurück. Bald würde nur noch eine alte Berline übrig sein, die ein Bauer im Kittel lenkte.

»Sie können einsteigen«, antwortete er auf Augustins Anfrage, »wir fahren in diese Richtung.«

Mühsam öffnete Meaulnes die Tür des alten Kastens, deren Scheibe klapperte und deren Angeln quietschten. In einer Ecke des Wagens schliefen zwei ganz kleine Kinder, ein Junge und ein Mädchen, auf der Sitzbank. Sie wurden wach durch das Geräusch und die Kälte, streckten sich und sahen ihn ausdruckslos an; dann kuschelten sie sich frierend in ihre Ecke und schliefen wieder ein ...

Schon fuhr der alte Wagen los. Meaulnes schloß die Tür leiser und richtete sich vorsichtig in der anderen Ekke ein; dann gab er sich große Mühe, den Ort, den er gerade verließ, und die Straße, auf der er gekommen war, zu erkennen: Trotz der Dunkelheit der Nacht konnte er erraten, daß der Wagen durch den Hof und den Garten fuhr, an der Treppe zu seinem Zimmer vorbeikam, durch das Tor bog und das Gut verließ, um in den Wald zu fahren. Er erkannte schemenhaft die Stämme der alten Tannen, die am Fenster vorüberflogen.

»Vielleicht begegnen wir Frantz de Galais«, sagte sich Meaulnes mit klopfendem Herzen.

Plötzlich wich der Wagen auf dem engen Weg zur Seite aus, um nicht an ein Hindernis zu stoßen. Soweit in der Dunkelheit an den großen Umrissen zu erkennen war, stand ein Wohnwagen mitten auf dem Weg, der dort in der Nähe des Festes vermutlich schon während der letzten Tage gestanden hatte. Als dieses Hindernis umgangen war, fielen die Pferde wieder in Trab. Meaulnes gab sich vergeblich Mühe, in der Dunkelheit etwas zu erkennen, und er wurde es müde, durch die Scheibe zu sehen, als plötzlich in der Tiefe des Waldes ein Feuerschein aufflackerte, dem ein Knall folgte. Die Pferde zogen im Galopp los, und Meaulnes wurde zunächst nicht klar, ob der Kutscher im Kittel versuchte, sie zurückzuhalten, oder ob er sie ganz im Gegenteil zur Flucht antrieb. Er wollte die Wagentür aufmachen. Da der Türdrücker außen angebracht war, versuchte er, das Fenster herunterzuziehen, aber es war vergeblich, obwohl er daran rüttelte... Die Kinder wurden wach und drückten sich ängstlich aneinander, ohne ein Wort zu sagen. Und während er an dem Fenster rüttelte und sein Gesicht an die Scheibe preßte, erkannte er an einer Biegung des Weges eine weiße Gestalt im Lauf. Es war der große Pierrot des Festes, der Gaukler im Gewand der Maskerade, der verstört und fassungslos einen menschlichen Körper in seinen Armen trug und an seine Brust drückte. Dann verschwand alles wieder.

Die beiden Kinder waren in dem Wagen, der in höchstem Tempo davonfuhr, wieder eingeschlafen. Niemand war da, mit dem Meaulnes über die geheimnisvollen Vorgänge der beiden Tage hätte sprechen können. Nachdem er einige Zeit alles, was er gehört und gesehen, noch einmal in seinem Geist hatte vorüberziehen lassen, gab sich auch der junge Mann, erschöpft und schweren Herzens wie ein trauriges Kind, dem Schlaf hin...

Noch vor der ersten Dämmerung hielt der Wagen auf dem Weg an, und Meaulnes wurde von jemandem geweckt, der an die Scheibe klopfte. Der Wagenführer machte mit Mühe die Tür auf und schrie, während der eisige Nachtwind den Schüler bis ins Mark erschauern ließ:

»Hier müssen Sie aussteigen; es wird Tag. Wir nehmen den Abkürzungsweg. Sie sind ganz in der Nähe von Sainte-Agathe.«

Halb zusammengekauert gehorchte Meaulnes und suchte mit einer unbewußten Bewegung herumtastend nach seiner Mütze, die in der dunkelsten Ecke des Wagens unter die Füße der beiden schlafenden Kinder geraten war; dann bückte er sich und stieg aus.

»Also auf Wiedersehen!« sagte der Mann und stieg wieder auf seinen Sitz. »Sie haben nur noch sechs Kilometer vor sich. Dort, am Rand des Weges, steht der Meilenstein.«

Meaulnes hatte sich noch nicht vom Schlaf frei gemacht und ging, nach vorn gebeugt und mit schweren Schritten, bis zu dem Stein, auf den er sich mit gekreuzten Armen und gesenktem Kopf setzte, als wolle er wieder einschlafen.

»Nein, nein!« schrie der Wagenführer. »Sie dürfen da nicht einschlafen; es ist zu kalt. Auf! Vorwärts! Laufen Sie ein bißchen!...«

Schwankend wie ein Betrunkener, die Hände in den Hosentaschen und mit eingezogenen Schultern, machte sich der große Bursche langsam auf den Weg nach Sainte-Agathe, während als letztes Zeichen des geheimnisvollen Festes die Berline von dem Kies der Landstraße herunterfuhr und sich, leise schwankend, auf dem Gras des Seitenwegs entfernte. Nur noch der Hut des Wagenführers war zu sehen, der über der Hecke tanzte...

ZWEITER TEIL

Erstes Kapitel

Das große Spiel

Sturm und Kälte, Regen oder Schnee und unsere Situation hinderten uns, intensiv zu suchen, und so kamen Meaulnes und ich nicht vor Ende des Winters dazu, wieder von dem verlorenen Land zu sprechen. Wir konnten nichts ernsthaft beginnen während dieser kurzen Tage im Februar, während der von Sturmböen gepeitschten Donnerstage, die gegen fünf Uhr regelmäßig mit einem trüben Eisregen endeten.

Nichts erinnerte uns mehr an Meaulnes' Abenteuer außer der merkwürdigen Tatsache, daß wir seit dem Nachmittag seiner Rückkehr keine Freunde mehr hatten. In den Pausen fanden die gleichen Spiele wie früher statt, aber Jasmin sprach nie mehr mit dem großen Meaulnes. Sobald am Abend der Klassenraum gefegt war, leerte sich der Hof wie zu den Zeiten, als ich noch allein war, und ich sah, wie mein Kamerad zwischen dem Garten und dem Schuppen, dem Hof und dem Eßzimmer umherirrte.

An den Donnerstagen setzten wir uns am Vormittag jeder an ein Katheder der beiden Klassenräume und lasen Rousseau und Paul-Louis Courier, die wir in den Wandschränken zwischen Englischlehrbüchern und sauber kopierten Notenheften entdeckt hatten. Am Nachmittag flohen wir wegen irgendeines Besuchs aus der Wohnung und gingen wieder in die Schulräume ... Manchmal hörten wir, wie Gruppen großer Schüler wie zufällig für einen Augenblick vor dem großen Portal stehenblieben, in Soldatenspielen, deren Regeln uns unbekannt waren, dagegenstießen und dann wieder gingen ... Dieses traurige Leben ging bis Ende Februar so weiter. Ich begann zu glauben, Meaulnes habe schon wieder alles vergessen, als ein Abenteuer, noch seltsamer als die anderen, mir zeigte, daß ich mich getäuscht hatte und daß sich unter der Oberfläche dieses düsteren Winterdaseins eine heftige Krise entwickelte.

Gegen Ende des Monats, eben an einem Donnerstagabend, erreichte uns die erste Nachricht von dem merkwürdigen Gut, die erste Welle jenes Abenteuers, von dem wir nicht mehr sprachen. Es war schon spät am Abend; da meine Großeltern abgereist waren, saßen nur Millie und mein Vater mit uns zusammen, die nicht die geringste Ahnung hatten von der versteckten Feindschaft, durch die die ganze Klasse in zwei Lager geteilt wurde.

Um acht Uhr hatte Millie die Tür aufgemacht, um die Krümel vom Essen hinauszuwerfen, und sie hatte mit so heller Stimme »Ah!« gerufen, daß wir hingingen, um nachzusehen. Auf der Schwelle lag eine Schicht Schnee ... Da es sehr dunkel war, lief ich ein paar Schritte in den Hof, um zu sehen, ob die Schicht tief war. Ich fühlte, wie mir leichte Flocken aufs Gesicht fielen und gleich schmolzen. Man hieß mich sehr schnell wieder hereinkommen, und Millie schloß fröstelnd die Tür.

Um neun Uhr machten wir uns fertig, um ins Bett zu gehen; meine Mutter hatte schon die Lampe in der Hand, als wir ganz deutlich zwei kräftige Schläge hörten, die mit voller Kraft gegen das Portal am anderen Ende des Hofes geführt wurden. Sie stellte die Lampe wieder auf den Tisch, und wir blieben alle, gespannt lauschend, mit gespitzten Ohren stehen.

Es war nicht daran zu denken, hinzugehen und nachzusehen, was vorging. Bevor wir auch nur bis zur Mitte des Hofes gekommen wären, wären die Lampe gelöscht und das Glas zerbrochen gewesen. Es wurde für einen Augenblick still, und mein Vater sagte: »Das war wohl...«, als genau unter dem Eßzimmerfenster, das, wie gesagt, zur Straße nach dem Bahnhof hinausging, ein schriller und langgezogener Pfiff erscholl, der sicherlich bis zur Kirchstraße zu hören war. Gleich danach brachen vor dem Fenster, kaum gedämpft von den Scheiben, durchdringende Schreie von Leuten los, die sich auf die Mauerbrüstung hochgezogen haben mußten: »Bringt ihn her! Bringt ihn her!«

Am anderen Ende des Gebäudes antworteten die gleichen Schreie. Dorthin mußten sie über das Feld des alten Martin gekommen und über die niedrige Mauer zwischen diesem und unserem Hof geklettert sein.

Dann erschollen auf allen Seiten aus acht oder zehn Kehlen von Unbekannten Schreie mit verstellter Stimme: »Bringt ihn her!« – auf dem Dach des Vorratsschuppens, auf das sie vermutlich gelangt waren, indem sie über Reisigholz kletterten, das an der Wand aufgestapelt war – auf einer kleinen Mauer, die vom Schuppen zum Portal lief und auf die man sich bequem rittlings setzen konnte, da sie oben abgerundet war – auf der Mauer mit dem Gitter zur Bahnhofstraße, auf die leicht zu steigen war... Schließlich erschien hinten im Garten eine verspätete Schar, die den gleichen Tanz aufführte und ihrerseits schrie: »Auf, wir entern!«

Und wir hörten das Echo ihrer Schreie in den leeren

Klassenräumen hallen, deren Fenster sie aufgestoßen hatten.

Meaulnes und ich kannten die Winkel und Gänge des großen Gebäudes so gut, daß wir ganz klar, wie auf einem Plan, alle Punkte sahen, an denen die Unbekannten angriffen.

Tatsächlich waren wir nur im ersten Augenblick erschrocken. Bei dem Pfiff mußten wir alle vier an einen Angriff von Landstreichern oder Zigeunern denken. Tatsächlich hielten sich seit vierzehn Tagen auf dem Platz hinter der Kirche ein großer Galgenvogel und ein junger Bursche mit einem verbundenen Kopf auf. Dazu arbeiteten bei den Wagenbauern und Schmieden Leute, die nicht vom Ort waren.

Aber sobald wir die Angreifer hatten schreien hören, wurde uns klar, daß wir es mit Männern, vermutlich jungen, aus dem Dorf zu tun hatten. An den schrillen Stimmen war mit Sicherheit zu erkennen, daß sogar Buben in der Schar waren, die unser Haus angriff, wie man ein Schiff entert.

»Na, so was ...!« schrie mein Vater.

Und Millie fragte halblaut:

»Was soll denn das bedeuten?«

Da verstummten plötzlich die Stimmen am Portal und auf der Mauer mit dem Gitter – schließlich auch die am Fenster. Zwei Pfiffe erschollen hinter dem Fenster. Die Schreie der Leute, die auf den Vorratsschuppen geklettert waren, und die der Angreifer von der Gartenseite wurden schwächer und brachen schließlich ganz ab; wir vernahmen längs der Eßzimmerwand das Geräusch der ganzen Truppe, die sich eilig zurückzog und deren Schritte vom Schnee gedämpft wurden.

Offenbar störte sie jemand. Sie hatten gemeint, sie könnten zu dieser Zeit, in der alles schlief, in Ruhe das alleinstehende Haus am Ende des Dorfs angreifen. Aber nun kam etwas dazwischen, was ihren Schlachtplan durchkreuzte.

Wir hatten kaum Zeit gehabt, uns wieder zu fassen – denn der Angriff war plötzlich erfolgt wie ein gut geplantes Entermanöver –, und wollten gerade hinausgehen, als wir eine bekannte Stimme an dem kleinen Gittertor hörten:

»Monsieur Seurel! Monsieur Seurel!«

Es war Monsieur Pasquier, der Metzger. Der kleine, dicke Mann streifte seine Holzschuhe an der Schwelle ab, schüttelte den Schnee von seinem Kittel und trat ein. Er setzte eine zugleich pfiffige und verstörte Miene auf wie jemand, der das ganze Geheimnis einer dunklen Angelegenheit entdeckt hat:

»Ich war in meinem Hof zur Place des Quatre-Routes hin. Ich wollte gerade den Ziegenstall zumachen. Was sehe ich da plötzlich im Schnee stehen? Zwei große Burschen, die Wache schoben oder etwas beobachteten. Sie waren da beim Kreuz! Ich gehe zwei Schritte auf sie zu – Hopp, da rennen sie im schnellsten Galopp weg in Richtung auf Ihr Haus. Na, da habe ich nicht gezögert, sondern meine Lampe genommen und mir gesagt: Das werde ich Monsieur Seurel erzählen...«

Und er fing mit seiner Geschichte wieder von vorne an:

»Ich war im Hof hinter meinem Haus...« Bei diesen Worten wird ihm ein Likör angeboten, den er auch annimmt, und wir fragen ihn nach Einzelheiten, über die er aber nichts sagen kann.

Als er zum Haus kam, hatte er nichts gesehen. Die von ihm aufgestörten Wachtposten hatten die Schar gewarnt, die darauf sofort verschwunden war. Und wer die beiden Meldegänger hätten sein können...

»Es könnten wohl Zigeuner sein«, brachte er vor. »Seit fast einem Monat sind sie auf dem Platz und warten auf besseres Wetter für ihre Vorstellung; die drehen doch immer ein Ding!«

All das brachte uns nicht weiter, und so blieben wir völlig ratlos stehen, während der Mann seinen Likör schlürfte und noch einmal seine Geschichte erzählte; da nahm Meaulnes, der bis zu diesem Augenblick aufmerksam zugehört hatte, die Lampe des Metzgers vom Boden und entschied:

»Wir müssen gehen und nachsehen!«

Er machte die Tür auf, und wir, Monsieur Seurel, Monsieur Pasquier und ich folgten ihm.

Da die Angreifer verschwunden waren, war Millie schon wieder beruhigt; wie alle ordentlichen und gewissenhaften Leute von Natur aus nur wenig neugierig, erklärte sie:

»Geht nur, wenn ihr wollt! Aber macht die Tür zu und nehmt den Schlüssel mit! Ich gehe ins Bett. Die Lampe lasse ich brennen.«

Zweites Kapitel

Wir geraten in einen Hinterhalt

In tiefem Schweigen zogen wir auf dem Schnee los. Meaulnes ging voran und verbreitete den Schein seiner Laterne, die durch ein Gitter geschützt war, wie einen Fächer um sich ... Kaum waren wir aus dem großen Portal getreten, da liefen hinter der Gemeindewaage an der Mauer unseres Hofes plötzlich zwei eingemummte Gestalten wie aufgescheuchte Rebhühner davon. Sei es aus

Spott, aus Vergnügen an dem seltsamen Spiel, das sie spielten, oder aus nervöser Erregung und Angst, erwischt zu werden, riefen sie sich im Laufen lachend zwei oder drei Worte zu.

Meaulnes stellte die Laterne in den Schnee und schrie zu mir:

»Folge mir, François!...«

Wir ließen die beiden älteren Männer stehen, die einen solchen Lauf nicht hätten durchhalten können, und machten uns an die Jagd nach den beiden Schatten, die zunächst für eine kurze Zeit auf dem Chemin de la Vieille-Planche um das untere Dorf gelaufen waren und dann wieder geradewegs zur Kirche hochrannten. Sie liefen gleichmäßig ohne allzu große Eile, und wir hatten keine Mühe, ihnen zu folgen. Sie überquerten die Rue de l'Eglise, wo alles still und im Schlaf war, und bogen hinter dem Friedhof in ein Gewirr von kleinen Straßen und Sackgassen ein.

Dort lag das Viertel der Tagelöhner, der Näherinnen und Weber, das man die Petits-Coins nannte. Wir kannten es kaum und waren niemals zur Nachtzeit dorthin gegangen. Tagsüber war niemand dort: Die Tagelöhner waren nicht da und die Weber arbeiteten im Inneren des Hauses. In der großen Stille dieser Nacht machte das Viertel einen noch verlasseneren, noch verschlafeneren Eindruck als die anderen Viertel des Dorfes. Es bestand also nicht die geringste Chance, daß jemand erscheinen und uns zu Hilfe kommen würde.

Ich kannte nur einen Weg zwischen diesen kleinen Häusern, die nach Zufall, wie Pappkartons dort hingesetzt worden waren, nämlich den Weg zu der Schneiderin, die man »die Stumme« nannte. Zunächst ging es einen ziemlich steilen, hier und da mit Steinen belegten Abhang hinunter, dann gelangte man, nachdem man zwei- oder dreimal zwischen den kleinen Höfen der Weber und leeren Ställen abgebogen war, in eine breite Sackgasse, die von einem seit langer Zeit aufgegebenen Bauernhof abgeschlossen wurde. Während die Stumme mit aufgeregten Fingern eine wortlose, nur von kleinen Schreien der Behinderten unterbrochene Unterhaltung mit meiner Mutter führte, konnte ich durch das Fenster die hohe Mauer des Gehöfts, des letzten Anwesens auf dieser Seite des Dorfes, und die geschlossene Absperrung des Hofes sehen, der trocken und ohne Stroh dalag und wo sich nie mehr etwas ereignete...

Genau diesen Weg schlugen die beiden Unbekannten ein. Bei jeder Kurve fürchteten wir, sie zu verlieren, aber zu meiner Überraschung gelangten wir immer schon zu der Biegung der nächsten Gasse, bevor sie diese verlassen hatten. Ich sage: zu meiner Überraschung, denn das wäre bei der geringen Länge dieser Gassen nicht möglich gewesen, wenn sie nicht jedesmal langsamer gelaufen wären, sobald wir sie aus den Augen verloren hatten.

Schließlich bogen sie in die Straße ein, die zu der Stummen führte, und ich rief Meaulnes zu:

»Wir haben sie, das ist eine Sackgasse!«

In Wirklichkeit hatten sie uns... Sie hatten uns dorthin geführt, wo sie uns haben wollten. Als sie an der Mauer angelangt waren, drehten sie sich entschlossen zu uns um, und einer stieß den gleichen Pfiff aus, den wir an diesem Abend schon zweimal gehört hatten.

Sofort kamen etwa zehn Jungen aus dem Hof des verlassenen Gehöfts, in dem sie anscheinend postiert waren, um uns zu erwarten. Sie waren alle vermummt, das Gesicht steckte tief in ihren Schals...

Wir wußten schon vorher, wer es war, aber wir waren fest entschlossen, Monsieur Seurel, den unsere Angelegenheit nichts anging, kein Wort zu erzählen. Delouche,

Denis, Giraudat und alle anderen waren da. Während des Kampfes erkannten wir ihre Art, sich zu schlagen, und ihre abgehackten Stimmen. Aber eins war beunruhigend und schien Meaulnes fast zu erschrecken: Einer war da, den wir nicht kannten und der der Chef zu sein schien...

Er rührte Meaulnes nicht an, sondern sah zu, wie seine Soldaten vorgingen, die sich die größte Mühe gaben und, vom Kopf bis zum Fuß in Fetzen, durch den Schnee gezogen, gegen den großen Burschen vorgingen, der außer Atem geriet. Zwei von ihnen hatten sich meiner angenommen und mich mit Mühe festgehalten, denn ich schlug um mich wie ein Teufel. Ich war am Boden und saß mit gebeugtem Knie auf den Absätzen; sie hielten mir die Arme auf dem Rücken zusammen, und ich sah mit großer Neugierde und mit Schrecken, was vor sich ging.

Meaulnes hatte sich von vier Jungen aus der Schule, die an seinem Kittel hingen, freigemacht, indem er sich schnell um sich selbst drehte und sie in hohem Bogen in den Schnee schleuderte... Kerzengerade stand der Unbekannte da, verfolgte interessiert, aber sehr ruhig, den Kampf und rief wiederholt mit klarer Stimme:

»Vorwärts... Nur Mut!... Wieder ran!... Go on, my boys...«

Er war offenbar der Befehlshaber... Woher kam er? Wo und wie hatte er die anderen für den Kampf trainiert? Das blieb ein Rätsel für uns. Sein Gesicht steckte wie das der anderen in einem Schal, aber als Meaulnes sich seiner Gegner entledigt hatte und drohend auf ihn zuging, machte er eine Bewegung, um klar zu sehen und der Situation begegnen zu können; da wurde ein Stück weißen Stoffs frei, das wie ein Verband um seinen Kopf lag.

In diesem Augenblick schrie ich Meaulnes zu:

»Paß auf! Hinter dir ist noch einer!«

Er konnte sich nicht mehr umdrehen, denn von der Absperrung des Hofes in seinem Rücken her war ein großer Teufel aufgetaucht, der mit Geschick seinen Schal um den Hals meines Freundes schlang und ihn nach hinten umwarf. Sofort gingen Meaulnes' vier Gegner, die im Schnee gelandet waren, wieder zum Angriff über, um seine Arme und Beine festzuhalten. Sie banden seine Arme mit einem Strick und seine Füße mit einem Schal zusammen, und der junge Mann mit dem verbundenen Kopf wühlte in seinen Taschen... Der zuletzt gekommene Mann mit dem Lasso hatte eine kleine Kerze angezündet, die er mit der Hand schützte, und jedesmal, wenn er ein neues Stück Papier entdeckte, ging der Chef zu der Funzel und prüfte, was es enthielt. Schließlich faltete er die mit Eintragungen bedeckte Karte auf, an der Meaulnes seit seiner Rückkehr arbeitete, und jubelte:

»Jetzt haben wir es! Das ist der Plan! Das ist der Wegweiser! Jetzt werden wir sehen, ob dieser Herr wirklich dorthin gegangen ist, wohin ich vermute...«

Sein Gefährte löschte die Kerze. Jeder nahm Mütze und Gürtel, und alle verschwanden still, wie sie gekommen waren. Nun konnte ich in Eile meinen Kameraden losbinden.

»Er wird mit diesem Plan nicht sehr weit kommen«, sagte Meaulnes und stand auf.

Wir zogen langsam wieder ab, denn er hinkte ein wenig. Auf dem Kirchweg trafen wir wieder auf Monsieur Seurel und den alten Pasquier.

»Habt ihr nichts gesehen?« fragten sie... »Wir auch nicht!«

Wegen der Dunkelheit der Nacht bemerkten sie nichts. Der Metzger verließ uns, und Monsieur Seurel ging sofort schlafen.

Aber wir beide blieben oben in unserem Zimmer noch lange auf und besserten im Schein der Lampe, die Millie uns überlassen hatte, die aufgeplatzten Nähte unserer Kittel aus und sprachen leise über das, was uns zugestoßen war, wie zwei Waffenbrüder am Abend einer verlorenen Schlacht...

Drittes Kapitel

Der Zigeuner in der Schule

Am nächsten Morgen fiel es uns schwer aufzustehen. Um halb neun, in dem Moment, da Monsieur Seurel das Zeichen gab hineinzugehen, kamen wir ganz außer Atem angelaufen und reihten uns ein. Da wir spät kamen, stellten wir uns irgendwo zwischen die anderen; normalerweise war der große Meaulnes der erste in der langen Reihe der Schüler, die mit ihren Büchern, Heften und dem Federhalter dastanden und von Monsieur Seurel überprüft wurden.

Ich war erstaunt über das stille Entgegenkommen, mit dem man uns zur Mitte der Schlange hin Platz machte; und während Monsieur Seurel den Eintritt in die Klassenräume noch einen Augenblick verschob und den großen Meaulnes überprüfte, streckte ich neugierig nach links und rechts den Kopf vor, um die Gesichter unserer Feinde vom Vorabend zu sehen.

Der erste, den ich bemerkte, war gerade der, an den ich ständig dachte, den ich aber als letzten an diesem Ort erwartet hätte. Er stand als allererster auf dem üblichen Platz von Meaulnes, hatte einen Fuß auf die Stufe aus Stein gestellt und lehnte mit dem Ranzen an dem Rahmen der Eingangstür. Sein feines, sehr bleiches Gesicht mit ein paar Sommersprossen hielt er etwas geneigt und mit einer Art verächtlicher und belustigter Neugier auf uns gerichtet. Sein Kopf und eine ganze Gesichtshälfte waren mit weißen Leinenstreifen verbunden. Ich erkannte den Chef der Bande, den Zigeuner, wieder, der uns in der letzten Nacht beraubt hatte.

Aber schon traten wir in den Klassenraum, und jeder ging auf seinen Platz. Der neue Schüler setzte sich neben den Pfeiler auf der linken Seite der langen Bank, auf der Meaulnes den ersten Platz rechts innehatte. Giraudat, Delouche und die drei anderen auf der ersten Bank waren eng zusammengerückt, um ihm Platz zu machen, als wäre alles schon vorher verabredet gewesen...

Im Winter kamen nicht selten solche Schüler zu uns, Binnenschiffer, die das Eis im Kanal überrascht hatte, Lehrlinge, Reisende, die vom Schnee festgehalten wurden. Sie blieben zwei Tage, einen Monat, selten länger im Unterricht... In der ersten Stunde erweckten sie die Neugier, dann wurden sie schon bald nicht mehr beachtet und verschwanden sehr schnell in der Menge der gewöhnlichen Schüler.

Doch dieser Neuankömmling sollte nicht so schnell in Vergessenheit geraten. Ich erinnere mich noch an dieses seltsame Wesen und an alle die merkwürdigen Schätze, die er in seinem Ranzen auf dem Rücken mitbrachte. Da waren zunächst die Federhalter »mit Bild«, die er hervorzog, um das Diktat zu schreiben. Wenn man ein Auge zukniff, konnte man in einem Ausschnitt des Stiels undeutlich und vergrößert die Basilika von Lourdes oder irgendein unbekanntes Denkmal erkennen. Er suchte sich einen aus, und die anderen gingen von Hand zu Hand. Dann kam ein chinesischer Federkasten an die Reihe, angefüllt mit Zirkeln und anderen interessanten Instrumenten, die zur linken Bank weitergereicht wurden und still und heimlich unter den Heften von Hand zu Hand gingen, damit Monsieur Seurel nichts sähe.

Auch ganz neue Bücher zogen vorüber, deren Titel ich schon begierig auf den Einbänden der wenigen Bücher unserer Bibliothek gelesen hatte: *La Teppe aux Merles, La Roche aux Mouettes, Mon ami Benoist*... Einige blätterten mit einer Hand auf ihren Knien in diesen Bänden, die wer weiß woher kamen und vielleicht gestohlen waren, während sie mit der anderen Hand das Diktat schrieben. Andere drehten hinten in ihrem Fach mit den Zirkeln Kreise. Während Monsieur Seurel ihnen den Rücken zukehrte, mit dem Diktat fortfuhr und dabei vom Katheder zum Fenster ging, kniffen wieder andere schnell ein Auge zu und sahen mit dem anderen graugrün und durchbrochen Notre-Dame de Paris. Und der neue Schüler, mit der Feder in der Hand und seinem feinen Profil vor dem grauen Pfeiler, zwinkerte mit den Augen, zufrieden mit dem heimlichen Tun, das um ihn entstand.

Allmählich aber wurde die ganze Klasse besorgt: Die Gegenstände, die man »herumgehen« ließ, landeten nacheinander in den Händen des großen Meaulnes, der sie nachlässig, ohne sie anzusehen, bei sich hinlegte. Bald lag da ein geordneter und vielfarbiger Haufen wie zu den Füßen der Frau, die in allegorischen Darstellungen die Wissenschaft repräsentiert. Unausweichlich mußte Monsieur Seurel dieses ungewöhnliche Warenlager entdecken und das Treiben bemerken. Im übrigen dachte er sicher daran, eine Untersuchung über die Ereignisse der letzten Nacht vorzunehmen. Die Anwesenheit des Zigeuners würde ihm die Arbeit erleichtern...

Tatsächlich blieb er bald überrascht vor dem großen Meaulnes stehen.

»Wem gehört das alles?« fragte er und deutete mit dem

Rücken seines über dem Zeigefinger geschlossenen Buches auf »das alles«.

»Ich habe keine Ahnung«, antwortete Meaulnes schroff und ohne den Kopf zu heben.

Aber der unbekannte Schüler mischte sich ein und sagte:

»Es gehört mir.«

Und sogleich fügte er mit einer weiten und eleganten Geste, der der alte Lehrer nicht widerstehen konnte, hinzu:

»Aber alles steht zu Ihrer Verfügung, Monsieur, wenn Sie es sich ansehen möchten.«

Da strömte die ganze Klasse in Sekundenschnelle und ohne Lärm zu machen, als wollte sie den neu geschaffenen Zustand nicht stören, um den Lehrer, der seinen halb kahlen, halb lockigen Kopf über diesen Schatz beugte, und den jungen Mann, der mit dem Ausdruck stillen Triumphes die erforderlichen Erklärungen gab. Währenddessen saß der große Meaulnes völlig allein auf seiner Bank; er hatte sein Schmierheft aufgeschlagen und versenkte sich mit gerunzelter Stirn in eine schwierige Aufgabe.

Die »Viertelstundenpause« überraschte uns bei dieser Beschäftigung. Das Diktat war nicht beendet, und in der Klasse herrschte Unordnung. Im Grunde genommen war seit dem Morgen Pause.

Als dann um halb elf die Schüler auf den dunklen und dreckigen Hof strömten, war sehr schnell zu merken, daß ein neuer Meister die Spiele bestimmte.

Von allen neuen Vergnügungen, die der Zigeuner ab diesem Morgen bei uns einführte, erinnere ich mich nur noch an die grausamste: Sie bestand in einer Art Turnier, bei dem die großen Schüler die Pferde spielten und die jüngeren auf ihren Schultern trugen.

Aufgeteilt in zwei Gruppen, stürzten sie von beiden Enden des Hofs aufeinander los und versuchten, den Gegner durch die Wucht des Zusammenpralls umzuwerfen; die Reiter benutzten ihre Schals als Lassos und ihre ausgestreckten Arme als Lanzen und bemühten sich, ihre Gegner aus dem Sattel zu werfen. Wenn man dem Zusammenstoß auswich, verloren manche das Gleichgewicht und flogen der Länge nach in den Dreck, wobei der Reiter unter seinem Roß zu liegen kam. Manche Schüler wurden halb aus dem Sattel gehoben und von ihrem Pferd an den Beinen gepackt; von neuem Kampfesmut erfüllt, kletterten sie wieder auf dessen Schultern. Der schmächtige Reiter mit dem verbundenen Kopf war auf den großen Delage gestiegen, der riesige Gliedmaßen, rote Haare und abstehende Ohren hatte; er feuerte die beiden gegnerischen Truppen an und lenkte sehr geschickt sein Pferd, wobei er schallend lachte.

Augustin stand auf der Türschwelle zum Klassenraum und sah zunächst mißmutig zu, wie diese Spiele organisiert wurden, und ich stand unentschlossen bei ihm.

»Das ist ein schlauer Kerl«, sagte er zwischen den Zähnen und hatte die Hände in den Taschen. »Heute morgen hierherzukommen war das einzige Mittel, um keinen Verdacht zu erwecken. Und Monsieur Seurel ist darauf hereingefallen!«

Er blieb länger so stehen, mit dem kurzgeschorenen Kopf im Wind, und schimpfte auf diesen Komödianten, der alle die Burschen fertigmachen ließ, deren Anführer er vor kurzem noch gewesen war. Und als das friedliche Kind, das ich war, versäumte ich es nicht, ihm zuzustimmen.

In Abwesenheit des Lehrers ging der Kampf an allen Ecken weiter: Die Allerkleinsten waren schließlich aufeinander geklettert, liefen und stürzten schon, bevor sie noch mit dem Gegner zusammengestoßen waren ... Bald blieb in der Mitte des Hofs nur noch eine verbissen herumwirbelnde Schar, in der immer wieder der weiße Verband des neuen Anführers zum Vorschein kam.

Da konnte der große Meaulnes nicht mehr widerstehen. Er beugte seinen Kopf hinunter, stützte die Hände auf die Schenkel und rief mir zu:

»Los, François!«

Obwohl ich von diesem plötzlichen Entschluß überrascht wurde, sprang ich, ohne zu zögern, auf seine Schultern, und im Handumdrehen waren wir mitten im Getümmel, während die meisten Kämpfenden erschrokken flohen und schrieen:

»Da kommt Meaulnes! Da kommt der große Meaulnes!«

Als er in der Mitte von denen, die noch übrig waren, angekommen war, fing er an, sich um sich selbst zu drehen und rief mir zu:

»Streck die Arme aus und pack sie, wie ich es heute nacht gemacht habe!«

Berauscht von dem Kampf und siegessicher faßte ich, wie sie kamen, die Jungen, die um sich schlugen, einen Augenblick auf den Schultern der Großen schwankten und schließlich in den Dreck fielen. Im Handumdrehen blieb nur noch der Neuankömmling auf Delage übrig; aber der empfand wenig Verlangen, mit Augustin zu kämpfen, sondern richtete sich mit einem kräftigen Ruck nach hinten auf und ließ den weißen Reiter herabgleiten.

Wie ein Anführer sein Pferd am Zaum hält, so legte der junge Bursche die Hand auf die Schulter seines Reittiers und sah, so abgesessen, den großen Meaulnes ein wenig erschrocken, aber mit unendlicher Bewunderung an.

»Gut gemacht!« sagte er.

Doch da läutete die Glocke und die Schüler, die sich in Erwartung einer spannenden Szene um uns versammelt hatten, gingen auseinander. Und Meaulnes, der sich ärgerte, daß er seinen Gegner nicht zu Boden werfen konnte, drehte sich um und sagte mürrisch:

»Also beim nächsten Mal!«

Bis zum Mittag ging der Unterricht weiter, als wäre es kurz vor den Ferien; immer wieder kam es zu lustigen Zwischenfällen und Unterhaltungen, in deren Mittelpunkt der Schüler und Komödiant stand.

Er erklärte, daß sie, durch die Kälte am Ort festgehalten, nicht einmal daran dachten, abendliche Vorstellungen zu geben, zu denen doch niemand käme, und daß sie beschlossen hatten, daß er zur Schule ginge, um tagsüber eine Abwechslung zu haben; sein Kamerad sollte die Vögel von den fernen Inseln und die gelehrte Ziege versorgen. Dann erzählte er von ihren Fahrten in der Umgebung, wenn der Regen auf das schlechte Zinkdach des Wagens prasselte und sie bei Steigungen aus dem Wagen mußten, um selbst mitzuschieben. Die Schüler aus den hinteren Bänken kamen nach vorn, um aus größerer Nähe zuzuhören. Die weniger romantischen nutzten die Gelegenheit, um sich am Ofen aufzuwärmen. Aber bald wurden auch sie von der Neugier gepackt und sie bewegten sich näher zu der schwatzenden Gruppe und lauschten, wobei sie, um ihren Platz zu halten, eine Hand auf dem Ofendeckel ließen.

»Und wovon leben Sie?« fragte Monsieur Seurel, der all dem mit seiner etwas kindlichen Schulmeisterneugier folgte und eine Menge Fragen stellte.

Der Junge zögerte einen Augenblick, als hätte diese Kleinigkeit ihn nie berührt.

»Nun, ich glaube«, antwortete er, »von dem, was wir

im letzten Herbst verdient haben. Ganache führt die Kasse.«

Niemand fragte ihn, wer Ganache sei. Aber ich dachte an den großen Teufel, der am Abend davor Meaulnes tückisch von hinten angegriffen und niedergeworfen hatte.

Viertes Kapitel

In dem die Rede ist von dem geheimnisvollen Gut

Am Nachmittag kam es zu denselben Vergnügungen und während des ganzen Unterrichts zu demselben Durcheinander, demselben Weiterreichen von Sachen. Der Zigeuner hatte andere kostbare Dinge mitgebracht, Muscheln, Spiele, Lieder und sogar einen kleinen Affen, der dumpf in seiner Umhängetasche kratzte... Alle Augenblicke mußte Monsieur Seurel eine Unterbrechung einlegen und nachsehen, was der pfiffige Junge gerade aus seiner Tasche zog... Als es vier Uhr war, hatte Meaulnes als einziger seine Aufgaben gelöst.

Ohne Eile gingen alle nach draußen. Es schien, als gäbe es zwischen den Unterrichtsstunden und den Pausen nicht mehr jene harte Trennungslinie, die das Schulleben so einfach und geregelt machte wie die Folge von Tag und Nacht. Wir vergaßen sogar, Monsieur Seurel wie üblich gegen vier Uhr die beiden Schüler zu benennen, die dableiben mußten, um den Klassenraum zu fegen. Und das vergaßen wir sonst nie, denn es war ein Mittel, um das Ende der Stunde anzukündigen und schneller herbeizuführen.

Zufällig war an diesem Tag der große Meaulnes an der Reihe; und schon am Morgen hatte ich mit dem Zigeuner gesprochen und ihn darauf hingewiesen, daß die Neuankömmlinge immer offiziell dazu verpflichtet waren, am Tag ihrer Ankunft den zweiten Mann beim Fegen abzugeben.

Meaulnes kam wieder in den Klassenraum, nachdem er sein Vesperbrot geholt hatte. Der Zigeuner ließ lange auf sich warten und kam als letzter angelaufen, als die Nacht schon hereinbrach...

»Du bleibst im Klassenzimmer«, hatte mein Kamerad zu mir gesagt, »und während ich ihn festhalte, nimmst du ihm den Plan wieder ab, den er mir gestohlen hat.«

Also hatte ich mich auf einen kleinen Tisch beim Fenster gesetzt, las beim letzten Tageslicht und sah den beiden zu, wie sie schweigend die Schulbänke herumrückten – Meaulnes stumm und mit hartem Gesichtsausdruck, in seinem schwarzen Kittel, der, hinten mit drei Knöpfen geschlossen, von einem Gürtel zusammengehalten wurde; der andere, zart und verletzbar, hatte den Kopf verbunden wie ein Verwundeter. Er trug einen schäbigen Überrock mit Rissen, die ich am Tag nicht bemerkt hatte. Mit geradezu wildem Eifer und übertriebener Eile hob er die Tische an und stieß sie weiter, wobei er ein wenig lächelte. Es sah so aus, als spielte er da ein seltsames Spiel, zu dem wir nicht den Schlüssel besaßen.

Auf diese Weise kamen sie zu der dunkelsten Ecke des Raumes, um den letzten Tisch wegzuschieben.

Hier konnte Meaulnes seinen Gegner mit einem Griff zu Fall bringen, ohne daß es jemand von draußen hätte sehen oder hören können. Ich verstand nicht, warum er eine solche Gelegenheit verstreichen ließ. Wäre der andere erst einmal in der Nähe der Tür, würde er, unter dem Vorwand, daß die Arbeit beendet sei, von einem Augenblick zum anderen fliehen, und wir würden ihn nicht mehr wiedersehen. Der Plan und alle Auskünfte, die aufzufinden, zu vergleichen und miteinander zu verbinden Meaulnes so viel Zeit gekostet hatte, wären für uns verloren ...

Jede Sekunde erwartete ich von meinem Kameraden ein Zeichen oder eine Bewegung, um mir den Beginn des Kampfes zu melden, aber der große Bursche rührte sich nicht. Nur manchmal betrachtete er merkwürdig starr und unschlüssig den Verband des Zigeuners, der im Halbdunkel der Nacht mit großen schwarzen Flecken bedeckt zu sein schien.

Der letzte Tisch wurde verschoben, ohne daß etwas geschah.

Aber in dem Augenblick, da beide wieder nach vorn in dem Klassenraum kamen und sich anschickten, noch einmal abschließend die Schwelle zu fegen, senkte Meaulnes den Kopf und sagte halblaut, ohne unseren Feind anzusehen:

»Ihr Verband ist rot von Blut und Ihre Kleider sind zerrissen.«

Der andere sah ihn einen Augenblick an, nicht überrascht von dem, was er sagte, aber tief bewegt darüber, daß er es sagte.

»Sie wollten mir eben auf dem Platz Ihren Plan entreißen. Als sie erfuhren, daß ich hierher zurückkehren wollte, um den Klassenraum zu kehren, da dachten sie, daß ich mit Ihnen Frieden schließen würde, und haben sich gegen mich gewendet. Aber ich habe ihn doch gerettet«, fügte er stolz hinzu und reichte Meaulnes das kostbare, zusammengefaltete Stück Papier.

Meaulnes wandte sich langsam um zu mir:

»Hörst du?« sagte er. »Er hat eben für uns gekämpft und sich verletzen lassen, während wir ihm eine Falle gestellt haben!«

Dann gab er das unter den Schülern von Sainte-Agathe ungebräuchliche »Sie« auf:

»Du bist ein echter Kamerad«, sagte er und reichte ihm die Hand.

Der Komödiant ergriff sie und blieb einen Augenblick stumm, sehr bewegt, mit versagender Stimme... Aber bald fuhr er mit brennender Neugier fort:

»Ihr habt mir also eine Falle gestellt! Das ist ja lustig! Ich hatte es geahnt und mir gesagt: Sie werden sehr überrascht sein, wenn sie mir den Plan wieder wegnehmen und feststellen, daß ich ihn vervollständigt habe...«

»Vervollständigt?«

»Halt, einen Moment! Nicht gänzlich...«

Er sprach nicht mehr im Spaß, sondern kam näher zu uns heran und fuhr ernst und ruhig fort:

»Meaulnes, es wird Zeit, es Ihnen zu sagen: Auch ich war dort, wo Sie gewesen sind. Ich war auf diesem ungewöhnlichen Fest. Als mir die Jungen der Schule von Ihrem geheimnisvollen Abenteuer erzählten, habe ich mir gleich gedacht, daß es sich um das verlassene alte Gut handelt. Um es genau zu wissen, habe ich Ihnen Ihre Karte weggenommen... Aber es geht mir wie Ihnen: Ich kenne den Namen des Schlosses nicht und kann nicht mehr dorthin zurückfinden; ich kenne den Weg nicht vollständig, auf dem Sie von hier aus hingelangen.«

Mit welchem Eifer, welcher gespannten Neugier, welcher Freundschaft drängten wir uns um ihn. Begierig stellte Meaulnes ihm Fragen... Indem wir unseren neuen Freund heftig bedrängten, glaubten wir, er werde uns gerade das sagen, was er vorgab, nicht zu wissen.

»Ihr werdet schon sehen, ihr werdet schon sehen«, antwortete der Junge ein wenig verdrossen und verlegen, »auf dem Plan habe ich euch ein paar Angaben gemacht, die euch fehlten... Mehr konnte ich nicht tun.«

Als er dann sah, daß wir voll Begeisterung und Bewunderung waren, fügte er stolz und traurig hinzu: »Oh! Ich möchte euch lieber warnen: Ich bin kein gewöhnlicher Junge wie die anderen. Vor drei Monaten wollte ich mir eine Kugel in den Kopf schießen; daher kommt der Verband, den ich um die Stirn trage wie ein Mobilgardist in Paris im Jahr 1870...«

»Und bei der Prügelei heute abend ist die Wunde wieder aufgegangen«, sagte Meaulnes freundschaftlich.

Aber ohne darauf zu achten, fuhr der andere etwas eindringlicher fort:

»Ich wollte sterben. Und da mir das nicht gelungen ist, werde ich nur zum Vergnügen weiterleben, wie ein Kind, wie ein Zigeuner. Ich habe alles aufgegeben. Ich habe keinen Vater, kein Haus, keine Schwester, keine Liebe mehr... Nur noch Kameraden fürs Spiel.«

»Diese Kameraden haben Sie schon verraten«, sagte ich.

»Ja«, antwortete er erregt. »Daran ist ein gewisser Delouche schuld. Er hat geahnt, daß ich mit euch gemeinsame Sache machen würde. Er hat die Moral meiner Truppe, die ich so gut in der Hand hatte, untergraben. Ihr habt doch den Enterüberfall gestern abend gesehen, wie das geführt war, wie das lief! Seit meiner Kindheit habe ich nichts organisiert, das so gut gelungen wäre...«

Er blieb einen Augenblick in Gedanken versunken, dann fügte er hinzu, damit wir jeden Zweifel an ihm verlören:

»Wenn ich heute abend zu euch gekommen bin, so deshalb, weil es – wie mir heute morgen klargeworden ist – mit euch mehr Spaß macht als mit der ganzen übrigen Bande. Vor allem dieser Delouche gefällt mir nicht. Was bildet er sich ein, mit siebzehn Jahren schon den erwachsenen Mann zu spielen! Nichts ist mir mehr zuwider als das... Glaubt ihr, wir könnten ihn uns noch einmal vornehmen?«

»Sicher!« sagte Meaulnes. »Werden Sie denn noch lange bei uns bleiben?«

»Ich weiß nicht. Ich hätte es schon gerne. Ich bin schrecklich allein. Ich habe nur Ganache...«

Seine ganze Erregung, seine ganze Fröhlichkeit waren plötzlich vergangen. Für einen Augenblick versank er wieder in jenen Zustand der Verzweiflung, in dem ihn eines Tages wahrscheinlich die Vorstellung überkommen hatte, sich das Leben zu nehmen.

»Seid meine Freunde!« sagte er plötzlich. »Seht doch: Ich kenne euer Geheimnis und habe es gegen alle verteidigt. Ich kann euch wieder auf die Spur bringen, die ihr verloren habt...«

Und beinahe feierlich fügte er hinzu:

»Seid meine Freunde für den Tag, wo ich wiederum nur zwei Fingerbreit vor der Hölle stehe, wie schon einmal... Schwört mir, daß ihr Antwort gebt, wenn ich euch rufe – wenn ich euch so rufe... (und er stieß einen merkwürdigen Schrei aus: Uh-Uh!...). Meaulnes, schwören Sie als erster!«

Und wir schworen, denn als Kinder, die wir waren, verzauberte uns alles, was feierlicher und ernsthafter war als das Natürliche.

»Dafür«, sagte er, »will ich euch alles sagen, was ich weiß: Ich will euch das Haus in Paris angeben, in dem das junge Mädchen vom Schloß gewöhnlich die Ferien verbracht hat: Ostern und Pfingsten, den Monat Juni und manchmal einen Teil des Winters.«

In diesem Augenblick ertönte von dem großen Portal her mehrmals der Ruf einer unbekannten Stimme durch die Nacht. Wir ahnten, daß es Ganache war, der es nicht wagte, über den Hof zu gehen, oder den Weg nicht kannte. Mit drängender, ängstlicher Stimme rief er, einmal laut, dann fast wieder leise:

»Uh-uh! Uh-uh!«

»Sagen Sie es! Sagen Sie es schnell!« rief Meaulnes dem jungen Zigeuner zu, der zusammengefahren war und sich zum Gehen rüstete.

Der junge Bursche nannte uns rasch eine Adresse in Paris, die wir halblaut wiederholten. Dann lief er durch die Dunkelheit zu seinem Kameraden ans Tor, und wir blieben in einem Zustand unbeschreiblicher Verwirrung zurück.

Fünftes Kapitel

Der Mann mit Espadrilles

In dieser Nacht stand die verwitwete Wirtin Delouche, die in der Mitte des Dorfes wohnte, gegen drei Uhr auf, um Feuer zu machen. Ihr Schwager Dumas, der bei ihr wohnte, mußte sich um vier Uhr auf den Weg machen, und die unglückliche Frau, deren rechte Hand von einer alten Verbrennung verkrüppelt war, eilte in die Küche, um Kaffee zu kochen. Es war kalt. Sie legte ein altes Tuch über ihre Jacke, nahm dann mit der einen Hand die angezündete Kerze und hielt mit der anderen, schlimmen, ihre Schürze zum Schutz vor die Flamme. So überquerte sie den Hof, der voll leerer Flaschen und Seifenkisten war, und öffnete, um Kleinholz zu holen, die Tür des Holzschuppens, der auch als Hühnerstall diente... Aber kaum hatte sie die Tür aufgestoßen, da tauchte eine Menschengestalt aus der tiefen Dunkelheit auf, schlug mit seiner Mütze so heftig, daß die Luft zischte, das

Licht aus, stieß die Frau um und rannte in höchster Eile weg, während die aufgescheuchten Hühner und Hähne einen höllischen Spektakel machten.

Der Mann nahm in einem Sack – wie die Witwe Delouche gleich bemerkte, als sie wieder auf die Beine kam – ein Dutzend ihrer schönsten Junghühner mit.

Auf die Schreie seiner Schwägerin war Dumas herbeigeeilt. Er stellte fest, daß der Schnapphahn die Tür zu dem kleinen Hof wohl mit einem Nachschlüssel geöffnet hatte, um einzudringen, und daß er, ohne die Tür wieder zu schließen, auf dem gleichen Weg geflohen war. Als ein Mann, der an Wilderer und Langfinger gewöhnt war, zündete er die Laterne seines Wagens an, nahm sie in die eine Hand und in die andere sein geladenes Gewehr und machte sich auf, der Spur des Diebes nachzugehen; diese war allerdings sehr undeutlich – die Person hatte offenbar Espadrilles an –, sie führte auf die Straße zum Bahnhof und verlor sich dann vor einem Weidezaun. Dort war er gezwungen, seine Nachforschungen abzubrechen, er blieb stehen und hob den Kopf... und vernahm in der Ferne auf der Straße das Geräusch eines Wagens, der in voller Fahrt davonrollte...

Jasmin Delouche, der Sohn der Witwe, war ebenfalls aufgestanden, hatte sich in Eile einen Umhang über die Schulter geworfen und war in Hausschuhen hinausgelaufen, um im Dorf nachzusehen. Alles schlief, alles lag in tiefer Dunkelheit und Stille, wie sie vor Tagesanbruch herrschen. Als er auf der Kreuzung der vier Straßen angekommen war, hörte er, ebenso wie sein Onkel, nur noch von sehr weit, auf dem Hügel des Riaudes, das Rollen eines Wagens, dessen Pferd davonzufliegen schien. Er war ein Pfiffikus und Angeber und sagte sich, wie er uns später immer wiederholte, mit dem unerträglichen rollenden R, das sie in den Vorstädten von Montluçon sprechen:

»Die sind zum Bahnhof abgehauen, aber vielleicht kann ich am anderen Ende des Dorfes jemanden erwischen.«

Und er ging in derselben nächtlichen Stille zur Kirche zurück.

In dem Wohnwagen der Zigeuner auf dem Platz brannte Licht. Vermutlich war einer krank. Er wollte gerade nähergehen und fragen, was geschehen sei, da kam lautlos aus der Straße des Petits-Coins ein Schatten hervor, der Espadrilles trug und im Galopp, ohne sich umzusehen, zu dem Trittbrett des Wagens rannte...

Jasmin, der den Gang von Ganache erkannt hatte, trat unvermittelt ins Licht und fragte halblaut:

»Na, was ist passiert?«

Der andere, verstört, mit zerzaustem Haar und wenig Zähnen im Mund, blieb stehen, sah ihn an und antwortete keuchend und mit einem vor Schreck und Atemnot verzerrten Gesicht:

»Mein Kamerad ist krank... Er hat sich gestern herumgeprügelt, und seine Wunde ist wieder aufgebrochen... Ich bin weggegangen, um die Schwester zu holen.«

Tatsächlich begegnete Jasmin Delouche, als er sehr erregt nach Hause ging, um sich wieder schlafen zu legen, in der Mitte des Dorfes einer Ordensschwester in eiligem Schritt.

Am Morgen traten mehrere Einwohner von Sainte-Agathe über die Schwelle ihres Hauses und hatten von einer schlaflosen Nacht geschwollene und mitgenommene Augen. Alle ließen einen Schrei der Entrüstung vernehmen, der wie ein Lauffeuer durch das Dorf ging.

Bei Giraudat hatten sie gegen zwei Uhr nachts gehört, wie ein Karren anhielt und mit Paketen beladen wurde, die nicht hart aufschlugen. Im Haus waren nur zwei

Frauen, und die hatten es nicht gewagt, sich zu rühren. Als sie am Morgen den Hof für das Kleinvieh öffneten, hatten sie begriffen, daß es sich bei den fraglichen Paketen um Kaninchen und Federvieh handelte... Während der ersten Pause fand Millie vor der Waschküchentür ein paar halbverbrannte Streichhölzer. Wir schlossen daraus, daß sie sich in unserem Anwesen nur schlecht auskannten und nicht hereinkamen... Bei Perreux, Boujardon und Clément glaubte man zunächst, daß sie auch die Schweine gestohlen hätten, aber im Verlauf des Vormittags fand man sie wieder, wie sie in einigen Gärten Salat ausscharrten. Die ganze Herde hatte die Gelegenheit, daß die Tür offenstand, ausgenützt, um einen kleinen nächtlichen Spaziergang zu machen... Fast überall war das Geflügel weg, aber dabei war es auch geblieben. Madame Pignot, die Bäckerin, die keine Tiere aufzog, schrie zwar den ganzen Tag, daß ihr der Wäscheschlegel und ein Pfund Indigo gestohlen worden sei, aber das konnte nie bewiesen werden und wurde auch nicht ins Protokoll aufgenommen...

Die Verwirrung, die Angst und das Gerede hielten den ganzen Vormittag an. In der Schule erzählte Jasmin sein Abenteuer der letzten Nacht:

»Oh, das sind schlaue Burschen«, sagte er. »Aber wenn mein Onkel einem begegnet wäre, dann, hat er gesagt, würde er ihn abknallen wie ein Karnickel.«

Und mit einem Blick auf uns fügte er hinzu:

»Gut, daß er Ganache nicht begegnet ist; er wäre fähig gewesen, auf ihn zu schießen. Das ist alles dieselbe Rasse, sagt er, und Dessaigne hat es auch gesagt.«

Doch niemand dachte daran, unsere neuen Freunde zu beunruhigen. Erst am nächsten Abend machte Jasmin seinen Onkel darauf aufmerksam, daß Ganache wie der Dieb Espadrilles trug. Sie waren sich einig, daß diese

Tatsache es verdiene, den Gendarmen mitgeteilt zu werden. So beschlossen sie in aller Heimlichkeit, sobald sie frei wären, in die Kreisstadt zu fahren und den Chef der Gendarmeriebrigade zu informieren.

In den folgenden Tagen ließ sich der junge Zigeuner, der noch krank war wegen seiner wieder leicht aufgeplatzten Wunde, nicht blicken.

Wir strichen am Abend auf dem Kirchplatz herum, nur um den Schein seiner Lampe hinter dem roten Vorhang des Wagens zu sehen. Aufgeregt und ängstlich blieben wir da und wagten es nicht, zu dem armseligen Kasten zu gehen, der in unserer Vorstellung der geheimnisvolle Durchgang und der Vorraum des Landes war, zu dem wir den Weg verloren hatten.

Sechstes Kapitel

Eine Auseinandersetzung in der Kulisse

Durch die vielen Ängste und Aufregungen in den letzten Tagen hatten wir nicht bemerkt, daß es März geworden war und ein sanfterer Wind wehte. Als ich aber am dritten Tag nach diesem Abenteuer in den Hof hinunterging, fühlte ich plötzlich, daß es Frühling war. Eine Brise, köstlich wie laues Wasser, strömte über die Mauer, ein stiller Regen hatte über Nacht die Blätter der Pfingstrosen befeuchtet; die frisch bearbeitete Erde des Gartens verströmte einen starken Duft, und ich hörte, wie sich in dem Baum neben dem Fenster ein Vogel im Gesang übte ...

In der ersten Pause sprach Meaulnes davon, sofort den Weg zu erproben, den der Zigeuner-Schüler deutlicher gemacht hatte. Mit großer Mühe überredete ich ihn zu warten, bis wir unseren Freund wiedergesehen hätten, bis es wirklich schönes Wetter wäre ... und bis alle Pflaumenbäume von Sainte-Agathe blühten. Wir lehnten an der niedrigen Mauer der kleinen Gasse, die Hände in den Hosentaschen und ohne Kopfbedeckung, und sprachen miteinander, und der Wind ließ uns einmal vor Kälte zittern und erweckte dann wieder mit einer warmen Strömung irgendeine alte, tiefe Begeisterung in uns. Ach, mein Bruder, Kamerad, Reisender, wie waren wir alle beide doch überzeugt davon, daß das Glück nahe sei und daß es genüge aufzubrechen, um zu ihm zu gelangen!

Beim Mittagessen um halb eins vernahmen wir einen Trommelwirbel auf der Place des Quatre-Routes. Im Handumdrehen standen wir mit den Servietten in der Hand an der kleinen Gitterpforte ... Es war Ganache, der für acht Uhr am Abend »in Anbetracht des guten Wetters« eine Vorstellung auf dem Kirchplatz ankündigte. Für alle Fälle würde »zum Schutz gegen den Regen« ein Zelt aufgebaut. Dann verkündete er ein langes Programm der Attraktionen, das der Wind verwehte, von dem wir aber einzelne Worte ungenau verstehen konnten: »Pantomimen ... Chansons ... Reiterspiele ...«; alles wurde von jeweils erneutem Trommelwirbel unterstrichen.

Während des Abendessens erdröhnte, um den Beginn der Vorstellung anzuzeigen, die große Pauke und ließ die Scheiben erzittern. Bald darauf gingen im Stimmengewirr ihrer Unterhaltungen in kleinen Gruppen die Leute aus den Vororten vorbei und strebten dem Kirchplatz zu. Und wir beide waren, auf den Boden stampfend vor Ungeduld, gezwungen, am Tisch zu bleiben!

Gegen neun Uhr vernahmen wir endlich das Scharren von Füßen und unterdrücktes Gelächter an der Gitterpforte: Die Lehrerinnen kamen und holten uns ab. In völliger Dunkelheit zogen wir zusammen los zum Ort des Schauspiels. Schon von weitem sahen wir, daß die Mauer der Kirche wie von einem großen Feuer beleuchtet war. Zwei Öllampen schwankten vor dem Eingang der Schaubude im Wind...

Im Innenraum waren Stufen hergerichtet wie in einem Zirkus. Monsieur Seurel, die Lehrerinnen, Meaulnes und ich nahmen Platz auf den untersten Bänken. Ich sehe diesen Raum, der sicherlich sehr eng war, noch vor mir, wie ein echter Zirkus, mit großen dunklen Bereichen, wo in der Höhe ansteigend Madame Pignot, die Bäckerin, und Fernande, die Inhaberin des Lebensmittelgeschäfts, die Mädchen des Ortes, die Arbeiter der Schmiede, Damen, Jungen, Bauern und noch andere Leute saßen.

Die Vorstellung war schon zu mehr als der Hälfte vorüber. Wir sahen in der Manege, wie eine kleine, gelehrige Ziege ihre Füße auf vier Gläser, dann auf zwei, schließlich auf ein einziges stellte. Ganache war es, der sie mit leichten Stockschlägen vorsichtig lenkte; dabei sah er mit offenem Mund und erloschenen Augen unruhig zu uns hinüber.

Dort, wo die Manege an den Wohnwagen grenzte, erkannten wir zwischen zwei weiteren Öllampen, auf einem Schemel sitzend, in einem feinen schwarzen Trikot und mit verbundenem Kopf, den Leiter des Spiels wieder, unseren Freund.

Kaum hatten wir Platz genommen, da sprengte ein vollständig aufgezäumtes Pony in die Manege, das der verletzte junge Mann einige Runden laufen ließ und das immer vor einem von uns stehenblieb, wenn es die liebenswürdigste oder tapferste Person im Publikum bezeichnen sollte. Aber es hielt immer vor Madame Pignot, wenn es darum ging, die verlogenste, geizigste oder »liebestollste« zu nennen. Um sie herum gab es Gelächter, Geschrei und Geschnatter, wie wenn ein Spaniel in eine Gänseschar fährt! ...

In der Pause trat der Spielleiter zu Monsieur Seurel und unterhielt sich kurz mit ihm, der so stolz war, als hätte er mit Talma oder Léotard gesprochen; und wir lauschten mit leidenschaftlichem Interesse allem, was er erzählte: von seiner Verwundung – die wieder zugeheilt war, von dieser Vorstellung – die sie an den langen Wintertagen vorbereitet hatten, von ihrer Abreise – die nicht vor Ende des Monats stattfinden sollte, denn sie hatten vor, bis dahin noch verschiedene neue Aufführungen zu veranstalten.

Die Vorstellung sollte mit einer großen Pantomime zu Ende gehen.

Gegen Ende der Pause verließ uns unser Freund und mußte, um zu dem Eingang des Wohnwagens zu gelangen, durch eine Gruppe von Leuten gehen, die in die Manege gekommen waren und in deren Mitte wir plötzlich Jasmin Delouche erblickten. Die Frauen und Mädchen traten beiseite; das schwarze Gewand und das fremdartige und tapfere Aussehen des Verletzten hatte sie alle für ihn eingenommen. Jasmin hingegen, der gerade von einer Reise zurückzukommen schien und sich leise, aber angeregt mit Madame Pignot unterhielt, wäre eher von einem Strick um den Leib, von einem flachen Kragen und von Pluderhosen zu begeistern gewesen ... Er hielt die Daumen hinter dem Revers seiner Jacke in einer zugleich überheblichen und sehr verlegenen Haltung. Als der Zigeuner vorbeiging, machte Jasmin eine Geste des Ärgers und sagte laut etwas zu Madame Pignot, was ich nicht verstand, was aber sicher eine Beschimpfung, eine Provokation unseres Freundes darstellte. Es war offenbar eine schwere und unerwartete Drohung, denn der junge Mann drehte sich unwillkürlich um und sah den anderen an, der, um nicht die Fassung zu verlieren, höhnisch lachte und die Umstehenden mit dem Ellbogen anstieß, als wollte er sie auf seine Seite ziehen... Alles das ging in wenigen Sekunden vor sich. Vermutlich war ich in meiner Reihe der einzige, der es bemerkt hatte.

Der Spielleiter ging zu seinem Kameraden hinter den Vorhang, der vor dem Eingang zu dem Wohnwagen hing. Alle strebten wieder auf ihre Plätze in den Reihen, in der Annahme, daß der zweite Teil der Vorführung gleich beginnen würde, und es wurde ganz still. Da ging hinter dem Vorhang, während die letzten leisen Unterhaltungen aufhörten, ein lauter Streit los. Wir verstanden nicht, was gesagt wurde, aber wir erkannten die beiden Stimmen wieder, die des großen Kerls und die des jungen Mannes – die erste erklärte und suchte sich zu rechtfertigen, die zweite tadelte empört und traurig:

»Warum hast du mir denn nichts davon gesagt, du Unglücklicher!...«

Das Folgende konnten wir nicht verstehen, obwohl alle die Ohren spitzten. Dann wurde es plötzlich still. Der Streit ging leise weiter, und die Jungen auf den oberen Rängen fingen an, mit den Füßen zu trampeln und zu schreien:

»Licht an! Vorhang!«

Siebtes Kapitel

Der Zigeuner nimmt seinen Verband ab

Endlich kam zwischen den Vorhängen langsam ein Gesicht hervor – von Falten durchzogen, mit Augen, die einmal vor Freude, dann wieder vor Kummer weit aufgerissen waren, und bedeckt von kleinen Stücken Siegelteig! –, das Gesicht eines langen Pierrot, der aus drei schlecht zusammengefügten Stücken bestand und dessen Leib sich zusammenkrümmte wie bei einer Kolik. Er ging auf Zehenspitzen wie aus übergroßer Vorsicht und Furcht, seine Hände steckten in sehr langen Ärmeln, die die Manege fegten.

Ich kann heute den Gegenstand der Pantomime nicht mehr wiedergeben. Ich erinnere mich nur noch, daß er gleich nach seinem Erscheinen im Zirkusrund verzweifelt und vergeblich versuchte, sich auf den Beinen zu halten: Er fiel um. Vergeblich versuchte er, wieder aufzustehen; es war stärker als er: Er fiel um. Er hörte nicht auf umzufallen. Er geriet in vier Stühle gleichzeitig und zog im Fallen einen riesigen Tisch mit, der in die Manege gebracht worden war. Schließlich flog er der Länge nach über den Rand der Arena bis vor die Füße der Zuschauer. Zwei, die im Publikum mit Mühe gewonnen worden waren, zogen ihn an den Beinen zurück und richteten ihn nach unvorstellbaren Anstrengungen wieder auf. Und jedesmal, wenn er hinfiel, stieß er einen kleinen, immer andersartigen, unerträglichen Schrei aus, in dem Kummer und Befriedigung in gleicher Weise zum Ausdruck kamen. Am Ende stieg er auf einen Aufbau von Stühlen und vollführte einen gewaltigen, aber ganz langsamen Sturz, und sein durchdringendes, klägliches Triumphgeheul hielt ebenso lang an wie sein Sturz und wurde von den Schreckensschreien der Frauen begleitet.

Im zweiten Teil der Pantomime sehe ich, ohne mich genau an die Sache zu erinnern, wie der »arme stürzende Pierrot« aus einem seiner Ärmel eine mit Kleie gestopfte Puppe zog und mit ihr eine tragikomische Szene aufführte. Am Ende ließ er die ganze Kleie aus ihrem Mund herauslaufen, die sie im Bauch hatte. Dann füllte er sie unter jämmerlichen Schreien mit einem Brei, und als im Augenblick größter Aufmerksamkeit alle Zuschauer mit geöffnetem Mund auf die klebrige und aufgeplatzte Tochter des armen Pierrot sahen, packte er sie plötzlich an einem Arm und schleuderte sie mit voller Wucht durch die Zuschauerreihen in das Gesicht von Jasmin Delouche, bei dem sie nur das Ohr naß machte, um dann auf der Brust von Madame Pignot, direkt unter ihrem Kinn, zu landen. Die Bäckerin stieß einen derartigen Schreckensschrei aus, sie lehnte sich so schwungvoll nach hinten und ihre Nachbarinnen ahmten sie so gut nach, daß die Bank zusammenkrachte und die Bäckerin, Fernande, die traurige Witwe Delouche und zwanzig andere umkippten und die Beine in die Luft streckten, während alles lachte, schrie und Beifall klatschte, und der große Clown, der mit dem Gesicht auf den Boden gefallen war, wieder aufstand, grüßte und sprach:

»Meine Damen und Herren, wir beehren uns, Ihnen zu danken!«

Gerade in diesem Augenblick aber, mitten in dem gewaltigen Getöse, sprang der große Meaulnes plötzlich auf, der seit dem Anfang der Pantomime still und immer stärker in Gedanken versunken war, packte mich am Arm und rief mir zu, als könnte er sich nicht beherrschen:

»Sieh den Zigeuner an! Schau nur! Endlich habe ich ihn wiedererkannt!«

Noch bevor ich hinsah, hatte ich es erraten, so als ob diese Idee lange in meinem Unterbewußtsein geschlummert und nur diesen Augenblick abgewartet hätte, um ans Licht zu kommen. Am Eingang des Wohnwagens stand der unbekannte junge Mann neben einer Öllampe; er hatte seinen Verband abgelegt und einen Umhang über seine Schultern geworfen. Wie neulich im Licht der Kerze in dem Zimmer des Gutes, war beim Schein der qualmenden Lampe ein sehr feines, bartloses Gesicht mit einer Adlernase zu erkennen. Bleich und mit halb offenen Lippen blätterte er in einem kleinen roten Album, das wohl ein Taschenatlas war. Bis auf eine Narbe, die ihm über die Schläfe lief und in der Masse der Haare verschwand, war er so, wie mir der große Meaulnes bis ins einzelne den Bräutigam auf dem unbekannten Gut beschrieben hatte.

Es war klar, daß er den Verband abgelegt hatte, um von uns erkannt zu werden. Kaum aber hatte der große Meaulnes diese Bewegung gemacht und diesen Schrei ausgestoßen, da ging der junge Mann wieder in den Wohnwagen, nachdem er uns einen Blick des Einverständnisses zugeworfen und uns mit jener unbestimmten Traurigkeit zugelächelt hatte, mit der er gewöhnlich lächelte.

»Und der andere!« sagte Meaulnes in fieberhafter Erregung, »wie konnte ich den nicht sofort wiedererkennen! Das ist doch der Pierrot jenes Festes ...«

Und er stieg die Stufen hinab, um zu ihm zu gelangen. Aber Ganache hatte schon alle Verbindungen zur Manege abgeschnitten; er löschte die vier Lampen des Zirkus, eine nach der anderen, und wir waren gezwungen, der Menge zu folgen, die sich sehr langsam zwischen den parallelen Bänken durch die Dunkelheit schob, wo wir vor lauter Ungeduld von einem Fuß auf den anderen traten.

Als er endlich draußen war, stürzte der große Meaulnes zu dem Wohnwagen, sprang auf das Trittbrett und klopfte an die Tür; aber alles war schon geschlossen. Vermutlich waren in dem Wagen mit den Vorhängen und in dem für das Pony, die Ziege und die gelehrigen Vögel alle bereits zurückgekehrt und am Einschlafen.

Achtes Kapitel

Die Gendarmen!

Wir mußten uns wieder der Schar von Herren und Damen anschließen, die durch die dunklen Straßen zur Schule zurückgingen. Jetzt verstanden wir alles: Die große weiße Gestalt, die Meaulnes am letzten Abend des Festes durch die Bäume hatte eilen sehen, war Ganache, der den verzweifelten Bräutigam aufgelesen hatte und mit ihm geflohen war. Der andere hatte in dieses wilde und gefährliche Leben voller Spiele und Abenteuer eingewilligt. Es war ihm so vorgekommen, als würde er eine neue Kindheit erleben...

Bis zu diesem Zeitpunkt hatte Frantz de Galais uns seinen Namen verschwiegen, und er hatte so getan, als kenne er den Weg nach dem Gut nicht, vermutlich aus Angst, zu seinen Eltern zurückkehren zu müssen; aber warum war er an diesem Abend plötzlich bereit gewesen, sich uns zu erkennen zu geben und uns die ganze Wahrheit erraten zu lassen?...

Was für Pläne stellte der große Meaulnes nicht an, als sich die Schar der Zuschauer langsam im Dorf verlief! Er beschloß, gleich am nächsten Morgen, einem Donnerstag, zu Frantz zu gehen. Und alle beide würden sie dorthin aufbrechen! Was für eine Reise auf der aufgeweichten Straße! Frantz würde alles erklären, alles würde sich finden, und das seltsame Abenteuer würde dort wieder weitergehen, wo es unterbrochen worden war...

Ich ging mit einem unbegreiflichen Glück im Herzen dahin. Alles kam zusammen und trug zu meiner Freude bei, angefangen von dem kleinen Vergnügen, das es uns bereitete, den Donnerstag zu erwarten, über die große Entdeckung, die wir gemacht hatten, bis hin zu der großen Chance, die uns zugefallen war. Und ich entsinne mich, daß ich in meiner plötzlich erwachten Großmut zu der häßlichsten der Töchter des Notars ging – ich bekam manchmal die qualvolle Aufgabe, ihr den Arm zu reichen – und ihr die Hand gab.

Bittere Erinnerungen! Leere, zerstörte Hoffnungen!

Als wir beide am nächsten Morgen um acht Uhr in unseren gewichsten Schuhen, gut polierten Gürtelschnallen und neuen Mützen auf den Kirchplatz gelangten, stieß Meaulnes, der sich bis dahin zurückgehalten und mir nicht zugelächelt hatte, einen Schrei aus und stürzte auf den leeren Platz... An der Stelle, wo die Schaubude und die Wagen gestanden hatten, lagen nur noch ein zerbrochener Topf und zerlumpte Fetzen... Die Gaukler waren weg...

Es wehte ein schwacher Wind, der uns eiskalt erschien. Es kam mir so vor, als müßten wir bei jedem Schritt auf dem steinigen, harten Boden des Platzes stolpern und fallen. Meaulnes war ganz außer sich und wollte gleich losstürzen, einmal auf die Straße nach Vieux-Nançay, dann nach Saint-Loup-des-Bois. Er legte die Hand über seine Augen, weil er für einen Moment hoffte, daß unsere Leute gerade erst abgefahren wären. Aber was konnten wir machen? Zehn Wagenspuren liefen auf dem Platz durcheinander und verloren sich auf der festen Straße. Wir mußten dableiben, untätig.

Während wir durch das Dorf zurückgingen, in dem der Donnerstagvormittag begann, sprengten vier berittene Gendarmen, die Delouche am Abend zuvor informiert hatte, im Galopp auf den Platz und verteilten sich auf die Straßen, um alle Ausgänge zu bewachen, wie Dragoner, die ein Dorf auskundschaften ... Aber sie kamen zu spät. Ganache, der Hühnerdieb, war mit seinem Kameraden geflohen. Die Gendarmen trafen niemanden mehr an, weder ihn, noch diejenigen, die das von ihm geklaute Federvieh auf Wagen geladen hatten. Frantz war durch die unbedachte Bemerkung von Jasmin rechtzeitig gewarnt worden und hatte plötzlich erkennen müssen, wovon sein Gefährte und er lebten, wenn die Kasse im Wohnwagen leer war; beschämt und wütend hatte er sofort einen Weg festgelegt und beschlossen zu verschwinden, bevor die Gendarmen kämen. Aber da er jetzt nicht mehr befürchtete, man werde ihn auf das Gut seines Vaters zurückbringen, wollte er sich uns vor seinem Verschwinden ohne Verband zeigen.

Nur eine Sache blieb unklar: Wie hatte Ganache gleichzeitig die Hühnerhöfe ausrauben und die Ordensschwester für seinen im Fieber liegenden Freund holen können? Aber lag darin nicht die ganze Geschichte des armen Teufels? Einerseits Dieb und Landstreicher, andrerseits eine gute Seele ...

Neuntes Kapitel

Auf der Suche nach dem verlorenen Weg

Als wir nach Hause zurückkehrten, vertrieb die Sonne den leichten Morgendunst; auf der Schwelle ihrer Häuser schüttelten die Frauen ihre Teppiche aus oder schwatzten miteinander; und in den Wäldern und Feldern vor den Toren des Ortes begann der strahlendste Frühlingsmorgen, der mir in der Erinnerung geblieben ist.

Alle großen Schüler der Klasse mußten an diesem Donnerstag gegen acht Uhr kommen, um am Vormittag entweder das Certificat d'Etudes Supérieures oder den Concours für die Ecole Normale vorzubereiten. Als wir beide ankamen, Meaulnes so betrübt und aufgeregt, daß er nicht ruhig bleiben konnte, ich sehr niedergeschlagen, war die Schule leer... Ein Strahl der frühen Sonne glitt über den Staub einer wurmstichigen Bank und den abgeblätterten Lack einer Weltkarte.

Wie hätten wir da vor einem Buch sitzen bleiben und über unserer Enttäuschung brüten können, wo uns doch alles nach draußen rief: die Vögel, die sich in den Zweigen vor den Fenstern jagten, das Verschwinden der anderen Schüler zu den Wiesen und Wäldern und vor allem das fiebrige Verlangen, so schnell wie möglich den von dem Gaukler überprüften unvollständigen Weg auszuprobieren – die letzte Reserve in unserem leeren Vorratsbeutel, der letzte Schlüssel am Bund, nachdem wir alle anderen versucht hatten?... Das ging über unsere Kräfte! Meaulnes schritt auf und ab, ging zum Fenster und blickte in den Garten, kam zurück und sah zum Dorf hinüber, als hätte er jemanden erwartet, der bestimmt nicht kommen würde.

»Ich habe die Vorstellung«, sagte er schließlich zu mir,

»ich habe die Vorstellung, daß es vielleicht gar nicht so weit ist, wie wir denken ... Frantz hat auf meinem Plan einen ganzen Teil der Straße, den ich angegeben hatte, weggestrichen. Das kann vielleicht bedeuten, daß die Stute, während ich schlief, einen langen, unnötigen Umweg gemacht hat ...«

Ich saß halb auf der Ecke eines großen Tischs, den einen Fuß auf dem Boden, den anderen baumelnd in der Luft, mit hängendem Kopf und unentschlossenem und mutlosem Ausdruck.

»Aber dein Rückweg in der Berline«, sagte ich, »hat doch eine ganze Nacht gedauert.«

»Um Mitternacht«, antwortete er lebhaft, »waren wir abgefahren. Um vier Uhr morgens hat man mich etwa sechs Kilometer westlich von Sainte-Agathe abgesetzt, während ich auf der Straße zum Bahnhof im Osten abgefahren war. Diese sechs Kilometer muß man also von der Strecke zwischen Sainte-Agathe und dem verlorenen Land abziehen.

Es kommt mir tatsächlich so vor, als wäre man, wenn man aus dem Gemeindewald heraus ist, nicht weiter als zwei Meilen von dem gesuchten Ort entfernt.«

»Gerade diese zwei Meilen fehlen auf deiner Karte.«

»Richtig. Und bis zum Ende des Waldes sind es von hier genau anderthalb Meilen, aber jemand, der gut zu Fuß ist, schafft das an einem Vormittag.«

In diesem Augenblick erschien Moucheboeuf. Er hatte eine ärgerliche Art, sich als guten Schüler auszugeben, indem er nicht besser arbeitete als die anderen, sondern sich bei Gelegenheiten wie dieser hervortat.

»Ich wußte genau«, sagte er triumphierend, »daß ich nur euch beide antreffen würde. Alle anderen sind in den Gemeindewald gegangen, voran Jasmin Delouche, der weiß, wo die Nester zu finden sind.«

Und um eine gute Rolle zu spielen, begann er, zu berichten, was sie, als sie diesen Ausflug beschlossen, alles Schlechtes über die Schule, Monsieur Seurel und uns gesagt hatten.

»Wenn sie im Wald sind«, sagte Meaulnes, »werde ich ihnen vermutlich unterwegs begegnen, denn ich mache mich auch auf den Weg. Gegen halb eins werde ich zurück sein.«

Moucheboeuf war ganz verdutzt.

»Kommst du nicht mit?« fragte mich Meaulnes und blieb einen Augenblick auf der Schwelle der halb geöffneten Tür stehen – wodurch mit einem von der Sonne erwärmten Luftschwall ein Durcheinander von Schreien, Rufen, Gezwitscher, das Geräusch eines Eimers auf dem Brunnenrand und das ferne Knallen einer Peitsche in den Raum drang.

»Nein«, sagte ich, obwohl die Versuchung groß war, »ich kann nicht, wegen Monsieur Seurel. Aber beeil dich; ich warte ungeduldig auf deine Rückkehr.«

Er machte eine unbestimmte Geste und eilte sehr schnell davon.

Als Monsieur Seurel gegen zehn Uhr kam, hatte er nicht seine schwarze Alpakajacke angezogen, sondern einen kurzen Anglermantel mit weiten, zugeknöpften Taschen, einen Strohhut und kurze Lackgamaschen, um die Hosenbeine unten zusammenzuhalten. Ich glaube, er war kaum überrascht, niemanden anzutreffen. Er mochte Moucheboeuf nicht zuhören, der ihm dreimal erzählte, daß die Jungen gesagt hätten:

»Wenn er uns braucht, soll er uns doch holen!«

Und er befahl:

»Packt eure Sachen zusammen, nehmt eure Mützen, jetzt wollen wir sie einmal aufstöbern ... Kannst du so weit laufen, François?«

Ich bejahte dies, und wir zogen los.

Wir machten aus, daß Moucheboeuf Monsieur Seurel führen und ihm als Lockvogel dienen sollte... Das bedeutete, daß er, da er die hohen Bäume kannte, in denen die Nesträuber saßen, von Zeit zu Zeit ganz laut schreien mußte:

»Hop! Hallo! Giraudat! Delouche! Wo seid ihr?... Habt ihr welche?... Habt ihr welche gefunden?...«

Ich wurde zu meinem größten Vergnügen beauftragt, am östlichen Rand des Waldes entlang zu gehen, für den Fall, daß die ausgerissenen Schüler versuchten, nach dieser Seite zu entwischen.

Nun schien auf dem von dem Gaukler berichtigten Plan, den ich zusammen mit Meaulnes oft studiert hatte, ein schmaler Pfad vom Rand des Waldes auszugehen und direkt zu dem Gut zu führen. Wenn ich ihn an diesem Morgen entdecken würde!... Ich begann mir einzureden, daß ich mich vor dem Mittag auf dem Weg zu dem verlorenen Gutshof befände...

Was für ein wundervoller Spaziergang!... Wir waren kaum an dem Vorwerk vorbeigekommen und um die Mühle herumgegangen, da trennte ich mich von meinen beiden Gefährten, von Monsieur Seurel, von dem man hätte meinen können, er zöge in den Krieg – ich glaube, daß er tatsächlich eine alte Pistole in seine Tasche gesteckt hatte –, und von diesem Verräter Moucheboeuf.

Ich schlug einen quer verlaufenden Weg ein und gelangte bald an den Waldrand – zum ersten Mal in meinem Leben lief ich allein durch das Land wie eine Patrouille, die ihren Anführer verloren hat.

Da bin ich nun, nahe, wie ich glaubte, jenem Ort des geheimnisvollen Glücks, das Meaulnes für einen kurzen Tag erblickt hat. Der ganze Morgen steht mir zur Verfügung, um den Waldrand zu erforschen, den kühlsten und verborgensten Winkel der Gegend, während auch mein großer Bruder auf Entdeckungsfahrt gezogen ist. Der Waldrand verläuft wie ein altes Bachbett. Ich schlüpfe unter den niederhängenden Zweigen der Bäume hindurch, deren Namen ich nicht kenne; aber es müssen Erlen sein. Am Ende des Weges bin ich eben über einen Zaun gesprungen und auf dieser großen grünen Fläche angekommen, die sich unter dem Blattwerk dahinzieht, und trete hier und dort die Brennesseln nieder oder die hohen Baldrianpflanzen.

Gelegentlich gehe ich einige Schritte auf einer Strecke von weißem Sand. Und in der Stille höre ich einen Vogel – ich stelle mir vor, daß es eine Nachtigall ist, aber vermutlich irre ich mich, denn die singt nur am Abend – einen Vogel, der immer die gleiche Melodie wiederholt: die Stimme des Morgens, Worte unter dem schattigen Laubwerk, köstliche Einladung zur Reise zwischen den Erlen. Unsichtbar scheint sie mich unter den Blättern zu begleiten.

Zum ersten Mal betrete auch ich den Weg des Abenteuers. Jetzt bin ich nicht mehr unter Monsieur Seurels Aufsicht nach den vom Wasser angeschwemmten Muscheln auf der Suche oder nach den Orchideen, die der Lehrer nicht kennt, noch gar, wie wir es oft im Feld des alten Martin erlebten, nach jenem tiefen, versiegten, mit einem Gitter abgedeckten Brunnen, der unter so viel wildem Kraut verborgen lag, daß es jedesmal mehr Zeit kostete, ihn wiederzufinden... Ich suche etwas noch Geheimnisvolleres, den Durchgang nämlich, von dem in den Büchern erzählt wird, den versperrten Weg, dessen Eingang der erschöpfte und ermüdete Prinz nicht hat finden können. So etwas entdeckt man in der verlorensten Stunde des Morgens, wenn man schon lange vergessen hat, daß es bald elf Uhr, bald Mittag sein wird... Und während ich das dichte Blattwerk und die Zweige mit jener vorsichtigen Bewegung teile, bei der die Hände in Augenhöhe ungleich abgewinkelt werden, entdecke ich ihn plötzlich als eine lange, dunkle Allee, deren Ausgang als ganz kleines, rundes Licht zu erkennen ist.

Aber während ich mich so an meinen Hoffnungen berausche, gelange ich unvermittelt auf eine Art Lichtung, die nur eine einfache Wiese ist. Ohne daran zu denken, bin ich an das Ende des Gemeindewaldes gekommen, das ich mir immer unendlich fern vorgestellt habe. Zu meiner Rechten erkenne ich zwischen Stößen von Holz das Haus des Waldhüters, um das die Insekten summen. Zwei Paar Strümpfe trocknen auf dem Fenstersims. Wenn wir in früheren Jahren an den Rand des Waldes gelangten, zeigten wir immer auf den Lichtpunkt ganz am Ende der endlos langen, dunklen Allee und sagten: »Dort hinten liegt das Haus des Waldhüters, das Haus von Baladier.« Aber nie waren wir bis dorthin gelangt. Manchmal hörten wir sagen, als handelte es sich um eine außergewöhnliche Expedition: »Er ist bis zu dem Haus des Waldhüters gekommen!...«

Diesmal bin ich bis zum Haus von Baladier gegangen und habe nichts gefunden.

Mein schwaches Bein begann mir Schmerzen zu bereiten, und ich litt allmählich unter der Hitze, die ich bis dahin nicht gespürt hatte; ich fürchtete schon, ganz allein zurückgehen zu müssen, als ich nicht weit entfernt von mir Monsieur Seurels Lockvogel, die Stimme von Moucheboeuf, und dann noch andere Stimmen vernahm, die nach mir riefen...

Ein Trupp von sechs großen Jungen stand da, von denen nur der Verräter Moucheboeuf eine triumphierende

Miene hatte; es waren Giraudat, Auberger, Delage und andere ... Durch den Lockvogel hatte man die einen auf einem wilden Kirschbaum mitten in einer Lichtung erwischt, die anderen, als sie gerade dabei waren, das Nest eines Grünspechts auszunehmen. Giraudat, der dumme Kerl mit den Glotzaugen und dem dreckigen Kittel, hatte die Jungvögel unter seinem Hemd an der Brust versteckt. Zwei der Kameraden waren beim Herannahen von Monsieur Seurel weggerannt: es mußten Delouche und der kleine Coffin sein. Sie hatten zunächst mit spöttischen Rufen an die Adresse von »Mouchevache« geantwortet, die das Echo des Waldes wiederholte, und dieser hatte, weil er sich seiner Sache sicher fühlte, ungeschickt und wütend zurückgerufen:

»Kommt nur herunter! Monsieur Seurel ist hier ...«

Da wurde es auf einmal ganz still; sie flohen lautlos durch den Wald, und da sie ihn gut kannten, war nicht daran zu denken, sie einzuholen. Wir wußten auch nicht, wohin der große Meaulnes gegangen war. Niemand hatte seine Stimme gehört, und wir mußten die Suche aufgeben.

Es war schon nach Mittag, als wir wieder nach Sainte-Agathe aufbrachen, langsam, mit gesenktem Kopf, müde und mit verdreckten Schuhen. Als wir aus dem Wald traten und die Schuhe auf der trockenen Straße von dem Schmutz reinigten, begann die Sonne hart vom Himmel herab zu brennen. Es war schon nicht mehr der so frische und leuchtende Frühlingsmorgen. Die Geräusche des Nachmittages hatten eingesetzt. In der Ferne krähte hier und dort ein Hahn, ein verzweifelter Schrei auf den verlorenen Höfen in der Nähe der Straße! Am Abhang des Vorwerks blieben wir einen Augenblick stehen und unterhielten uns mit den Landarbeitern, die nach dem Mittagessen ihre Arbeit wieder aufgenommen hatten. Sie lehnten an der Schranke, und Monsieur Seurel sagte zu ihnen:

»Das sind vielleicht Schlingel! Sehen Sie sich einmal Giraudat an! Er hat die kleinen Vögel unter seinem Hemd verborgen. Sie haben da gemacht, was sie wollten. Eine saubere Geschichte!...«

Es kam mir so vor, als würden die Arbeiter auch über mein Mißgeschick lachen. Sie lachten, indem sie den Kopf schüttelten, aber sie verurteilten die jungen Burschen, die sie gut kannten, nicht völlig. Als Monsieur Seurel an der Spitze der Kolonne wieder abzog, vertrauten sie uns sogar an:

»Es ist noch ein anderer vorbeigekommen, ein großer, ihr wißt schon... Beim Rückweg ist er wohl dem Wagen der Granges begegnet, und man nahm ihn mit. Er ist hier, wo der Weg zu den Granges abzweigt, ausgestiegen, ganz abgerissen und verdreckt! Wir haben ihm erzählt, daß wir euch am Morgen vorüberziehen sahen, daß ihr aber noch nicht zurückgekommen seid. Er ist sehr langsam weitergegangen nach Sainte-Agathe.«

Tatsächlich saß der große Meaulnes auf einem Pfeiler der Brücke zum Vorwerk und wartete ganz zerschlagen vor Müdigkeit auf uns. Auf die Fragen von Monsieur Seurel antwortete er, daß auch er nach den Schulschwänzern ausgezogen sei. Und auf meine leise Frage hin schüttelte er nur entmutigt den Kopf und sagte:

»Nein! Nichts! Keinen Hinweis!«

Nach dem Essen setzte er sich inmitten des strahlenden Landes in dem geschlossenen, dunklen und leeren Klassenraum an einen der großen Tische, legte den Kopf in seine Arme und schlief lange einen traurigen und schweren Schlaf. Am Abend überlegte er lange, als müßte er eine wichtige Entscheidung treffen, und schrieb dann seiner Mutter einen Brief. Das ist alles, was mir von diesem trüben Ende eines großen Tages der Niederlage im Gedächtnis geblieben ist.

Zehntes Kapitel

Der Waschtag

Wir hatten zu früh mit dem Kommen des Frühlings gerechnet.

Am Montagabend wollten wir wie im Hochsommer gleich nach vier Uhr unsere Schulaufgaben machen und stellten, um mehr Licht zu haben, zwei große Tische auf den Hof. Aber sofort wurde es dunkel, ein Regentropfen fiel auf ein Heft, und wir gingen eilig in die Klasse zurück. Durch die breiten Fenster des dunkel gewordenen Raums sahen wir schweigend hinaus auf die wilde Flucht der Wolken.

Da konnte Meaulnes, der wie wir hinausblickte und eine Hand am Griff des Fensters hielt, die Bemerkung nicht zurückhalten, als wäre er verärgert, daß so viel schmerzliche Gefühle in ihm aufkamen:

»Ach, die Wolken zogen anders dahin, als ich in dem Wagen von La Belle-Etoile auf der Straße fuhr.«

»Auf welcher Straße?« fragte Jasmin.

Aber Meaulnes antwortete nicht.

Um das Gespräch auf etwas anderes zu bringen, sagte ich: »Ich wäre gerne so bei strömendem Regen im Wagen gefahren, geborgen unter einem großen Schirm.«

»Und dann den ganzen Weg über lesen, wie in einem Haus«, fügte ein anderer hinzu.

»Es hat nicht geregnet, und ich hatte keine Lust zu lesen«, antwortete Meaulnes, »ich dachte nur daran, mir die Gegend anzusehen.«

Aber als Giraudat seinerseits fragte, welche Gegend es denn gewesen sei, blieb Meaulnes wieder stumm. Und Jasmin sagte:

»Ich weiß... Immer noch das berühmte Abenteuer!...«

Er hatte diese Worte in einem versöhnlichen und ernsten Ton gesagt, als wäre er selbst ein wenig in das Geheimnis eingeweiht. Aber es war verlorene Liebesmüh, seine Annäherungsversuche blieben vergeblich. Und da die Nacht hereinbrach, hielten alle ihren Kittel über den Kopf und liefen in dem kalten Regenguß schnell davon.

Bis zum folgenden Donnerstag blieb es regnerisch. Und dieser Donnerstag war noch verhangener als der vorangegangene. Das ganze Land war wie in den schlimmsten Wintertagen in eine Art von eisigem Nebel eingehüllt.

Millie hatte sich von der strahlenden Sonne der vorangegangenen Woche verführen und die Wäsche waschen lassen, aber es war nicht daran zu denken, sie auf den Gartenhecken, ja nicht einmal im Dachboden auf Leinen zu trocknen, so feucht und kalt war die Luft.

Im Gespräch mit Monsieur Seurel kam sie auf die Idee, die Wäsche, da es der freie Donnerstag war, in den Klassenräumen aufzuhängen und dazu den Ofen kräftig einzuheizen. Um das Feuer in der Küche und im Eßzimmer zu sparen, sollte das Essen auf dem Ofen im großen Klassenraum gekocht werden, wo wir uns den ganzen Tag über aufzuhalten hatten.

Im ersten Augenblick – ich war ja noch so jung! – sah ich diese Veränderung als ein großes Fest an.

Ein trübseliges Fest!... Die ganze Wärme des Ofens wurde von der Wäsche aufgenommen, und es war sehr kalt. Im Hof fiel unentwegt und leise ein dünner Winterregen. Und doch traf ich schon um neun Uhr dort, verzehrt von Langeweile, den großen Meaulnes. Durch die Stäbe des großen Portals, an die wir schweigend unsere Köpfe drückten, sahen wir oben im Dorf, an der Place des Quatre-Routes, einen Leichenzug, der fern vom Land gekommen war. Sie hatten den Sarg auf einem

Ochsenkarren hergefahren und auf einer Steinplatte am Fuß des großen Kreuzes abgestellt, wo der Metzger damals die Wachposten des Gauklers bemerkt hatte! Wo war er jetzt, der junge Kapitän, der das Entermanöver so gut geführt hatte?... Der Priester und die Chorknaben traten, wie es Brauch war, vor den Sarg, und die traurigen Gesänge schallten bis zu uns hinüber. Wir wußten, daß dies das einzige Schauspiel des Tages war, der so dahinfließen würde wie gelbliches Wasser in einem Rinnstein.

»Und jetzt«, sagte Meaulnes plötzlich, »werde ich meine Sachen packen. Du sollst es wissen, Seurel: ich habe am letzten Donnerstag an meine Mutter geschrieben und sie darum gebeten, daß ich mein Studium in Paris beenden darf. Heute reise ich ab.«

Er sah weiter zum Dorf hin und stützte seine Hände in Kopfhöhe an die Stäbe. Ich brauchte ihn nicht zu fragen, ob seine Mutter, die wohlhabend war und ihm alles durchgehen ließ, ihm auch dies erlaubt hatte. Ich brauchte auch nicht zu fragen, warum er plötzlich nach Paris zu gehen wünschte!...

Aber sicher empfand er Bedauern und Furcht, das liebe Sainte-Agathe zu verlassen, von wo er zu seinem Abenteuer aufgebrochen war. Ich meinerseits fühlte, wie ein heftiger Kummer in mir wach wurde, den ich zunächst nicht gespürt hatte.

»Ostern kommt näher!« sagte er zur Erklärung und seufzte.

»Sobald du sie dort gefunden hast, schreibst du mir doch, nicht?« fragte ich.

»Bestimmt, versprochen. Bist du nicht mein Kamerad und mein Bruder?...«

Und er legte seine Hand auf meine Schulter.

Allmählich wurde mir klar, daß alles zu Ende war, da

er seine Studien in Paris beenden wollte; nie mehr würde ich meinen großen Kameraden bei mir haben.

Uns einte nur noch die Hoffnung auf jenes Haus in Paris, in dem die Spur des verlorenen Abenteuers zu finden sein sollte... Aber welch armselige Hoffnung blieb mir, wenn ich sah, wie traurig Meaulnes selbst war!

Meine Eltern wurden benachrichtigt: Monsieur Seurel zeigte sich sehr erstaunt, sah aber schnell Augustins Gründe ein; Millie als Hausfrau regte vor allem der Gedanke auf, daß Meaulnes' Mutter unser Haus in ungewöhnlicher Unordnung vorfände... Der Koffer, ach, war schnell gepackt. Wir suchten unter der Treppe seine Sonntagsschuhe, im Schrank etwas Wäsche und schließlich seine Papiere und Schulbücher – das war alles, was ein junger Mann von achtzehn Jahren auf der Welt besitzt.

Zum Mittag kam Madame Meaulnes mit dem Wagen an. Sie aß mit Augustin im Café Daniel und nahm ihn fast ohne jede weitere Erklärung mit, sobald das Pferd gefüttert und angeschirrt war. Auf der Schwelle des Hauses sagten wir ihnen auf Wiedersehen, und der Wagen verschwand an der Kreuzung der Quatre-Routes.

Millie streifte vor der Tür ihre Schuhe ab, ging wieder in das kalte Eßzimmer und räumte auf, was in Unordnung geraten war. Ich aber befand mich zum ersten Mal nach vielen Monaten allein vor einem langen Donnerstagabend – mit dem Empfinden, daß in diesem alten Wagen gerade meine Jugend für immer davongefahren war.

Elftes Kapitel

Ich begehe einen Verrat...

Was tun? Das Wetter besserte sich etwas, und man hätte meinen können, daß die Sonne sich zeigen würde.

In dem großen Haus schlug eine Tür, dann war es wieder ganz still. Von Zeit zu Zeit ging mein Vater über den Hof und holte einen Eimer Kohle, um den Ofen zu füllen. Ich sah die weißen Wäschestücke auf den Leinen hängen und hatte nicht die geringste Lust, an diesen traurigen, in einen Trockenboden verwandelten Ort zurückzukehren und mich dort dem Jahresabschlußexamen gegenüberzusehen, jenem Concours zur Ecole Normale, der von nun an meine einzige Beschäftigung sein sollte.

Merkwürdig: mit diesem Gefühl des Überdrusses, das mich niederdrückte, verband sich zugleich so etwas wie ein Gefühl von Freiheit. Nachdem Meaulnes abgereist und dieses ganze verfehlte Abenteuer beendet war, kam es mir wenigstens so vor, als wäre ich befreit von der seltsamen Sorge, der geheimnisvollen Beschäftigung, die es mir unmöglich machten, so zu handeln wie alle anderen. Nach Meaulnes' Abreise war ich nicht mehr der Kamerad seiner Abenteuer, der Bruder des Fährtensuchers; ich wurde wieder ein Dorfjunge wie die anderen. Das war einfach, und ich mußte nur meiner ganz natürlichen Neigung folgen.

Der Jüngste der Familie Roy kam auf der schlammigen Straße vorbei und ließ drei am Ende einer Schnur festgebundene Kastanien kreisen und dann in unseren Hof sausen. Ich langweilte mich so sehr, daß ich Gefallen daran fand, ihm seine Kastanien zwei- oder dreimal über die Mauer zurückzuschleudern.

Plötzlich bemerkte ich, wie er das kindische Spiel aufgab und zu einem zweirädrigen Karren lief, der auf dem Chemin de la Vieille Planche daherkam. Schnell war er hinten hinaufgeklettert, ohne daß der Wagen anhielt. Ich erkannte den kleinen Wagen und das Pferd von Delouche. Jasmin lenkte den Wagen, der dicke Boujardon stand bei ihm. Sie kamen von der Wiese zurück.

»Komm mit, François!« rief Jasmin, der wohl schon wußte, daß Meaulnes abgereist war.

Nun gut, ohne jemandem Bescheid zu geben, kletterte ich auf den rumpelnden Wagen und blieb wie die anderen aufrecht, an eine Seitenwand gelehnt, stehen. Wir fuhren zur Witwe Delouche...

Jetzt sind wir in dem hinteren Raum des Ladens der Frau, die zugleich ein Lebensmittelgeschäft und eine Wirtschaft betreibt. Ein heller Sonnenstrahl fällt durch das niedrige Fenster auf die Blechdosen und die Essigfässer. Der dicke Boujardon setzt sich auf die Fensterbank, wendet sich uns mit dem breiten Lachen eines wohlbeleibten Menschen zu und ißt Löffelbiskuits. In seiner Reichweite liegt die geöffnete und angebrochene Schachtel auf einem Faß. Der kleine Roy stößt Freudenschreie aus. Zwischen uns hat sich eine Art übler Vertrautheit entwickelt. Jasmin und Boujardon werden jetzt meine Kameraden sein, das wird mir klar. Mein Leben hat plötzlich einen anderen Lauf genommen. Es kommt mir so vor, als ob Meaulnes schon sehr lange abgereist und sein Abenteuer eine traurige, alte, aber beendete Geschichte wäre.

Der kleine Roy hat unter einem Brett eine angebrochene Flasche Likör gefunden. Delouche bietet jedem von uns einen Schluck an, aber es ist nur ein Glas da, und wir trinken alle aus demselben. Mit etwas Herablassung werde ich als erster bedient, als sei ich mit diesen Gepflogenheiten der Jäger und Bauern nicht vertraut... Das ist mir nicht recht. Und als man auf Meaulnes zu sprechen kommt, möchte ich meine Verlegenheit überspielen und meine Selbstsicherheit wiedergewinnen, zeigen, daß ich seine Geschichte kenne, und sie ein wenig erzählen. Welchen Schaden könnte ihm das zufügen, wo doch alle seine Abenteuer hier zu Ende sind?...

. . . .

Erzähle ich die Geschichte schlecht? Sie ruft nicht die erhoffte Wirkung hervor.

Als gute Leute vom Land, die nichts in Erstaunen versetzt, bringt eine solche Kleinigkeit meine Kameraden nicht aus der Fassung.

»Das war eben nur eine Hochzeit!« sagt Boujardon.

Delouche hat eine in Préveranges mitgemacht, die noch viel merkwürdiger war.

Das Schloß? Sicher könnte man in der Umgebung Leute finden, die davon gehört haben.

Das junge Mädchen? Meaulnes wird sie heiraten, sobald er sein Jahr Militärdienst abgeleistet hat.

»Er hätte«, fügt ein anderer hinzu, »mit uns darüber reden und uns seinen Plan zeigen sollen, statt das einem Zigeuner anzuvertrauen!...«

Ich habe mich in meinen Mißerfolg verwickelt und möchte die Gelegenheit nutzen, ihre Neugier zu wecken: So entschließe ich mich, ihnen zu erklären, wer der Zigeuner war, woher er kam, welches seltsame Schicksal er erfahren hatte... Boujardon und Delouche wollen nichts davon wissen: »Er ist an allem schuld. Durch ihn ist Meaulnes so unverträglich geworden, Meaulnes, der doch ein so guter Kamerad war! Er hat diese dummen nächtlichen Entermanöver und Angriffe organisiert, nachdem er uns alle wie in einem Schulbataillon aufgestellt hat...«

»Weißt du«, sagt Jasmin und sieht mit leichtem Kopfschütteln Boujardon an, »das habe ich wirklich ganz richtig gemacht, ihn bei den Gendarmen anzuzeigen. Das war einer, der dem Dorf Schaden zugefügt hat und noch mehr zugefügt hätte!...«

Nun teile ich beinahe ihre Meinung. Alles hätte vermutlich eine andere Wendung genommen, wenn wir die ganze Sache nicht auf eine so geheimnisvolle und tragische Art behandelt hätten. Der Einfluß dieses Frantz hat alles verdorben...

In dem Moment aber, da ich ganz in diese Gedanken versunken bin, gibt es plötzlich Lärm in dem Laden. Jasmin versteckt seine Flasche mit dem guten Tropfen schnell hinter einem Faß; der dicke Boujardon springt hurtig von seinem Fensterbrett herunter und gerät mit dem Fuß auf eine staubbedeckte, leere Flasche, die losrollt und ihn zweimal fast zu Fall bringt. Der kleine Roy stößt sie von hinten weiter, um schneller hinauszukommen, und erstickt fast vor Lachen.

Ohne genau zu begreifen, was vor sich geht, flüchte ich mit ihnen, wir rennen über den Hof und klettern über eine Leiter auf einen Heuboden. Ich höre eine Frauenstimme, die uns als Taugenichtse bezeichnet!...

»Ich hätte nie gedacht, daß sie so schnell zurück ist«, sagt Jasmin ganz leise.

Erst jetzt verstehe ich, daß wir einen Betrug begangen, Kuchen und Likör gestohlen haben. Ich bin so enttäuscht wie jener Schiffbrüchige, der mit einem Menschen zu sprechen glaubte und plötzlich erkennt, daß es ein Affe war. Ich denke nur noch daran, aus diesem Speicher herauszukommen, so sehr mißfallen mir diese Art Abenteuer. Im übrigen wird es Nacht... Man läßt mich hinten hinaus, ich laufe durch zwei Gärten und um einen kleinen Teich und finde mich wieder auf der nassen und schmutzigen Straße, in der sich das Licht vom Café Daniel widerspiegelt.

Ich bin nicht stolz auf diesen Abend. Jetzt bin ich auf der Place des Quatre-Routes. Unwillkürlich sehe ich plötzlich an der Biegung ein hartes, brüderliches Gesicht wieder, das mir zulächelt; ein letztes Zeichen mit der Hand – und der Wagen verschwindet...

Ein kalter Wind schlägt meinen Kittel, ähnlich dem Wind des Winters, der so unheilvoll und so schön war. Schon kommt mir alles weniger leicht vor. In dem großen Klassenraum, wo man zum Abendessen auf mich wartet, ziehen plötzliche Windstöße durch die schwache Wärme, die der Ofen verbreitet. Ich schlottere vor Kälte, während man mir Vorhaltungen macht wegen des Herumtreibens am Nachmittag. Ich finde nicht einmal den Trost, in das vergangene regelmäßige Leben zurückzukehren, indem ich am Tisch auf meinem gewohnten Sitz Platz nehme. Der Tisch ist an diesem Abend nicht gedeckt worden; jeder nimmt sein Essen auf den Knien ein, dort, wo er es in dem dunklen Klassenraum eben kann. Ich esse schweigend den auf dem Ofen gebackenen Pfannkuchen, der eine Entschädigung für den in der Schule verbrachten Donnerstag sein sollte und der auf den rotglühenden Eisenringen angebrannt war.

Am Abend bin ich ganz allein in meinem Zimmer und gehe schnell ins Bett, um die Gewissensbisse zu erstikken, die ich aus dem Grund meiner Traurigkeit aufsteigen fühle. Aber mitten in der Nacht werde ich zweimal wieder wach; einmal vermeine ich, das Knarren des Bettes neben mir zu hören, in dem sich Meaulnes plötzlich und in einem Schwung auf die andere Seite zu wälzen pflegte; das andere Mal glaube ich, in der Tiefe der Speicher seinen leichten Schritt eines Jägers auf der Pirsch zu vernehmen...

Zwölftes Kapitel

Die drei Briefe von Meaulnes

In meinem ganzen Leben habe ich nur drei Briefe von Meaulnes erhalten. Sie liegen noch bei mir in einer Schublade der Kommode. Jedesmal, wenn ich sie wieder lese, stoße ich auf die gleiche Traurigkeit wie damals.

Den ersten Brief erhielt ich zwei Tage nach seiner Abreise.

Mein lieber François,

gleich nach meiner Ankunft bin ich heute zu dem angegebenen Haus gegangen. Ich habe nichts bemerkt, niemand war da und es wird nie jemand da sein.

Das Gebäude, das Frantz nannte, ist ein kleines, zweigeschossiges Haus. Das Zimmer von Mademoiselle de Galais muß sich im ersten Stock befinden. Die Fenster oben werden sehr stark von den Bäumen verdeckt. Aber wenn man auf dem Gehsteig vorübergeht, sieht man sie sehr gut. Alle Vorhänge sind zugezogen, und man müßte schon ein Narr sein, wollte man hoffen, daß eines Tages zwischen diesen zugezogenen Vorhängen das Antlitz von Yvonne de Galais erscheinen könnte.

Das Haus liegt an einem Boulevard ... Es regnete ein wenig auf die schon grünen Bäume. Das helle Klingeln der Straßenbahnen, die ständig vorüberfuhren, war zu hören.

Fast zwei Stunden lang bin ich unter den Fenstern auf und ab gegangen. Ich bin bei einem Weinhändler stehengeblieben und habe etwas getrunken, damit man mich nicht für einen Einbrecher hält, der etwas plant. Dann habe ich ohne Hoffnung wieder meine Wache aufgenommen.

Es wurde Nacht. In allen Fenstern ging das Licht an, außer in diesem Haus. Sicher wohnt niemand dort, obwohl bald Ostern ist.

In dem Augenblick, als ich gehen wollte, kam ein junges Mädchen oder eine junge Frau – ich weiß es nicht – und setzte sich auf eine der vom Regen nassen Bänke. Sie trug ein schwarzes Kleid mit einer kleinen weißen Halskrause. Als ich ging, saß sie trotz der abendlichen Kälte immer noch da und wartete auf irgend etwas oder irgendwen. Du siehst, Paris ist voller Narren, wie ich es bin.

Augustin

Die Zeit verstrich. Vergeblich wartete ich am Ostermontag und allen folgenden Tagen auf ein Wort von Augustin, jene Tage, die nach der großen österlichen Unruhe so still sind, daß man meint, man müsse nur noch auf den Sommer warten. Im Juni kam die Zeit der Examen und eine schreckliche Hitze, deren erstickender Dunst über dem Land lag, ohne daß ein Lufthauch sie vertrieben hätte. Die Nacht brachte keinerlei Erfrischung und daher auch keine Linderung der Qualen. In diesem unerträglichen Monat Juni erhielt ich den zweiten Brief des großen Meaulnes.

Juni 189.

Mein lieber Freund,

jetzt ist alle Hoffnung verloren. Das weiß ich seit gestern abend. Seitdem wächst der Schmerz, den ich anfangs nicht gleich gespürt habe.

An jedem Abend habe ich mich auf jene Bank gesetzt und beobachtet, nachgedacht und trotz allem gehofft.

Gestern nach dem Abendessen war die Nacht schwarz und stickig. Die Leute standen auf dem Gehweg und plauderten unter den Bäumen. Über den schwarzen Blättern, die im Licht wieder grün wurden, waren die Wohnungen im zweiten und dritten Stockwerk erleuchtet. Hier und da stand ein Fenster wegen des Sommers weit offen... Auf dem Tisch war die angezündete Lampe zu erkennen, die die warme Dunkelheit des Juni um sich herum mit Mühe zurückdrängte; man konnte fast bis zum anderen Ende des Zimmers sehen... Ach, wenn das dunkle Fenster von Yvonne de Galais auch erleuchtet gewesen wäre, hätte ich es vielleicht gewagt und wäre hinaufgestiegen, hätte geklopft und wäre eingetreten...

Das junge Mädchen, von dem ich Dir berichtet habe, saß immer noch da und wartete wie ich. Ich dachte, sie müsse das Haus kennen und fragte sie:

»Ich weiß«, sagte sie, »daß früher ein junges Mädchen und ihr Bruder in diesem Haus die Ferien verbracht haben. Aber ich habe gehört, daß der Bruder das Schloß seiner Eltern verlassen und man ihn nie wiedergefunden hat und daß das Mädchen geheiratet hat. Daher kommt es, daß die Wohnung leersteht.«

Ich bin gegangen. Nach zehn Schritten stieß ich mit den Füßen auf dem Gehweg an und wäre fast gefallen. In der Nacht – es war die letzte –, als endlich die Kinder und Frauen in den Höfen still waren, um mich schlafen zu lassen, habe ich angefangen, das Rollen der Droschken auf der Straße zu hören. Sie kamen in größeren Abständen, aber wenn eine vorüber war, wartete ich unwillkürlich auf die nächste: auf das Klingeln des Geschirrs, den Hufschlag der Pferde auf dem Asphalt... und das alles sagte mir immer wieder: dies ist die verlassene Stadt, deine verlorene Liebe, die endlose Nacht, der Sommer, das Fieber...

Seurel, mein Freund, ich bin in großer Not.

Augustin

Trotz allem Anschein waren es keine sehr vertraulichen Briefe. Meaulnes sagte mir nicht, warum er so lange geschwiegen hatte, und auch nicht, was er jetzt zu tun gedachte. Ich gewann den Eindruck, als breche er mit mir, weil sein Abenteuer beendet war, so wie er mit seiner Vergangenheit brach. Tatsächlich erhielt ich keine Antwort mehr auf meine Briefe, nur einen Glückwunsch, als ich mein Brevet Simple bekam. Im September erfuhr ich von einem Schulkameraden, daß er in den Ferien zu seiner Mutter nach La Ferté-d'Angillon gekommen war. Wir aber waren in diesem Jahr von unserem Onkel Florentin aus Le Vieux-Nançay eingeladen und mußten die Ferien bei ihm verbringen. Und Meaulnes fuhr wieder nach Paris zurück, ohne daß ich ihn hätte sehen können.

Als ich mich zu Beginn der Schule, genau Ende November, wieder daranmachte, mit düsterem Eifer das Brevet Supérieur vorzubereiten, in der Hoffnung, im folgenden Jahr zum Lehrer ernannt zu werden, ohne die Ecole Normale in Bourges besuchen zu müssen, bekam ich den letzten der drei Briefe, die ich je von Augustin erhalten habe:

»Immer noch«, schrieb er, »gehe ich unter jenem Fenster hin und her. Immer noch warte ich, ohne die geringste Hoffnung, aus Torheit. In dem Augenblick, da es am Ende dieser kalten Herbstsonntage Nacht wird, kann ich mich nicht entschließen, nach Hause zu gehen und die

Läden meines Zimmers zu schließen, ohne zuvor dorthin, in die eisige Straße gegangen zu sein.

Es geht mir wie der Verrückten von Sainte-Agathe, die alle Augenblicke vor die Schwelle ihres Hauses trat und mit der Hand über den Augen zum Bahnhof blickte, um zu sehen, ob nicht ihr Sohn käme, der tot war.

Wenn ich zitternd vor Kälte und elend auf dieser Bank sitze, gebe ich mich dem freundlichen Gedanken hin, es würde mich jemand sanft beim Arm nehmen ... Ich würde mich umdrehen, und es wäre sie. ›Ich habe mich etwas verspätet‹, würde sie einfach sagen. Und alle Not und aller Wahnsinn verschwänden. Wir gehen in unser Haus. Ihr Pelz ist ganz eisig und ihr Schleier feucht; sie bringt den Geruch des Nebels von draußen mit. Während sie zum Feuer geht, sehe ich ihre blonden, mit Reif bedeckten Haare, ihr schönes Profil mit den zarten Linien, das sich zu den Flammen herabneigt ...

Ach, die Fensterscheibe bleibt weiß von dem Vorhang dahinter. Und wenn das Mädchen von dem verlorenen Gut ihn öffnen würde, hätte ich ihr jetzt nichts mehr zu sagen.

Unser Abenteuer ist zu Ende. Der Winter dieses Jahres ist tot wie das Grab. Vielleicht, wenn wir sterben, vielleicht wird dann nur der Tod uns den Schlüssel und die Fortsetzung und das Ende dieses verfehlten Abenteuers geben.

Seurel, neulich habe ich Dich gebeten, an mich zu denken. Jetzt ist es ganz im Gegenteil besser, mich zu vergessen. Es wäre besser, alles zu vergessen.

. . . .

A. M.«

Und es kam ein neuer Winter, der ebenso tot war, wie der vorangegangene lebendig gewesen war durch ein geheimnisvolles Leben: der Kirchplatz ohne Zigeuner, der Schulhof, den die Jungen um vier Uhr verließen..., der Klassenraum, in dem ich allein und ohne Freude lernte... Im Februar fiel der erste Schnee dieses Winters und begrub endgültig unseren Abenteuerroman des letzten Jahres, verwischte jede Fährte und löschte die letzten Spuren aus. Und ich bemühte mich, wie Meaulnes mich in seinem Brief gebeten hatte, alles zu vergessen.

DRITTER TEIL

Erstes Kapitel

Das Bad im Fluß

Das Vergnügen aller Taugenichtse des Ortes bestand darin, Zigaretten zu rauchen, mit Zuckerwasser die Haare zu kräuseln, die Mädchen des Cours complémentaire auf den Feldwegen zu küssen und hinter der Hecke »Haube in Sicht!« zu rufen, um eine vorübergehende Nonne zu ärgern. Mit zwanzig Jahren können sich Taugenichtse dieser Art übrigens durchaus bessern und sehr feinfühlige junge Männer werden. Der Fall wird schwerwiegender, wenn der betreffende Taugenichts schon ein ältliches und welkes Gesicht hat, wenn er sich für zweideutige Geschichten über Frauen des Dorfes interessiert, wenn er über Gilberte Poquelin tausend Dummheiten erzählt, um die anderen zum Lachen zu bringen. Aber schließlich ist der Fall noch nicht hoffnungslos...

So war es bei Jasmin Delouche. Aus mir unbekannten Gründen, aber sicherlich nicht, um ein Examen abzulegen, besuchte er weiterhin den Cours supérieur, aus dem ihn alle gern hätten verschwinden sehen. Daneben erlernte er bei seinem Onkel Dumas den Beruf eines Stukkateurs. Und bald waren dieser Jasmin Delouche und Boujardon und ein anderer sehr stiller Junge namens Denis, der Sohn des stellvertretenden Bürgermeisters, die einzigen großen Schüler, mit denen ich gerne Umgang hatte, weil sie noch »aus Meaulnes' Zeit« kamen.

Bei Delouche war der Wunsch, mein Freund zu sein, ganz ehrlich. Um es klar zu sagen: Er, der der Feind des großen Meaulnes gewesen war, wäre gerne der große Meaulnes der Schule geworden, zumindest bedauerte er es vielleicht, nicht sein Leutnant gewesen zu sein. Weniger schwerfällig als Boujardon, hatte er, wie ich glaube, gespürt, was Meaulnes an Außergewöhnlichem in unser Leben gebracht hatte. Und oft hörte ich ihn wiederholen:

»Das hat er sehr wohl gesagt, der große Meaulnes...« oder auch: »Ach, der große Meaulnes hat gesagt...«

Jasmin war nicht nur mehr als wir ein Mann, der alte kleine Bursche verfügte auch noch über kostbare Vergnügungen, die seine Überlegenheit uns gegenüber eindeutig festlegten: einen Mischlingshund mit langem weißem Haar, der den verrückten Namen Bécali trug und weit weggeworfene Steine zurückbrachte, ohne für irgendeinen anderen Sport zu taugen; ein altes, gebraucht gekauftes Fahrrad, auf das wir manchmal abends nach der Schule steigen durften, auf dem Jasmin aber lieber die Mädchen des Dorfes üben ließ; schließlich und vor allem einen blinden weißen Esel, den man vor jeden Wagen spannen konnte.

Der Esel gehörte Dumas, aber er lieh ihn Jasmin, wenn wir im Sommer an den Cher zum Baden gingen. Bei dieser Gelegenheit gab uns seine Mutter eine Flasche Limonade mit, die wir unter den Sitz zwischen die trockenen Badehosen legten. Und wir zogen los, acht oder zehn große Schüler des Cours in Begleitung von Monsieur Seurel. Die einen gingen zu Fuß, die anderen stiegen auf den Eselskarren, den wir in dem Hof von Grand'Fons stehenließen, wo der Weg zum Cher zu stark ausgewaschen war.

Ich erinnere mich bis in die kleinsten Einzelheiten an einen derartigen Ausflug, bei dem Jasmins Esel unsere Badehosen, unser Gepäck, die Limonade und Monsieur Seurel zum Cher brachte, während wir zu Fuß hinterhergingen. Es war August, und wir hatten gerade die Prüfungen abgelegt. Befreit von dieser Sorge, kam es uns so vor, als ob der ganze Sommer, das ganze Glück uns gehörten, und so zogen wir auf der Straße dahin und sangen, ohne zu wissen, was und warum, am Beginn eines schönen Donnerstagnachmittags.

Beim Hinweg legte sich nur ein Schatten auf dieses Bild der Unschuld: Wir bemerkten, daß Gilberte Poquelin vor uns herging. Sie war gut gewachsen, trug einen halblangen Rock und hohe Schuhe, und sie besaß das zugleich sanfte und dreiste Aussehen einer Göre, die ein Backfisch wird. Sie verließ die Straße und schlug einen Seitenweg ein, vermutlich um Milch zu holen. Sofort schlug der kleine Coffin Jasmin vor, ihr nachzugehen.

»Es wäre nicht das erste Mal, daß ich sie küsse...«, sagte dieser.

Und er begann, über sie und ihre Freundinnen mehrere schlüpfrige Geschichten zu erzählen, während die ganze Truppe aus Angeberei in den gleichen Weg einbog und Monsieur Seurel in dem Eselskarren auf der Straße geradeaus weiterfahren ließ. Einmal auf diesem Weg, fing die Bande aber an, sich aufzulösen. Selbst Delouche schien wenig daran gelegen, sich vor uns an das Mädchen heranzumachen, das schnell weiterlief, und er kam nicht näher als fünfzig Meter an sie heran. Es gab ein paar Hahnen- und Hühnerschreie und galante Pfiffe, dann ließen wir die Sache sein, es war uns etwas unbehaglich zumute, und wir gingen zurück. Auf der Straße mußten wir in der prallen Sonne laufen, und wir sangen nicht mehr.

Wir zogen uns in dem trockenen Weidengebüsch am Cher aus und wieder an. Die Weiden schützten uns vor den Blicken, aber nicht vor der Sonne. Die Füße im Sand und in dem trockenen Schlamm, dachten wir nur noch an die Flasche Limonade der Witwe Delouche, die in dem Brunnen von Grand'Fons gleich am Ufer des Cher kühl gehalten wurde. Auf dem Grund des Brunnens waren immer graugrüne Pflanzen und zwei oder drei Tiere, die wie Kellerasseln aussahen, aber das Wasser war so klar und so durchsichtig, daß die Angler nicht zögerten, niederzuknien, um sich mit beiden Händen am Rand abzustützen und zu trinken.

Leider geschah an diesem Tag dasselbe wie an den anderen Tagen...: Nachdem wir uns alle angezogen und im Kreis im Schneidersitz hingesetzt hatten, um aus zwei großen Gläsern ohne Stiel die gekühlte Limonade zu trinken, bekam jeder von uns, nachdem Monsieur Seurel gebeten worden war, seinen Anteil zu nehmen, nur noch etwas Schaum, der in der Kehle kitzelte und nur noch mehr Durst machte. Da gingen wir hintereinander zu dem Brunnen, den wir zunächst verachtet hatten, und näherten uns mit dem Gesicht langsam der Oberfläche des reinen Wassers. Aber alle waren wir nicht mit diesen Gewohnheiten der Feldarbeiter vertraut. Viele konnten, wie auch ich, ihren Durst nicht löschen: die einen, weil sie nicht gerne Wasser tranken, die anderen, weil ihnen die Angst, eine Assel zu verschlucken, die Kehle zuschnürte, einige wurden von der großen Durchsichtigkeit des unbewegten Wassers getäuscht und erkannten nicht genau dessen Oberfläche, so daß sie nicht nur mit dem Mund, sondern mit dem halben Gesicht in das Wasser eintauchten und es mit der Nase einzogen, wodurch es ihnen beißend vorkam, wieder andere schließlich konnten aus allen diesen Gründen zugleich nicht trinken... Aber wie dem auch sei, es kam uns an dem ausgedörrten Ufer des Cher so vor, als wäre an diesem Ort die ganze Frische der Erde eingeschlossen. Und noch heute denke ich an diesen Brunnen, wenn ich irgendwo das Wort Brunnen höre.

Der Rückweg in der Abenddämmerung ging mit der gleichen Unbekümmertheit vor sich wie der Hinweg. Die Strecke von Grand'Fons zur Straße, im Winter ein Bach und im Sommer ein schlecht zu begehender Hohlweg voller Löcher und starker Wurzeln, stieg im Schatten hoher Baumhecken an. Ein Teil der Badenden nahm aus Spaß diesen Weg. Wir aber wählten mit Monsieur Seurel, Jasmin und mehreren Kameraden einen bequemen und sandigen Pfad, der parallel am nächsten Feld entlangführte. Während Delouche seine Männergeschichten erzählte, hörten wir ganz in der Nähe, unter uns, aber unsichtbar im Schatten, die anderen plaudern und lachen... Um die Wipfel der hohen Bäume der Hecke sirrten die Insekten des Abends, die wir gegen den hellen Himmel um das fein sich abzeichnende Blattwerk schwärmen sahen. Manchmal stürzte eines plötzlich ab, und das ruhige Summen wurde plötzlich schrill. – Welch schöner, stiller Sommerabend!... Rückkehr, ohne Hoffnung, aber auch ohne Verlangen, am Ende eines armseligen Ausflugs auf das Land... Die ruhige Stimmung wurde, ohne daß er es wollte, wiederum von Jasmin gestört...

In dem Augenblick, da wir oben auf der Höhe an der Stelle ankamen, wo zwei mächtige alte Steinblöcke liegen, die die Überreste einer Burg sein sollen, kam er auf die Besitztümer, die er besucht hatte, zu sprechen, insbesondere auf ein halb verlassenes Landgut in der Umgebung von Vieux-Nançay, das Gut Les Sablonnières. Mit dem Akzent des Départements Allier, durch den manche

Wörter eitel gelängt, andere gekünstelt verkürzt werden, erzählte er, er habe einige Jahre zuvor in der verfallenen Kapelle des alten Besitztums einen Grabstein mit den folgenden Worten gesehen:

Hier ruht der Ritter Galois
Treu seinem Gott, seinem König, seiner Schönen

»Ach, sieh mal an!« sagte Monsieur Seurel mit einem leichten Achselzucken; der Ton der Unterhaltung war ihm etwas unangenehm, aber er wollte uns doch wie Männer reden lassen.

Also fuhr Jasmin fort, das Schloß zu beschreiben, als hätte er dort sein Leben verbracht.

Mehrfach waren er und Dumas, wenn sie von Vieux-Nançay kamen, auf den alten, grauen Turm aufmerksam geworden, den man über den Tannenspitzen erblickte. Mitten im Wald lag da ein ganzes Gewirr von verfallenen Gebäuden, die man sich ansehen konnte, wenn die Besitzer nicht da waren. Eines Tages hatte sie ein Waldhüter, den sie in ihrem Wagen mitgenommen hatten, in dem merkwürdigen Gut herumgeführt. Aber danach war alles abgerissen worden, und man sagte, es stünde dort nur noch der Bauernhof und ein kleines Landhaus. Die Bewohner waren immer noch dieselben: ein alter pensionierter und nahezu ruinierter Offizier mit seiner Tochter.

Er redete... und redete... Ich hörte aufmerksam zu und spürte, ohne daß es mir ganz klar wurde, daß es sich da um eine mir wohlbekannte Sache handelte, als sich Jasmin plötzlich ganz einfach, wie eben ungewöhnliche Ereignisse geschehen, zu mir wandte, mich, von einem Einfall getroffen, der ihm noch nie gekommen war, am Arm berührte und sagte:

»Mir kommt da der Gedanke, daß Meaulnes – du

weißt doch, der große Meaulnes? – wohl dorthin gegangen ist.«

Und da ich nicht antwortete, fuhr er fort:

»Richtig, und ich erinnere mich, daß der Waldhüter von dem Sohn des Hauses berichtet hat, einem überspannten Menschen, der ungewöhnliche Ideen hatte...«

Ich hörte ihm nicht mehr zu; ich war von Anfang an überzeugt davon, daß er richtig geraten hatte und daß sich fern von Meaulnes und fern jeder Hoffnung, klar und leicht wie eine vertraute Straße, der Weg zu dem Gut ohne Namen vor mir aufgetan hatte.

Zweites Kapitel

Bei Florentin

So, wie ich ein unglückliches, verträumtes und verschlossenes Kind gewesen war, so entschlossen und, wie man bei uns sagt, »entschieden« wurde ich, als ich spürte, daß der Ausgang dieses ernsten Abenteuers von mir abhing.

Ich glaube, ab diesem Abend hörte mein Knie endgültig auf, mir Schmerzen zu bereiten.

In Vieux-Nançay, der Gemeinde, zu der das Gut Les Sablonnières gehörte, wohnte die ganze Familie von Monsieur Seurel und insbesondere mein Onkel Florentin, ein Kaufmann, bei dem wir manchmal das Septemberende verbrachten. Da ich kein Examen vor mir hatte, wollte ich nicht warten und erhielt die Erlaubnis, meinen Onkel sofort zu besuchen. Aber ich beschloß, Meaulnes nichts wissen zu lassen, solange ich nicht sicher wäre, daß ich ihm eine gute Nachricht melden könnte. Was würde es denn nützen, ihn seiner Verzweiflung zu entreißen, um ihn danach nur noch tiefer in sie hineinzustoßen?

Vieux-Nançay war mir seit sehr langer Zeit der liebste Ort auf Erden, der Ort der letzten Ferientage, wo wir allerdings nur sehr selten hinfuhren, nämlich wenn wir gerade einen Wagen zu mieten fanden. Es hatte früher einmal irgendeinen Streit mit dem dortigen Zweig der Familie gegeben; vermutlich ließ sich Millie deshalb jedesmal so lange bitten, bis sie in den Wagen stieg. Aber mir waren diese Streitigkeiten völlig gleichgültig!... Sobald wir angekommen waren, verschwand ich und vertrieb mir unter den Onkeln, Vettern und Kusinen die Zeit mit tausenderlei unterhaltsamen Beschäftigungen und hinreißenden Vergnügungen.

Wir wohnten bei Onkel Florentin und Tante Julie, die einen Sohn meines Alters, den Vetter Firmin, und acht Töchter hatten, von denen die beiden ältesten, Marie-Louise und Charlotte, siebzehn und fünfzehn Jahre alt sein mochten. Sie besaßen ein sehr großes Geschäft an einem der Ortseingänge dieses Marktfleckens der Sologne, vor der Kirche – ein Geschäft für Waren aller Art, in dem sich alle jagenden Schloßherren dieser verlorenen Gegend, dreißig Kilometer entfernt von jeder Bahnstation, versorgten.

Dieser Laden mit seinen Abteilungen für Lebensmittel und Stoffe besaß viele Fenster zur Straße hin, und die Glastür ging auf den großen Kirchplatz. Aber merkwürdigerweise, auch wenn dies in der armen Gegend weit verbreitet war, diente in dem ganzen Geschäft gestampfte Erde als Fußboden.

Nach hinten lagen sechs Räume, von denen jeder einzelne mit ein und derselben Ware angefüllt war: der Raum für die Hüte, für die Gartenwerkzeuge, für die

Lampen ... und was weiß ich noch alles. Als ich ein Kind war und durch dieses Gewirr von Gegenständen aus dem Basar streifte, schien es mir, als würde ich alle diese wunderbaren Dinge niemals mit den Augen erfassen. Und noch damals fand ich, daß ich richtige Ferien nur an diesem Ort verbringen könnte.

Die Familie lebte in einer großen Küche mit einer Tür zum Laden – einer Küche, in der Ende September ein großes Feuer im Kamin loderte und in die die Jäger und die Wilderer, die Florentin das Wild verkauften, eintraten, um etwas zu trinken, während die kleinen Mädchen, die schon aufgestanden waren, umherliefen und schrieen und sich gegenseitig »Riecht-gut« auf die geglätteten Haare spritzten. An den Wänden hingen alte, vergilbte Photographien von ehemaligen Schulklassen, auf denen mein Vater – man brauchte lange, um ihn in Uniform wiederzuerkennen – inmitten seiner Kameraden der Ecole Normale zu sehen war ...

Dort verbrachten wir unsere Vormittage, aber auch auf dem Hof, wo Florentin Dahlien wachsen ließ und Perlhühner aufzog, wo man auf den Seifenkisten saß und Kaffee röstete, wo wir Kisten voll der verschiedenen, sorgfältig eingewickelten Dinge auspackten, deren Namen wir nicht immer kannten ...

Den ganzen Tag über standen Bauern und Kutscher von den Schlössern der Umgebung in dem Geschäft. Vor der Glastür hielten im Septembernebel nasse Karren, die von weither über Land gekommen waren. Und von der Küche aus hörten wir die Geschichten der Bäuerinnen, auf die wir neugierig waren ...

Aber am Abend nach acht Uhr, wenn man mit Laternen den Pferden, deren Fell im Stall dampfte, das Heu brachte, gehörte der ganze Laden uns!

Marie-Louise, die älteste meiner Kusinen, aber eine

der kleinsten, war noch dabei, die Stoffballen in dem Geschäft zusammenzufalten und aufzustapeln; sie ermunterte uns, zu kommen und sie dabei zu unterhalten. Dann stürmten Firmin und ich und alle Mädchen in den großen Geschäftsraum, und unter den Wirtshauslampen drehten wir die Kaffeemühlen und vollführten Kunststücke auf den Theken, und da die gestampfte Erde zum Tanz einlud, holte Firmin manchmal vom Speicher eine alte, ganz vom Grünspan befallene Posaune ...

Ich erröte noch heute bei dem Gedanken, daß Mademoiselle de Galais in den Jahren davor zu diesem Zeitpunkt hätte kommen und uns bei diesen Kindereien hätte überraschen können ... Es geschah jedoch an einem Abend in diesem August, kurz vor Einbruch der Nacht, daß ich sie, während ich mich ruhig mit Marie-Louise und Firmin unterhielt, zum ersten Mal erblickte.

Gleich am Abend nach meiner Ankunft in Vieux-Nançay hatte ich meinen Onkel Florentin über das Gut Les Sablonnières befragt.

»Das ist kein Gut mehr«, hatte er gesagt. »Alles ist verkauft worden, und die Käufer haben als Jäger die alten Gebäude abreißen lassen, um ihr Jagdgebiet zu vergrößern; der Schloßhof ist mit Heidekraut und Stechginster bedeckt. Die früheren Besitzer haben nur noch ein kleines, einstöckiges Haus und den Bauernhof behalten. Du wirst sicher Gelegenheit haben, Mademoiselle de Galais hier zu sehen; sie kommt selbst auf dem Pferd oder mit dem Wagen, um ihre Einkäufe zu machen, aber immer mit demselben Pferd, dem alten Belisar ..., ein merkwürdiges Gespann!«

Ich war so verwirrt, daß ich nicht mehr wußte, was ich weiter fragen sollte, um mehr zu erfahren.

»Aber sie waren doch reich?«

»Ja. Monsieur de Galais gab Feste zur Unterhaltung seines Sohnes, eines seltsamen Jungen voll ausgefallener Ideen. Um ihn zu unterhalten, dachte er sich alles Mögliche aus. Er ließ Pariserinnen kommen ... junge Burschen aus Paris und von anderswoher ...

Selbst als das Gut Les Sablonnières völlig ruiniert und Madame de Galais ihrem Ende nahe war, versuchten sie noch, ihn zu unterhalten, und ließen ihm alle seine Launen durchgehen. Im vergangenen Winter – nein, im Winter davor, haben sie ihr größtes Kostümfest gefeiert. Sie hatten zur einen Hälfte Leute aus Paris, zur anderen vom Lande eingeladen und eine große Menge von wundervollen Gewändern, Spielen, Pferden, Booten gekauft oder gemietet. Alles immer nur zum Vergnügen von Frantz de Galais. Es hieß, er werde heiraten und man feiere bei dieser Gelegenheit seine Verlobung. Aber er war wirklich zu jung. Und mit einem Mal hat sich alles zerschlagen, er ist verschwunden und wurde nie mehr gesehen ... Die Schloßherrin ist gestorben, und Mademoiselle de Galais blieb plötzlich allein mit ihrem Vater, dem alten Schiffskapitän.«

»Ist sie nicht verheiratet?« fragte ich schließlich.

»Nein«, sagte er, »davon weiß ich nichts. Oder solltest du ein Freier sein?«

Ich war ganz verwirrt und gestand ihm so kurz und diskret wie möglich, daß Augustin Meaulnes, mein bester Freund, vielleicht einer wäre.

»Aha«, sagte Florentin und lächelte, »wenn es ihm nicht auf das Geld ankommt, ist das eine hübsche Partie ... Soll ich einmal mit Monsieur de Galais sprechen? Er kommt gelegentlich noch hierher und kauft Schrot für die Jagd. Ich gebe ihm immer von meinem alten Tresterschnaps zum Probieren.«

Aber ich bat ihn sehr schnell, nichts dergleichen zu

unternehmen und noch abzuwarten. Und ich selbst beeilte mich auch nicht, Meaulnes zu benachrichtigen. So viele glückliche Zufälle hintereinander beunruhigten mich etwas. Und diese Unruhe hieß mich, Meaulnes noch nichts zu sagen, solange ich das junge Mädchen nicht wenigstens gesehen hätte.

Ich mußte nicht lange warten. Am nächsten Tag, kurz vor dem Abendessen, als es schon allmählich dunkel wurde, senkte sich ein eher zum September als zum August passender Nebel auf das Land. Firmin und ich hatten geahnt, daß für einen Augenblick keine Käufer im Laden waren, und wir waren gekommen, um Marie-Louise und Charlotte zu besuchen. Ich hatte ihnen das Geheimnis anvertraut, das mich schon zu diesem früheren Datum nach Vieux-Nançay geführt hatte. Wir lehnten am Ladentisch oder saßen auf ihm und stützten uns mit beiden Händen flach auf das eingewachste Holz; so erzählten wir uns gegenseitig, was wir von dem geheimnisvollen Mädchen wußten – und das war sehr wenig –, als ein Räderrollen uns aufsehen ließ.

»Da, da kommt sie!« sagten sie leise.

Einige Sekunden später hielt das merkwürdige Gespann vor der Glastür. Es war ein alter Bauernwagen mit abgerundeten Seitenflächen und einer fein ausgearbeiteten Zierleiste, wie wir ihn in unserer Gegend noch nicht gesehen hatten; der alte Schimmel senkte beim Gehen den Kopf so tief, daß es immer so aussah, als wollte er das Gras fressen, und auf dem Sitz – das sage ich in der Einfalt meines Herzens, aber wohl wissend, was ich sage – saß das schönste Mädchen, das es vielleicht je auf der Welt gegeben hat.

Niemals habe ich so viel Grazie verbunden mit solchem Ernst gesehen. Die Kleidung ließ ihre Gestalt so schmal erscheinen, daß sie zerbrechlich wirkte. Über ihre Schultern hatte sie einen großen, kastanienbraunen Mantel geworfen, den sie beim Eintreten ablegte. Als Mädchen wirkte sie sehr würdevoll, als Frau äußerst zerbrechlich. Ein schwerer blonder Haarschopf lag über ihrer Stirn und ihrem fein gezeichneten und zart geformten Gesicht. Auf ihrer ganz reinen Haut hatte der Sommer zwei Sommersprossen hinterlassen ... Nur einen kleinen Makel entdeckte ich in dieser Schönheit: In Augenblikken von Traurigkeit, von Niedergeschlagenheit oder auch nur bei tiefem Nachdenken überzog sich das sonst so reine Gesicht leicht mit roten Flecken, wie es bei manchen Kranken geschieht, bei denen man die Schwere des Leidens nicht kennt. Wer dies dann sah, dem verwandelte sich die ganze Bewunderung in eine Art von Mitleid, das desto brennender war, je mehr man davon überrascht wurde.

Das jedenfalls war es, was ich bemerkte, während sie langsam vom Wagen herabstieg und Marie-Louise mich mit der Leichtigkeit des jungen Mädchens vorstellte und aufforderte, mit ihr zu sprechen.

Man brachte ihr einen polierten Stuhl, und sie setzte sich und lehnte sich mit dem Rücken an den Ladentisch, während wir stehen blieben. Sie schien den Laden gut zu kennen und ihn zu mögen. Meine Tante Julie, die gleich benachrichtigt worden war, kam hinzu, und für die Zeit, während der sie bedächtig sprach, die Hände über ihrem Bauch gefaltet hielt und sanft ihren Kopf wiegte, den Kopf einer bäuerlichen Händlerin unter einer weißen Haube, verzögerte sich der Moment – vor dem ich ein wenig zitterte –, in dem das Gespräch mit mir begann ...

Es verlief ganz einfach.

»Sie werden«, so sagte Mademoiselle de Galais, »also bald Lehrer sein.«

Meine Tante zündete über unseren Köpfen die Porzellanlampe an, die das Geschäft schwach erhellte. Ich sah das zarte, kindliche Antlitz des jungen Mädchens, ihre unschuldigen blauen Augen, und war um so mehr überrascht von ihrer sehr klaren, ernsten Stimme. Wenn sie zu sprechen aufhörte, richteten sich ihre Augen anderswohin und bewegten sich nicht mehr, während sie auf die Antwort wartete und sich ein wenig auf die Lippe biß.

»Ich würde auch unterrichten«, sagte sie, »wenn es Monsieur de Galais recht wäre! Ich würde wie Ihre Mutter die kleinen Jungen unterrichten...«

Sie lächelte und machte damit deutlich, daß meine Vettern mit ihr über mich gesprochen hatten.

»Die Leute im Dorf«, so fuhr sie fort, »sind immer höflich, freundlich und hilfsbereit zu mir, und ich mag sie sehr. Aber was für ein Verdienst ist es, wenn ich sie gern habe?...

Gegenüber der Lehrerin allerdings sind sie streitsüchtig und geizig. Ständig gibt es Geschichten um verlorene Federhalter, zu teure Hefte und um Kinder, die nicht lernen wollen... Nun, ich würde mich mit ihnen herumschlagen, und sie würden mich doch mögen. Das wäre viel schwieriger...«

Und ohne zu lächeln, nahm sie wieder ihre gedankenverlorene, kindliche Miene an und ihren unbeweglichen blauen Blick.

Wir waren alle drei verlegen wegen der Leichtigkeit, mit der sie über schwierige Dinge sprach, über das, was geheim und subtil ist und worüber nur in den Büchern gut geredet wird. Für einen Moment herrschte Stille, dann begann langsam ein Gespräch.

Aber mit einer Art Bedauern und Verärgerung über irgendeine geheimnisvolle Sache in ihrem Leben fuhr das junge Fräulein fort:

»Und dann würde ich den Jungen beibringen, vernünftig zu sein, so, wie ich das verstehe. Ich würde ihnen nicht den Wunsch eingeben, durch die Welt zu ziehen, wie Sie es vermutlich tun werden, Monsieur Seurel, wenn Sie Hilfslehrer sind. Ich würde sie lehren, das Glück zu finden, das ganz in ihrer Nähe ist und nicht so aussieht...«

Marie-Louise und Firmin waren ebenso bestürzt wie ich, und wir sagten kein Wort. Sie spürte unsere Verlegenheit und hielt an; sie biß sich auf die Lippe und senkte den Kopf, aber dann lächelte sie wieder, als machte sie sich über uns lustig, und sagte:

»So gibt es vielleicht einen verrückten großen Jungen, der mich am Ende der Welt sucht, während ich hier im Laden von Madame Florentin unter dieser Lampe sitze und mein altes Pferd an der Tür auf mich wartet. Wenn dieser junge Mann mich jetzt sähe, würde er es vermutlich nicht glauben...«

Als ich sie so lächeln sah, faßte ich mir ein Herz, und da ich spürte, daß es Zeit war zu sprechen, lächelte ich auch und sagte:

»Vielleicht kenne ich diesen verrückten großen Jungen?«

Sie sah mich aufmerksam an.

In diesem Augenblick klingelte es an der Tür und zwei Frauen mit Körben traten herein:

»Kommt in das ›Eßzimmer‹! Da habt ihr mehr Ruhe«, sagte meine Tante und machte die Tür zur Küche auf.

Und da Mademoiselle de Galais das nicht annehmen, sondern gleich fahren wollte, fügte meine Tante hinzu:

»Monsieur de Galais ist hier und unterhält sich am Kamin mit Florentin.«

In der großen Küche brannte immer, selbst im August, lodernd und krachend ein Stapel Tannenholz. Auch war dort eine Porzellanlampe angezündet worden, und ein alter Mann mit freundlichen Zügen in dem zerfurchten, glattrasierten Gesicht saß, fast immer schweigend wie ein von Alter und den Erinnerungen bedrückter Mensch, mit Florentin vor zwei Gläsern Tresterschnaps.

Florentin begrüßte uns.

»François!« rief er mit der lauten Stimme eines Marktschreiers, als lägen ein Fluß zwischen uns oder mehrere Hektar Land. »Ich habe gerade für den nächsten Donnerstag einen Ausflug zum Ufer des Cher ausgemacht. Die einen können jagen, die anderen fischen, wieder andere tanzen oder baden!... Mademoiselle, Sie kommen zu Pferd. So ist es mit Monsieur de Galais vereinbart. Ich habe alles festgemacht...«

»Und du, François!« fügte er hinzu, als wäre ihm jetzt erst der Gedanke gekommen. »Du kannst deinen Freund mitbringen, Monsieur Meaulnes... Er heißt doch Meaulnes?«

Mademoiselle de Galais war, plötzlich sehr bleich, aufgestanden. Und genau in diesem Moment fiel mir ein, daß Meaulnes ihr auf dem merkwürdigen Gut am Ufer des Teiches seinen Namen genannt hatte...

Als sie mir beim Gehen die Hand reichte, gab es zwischen uns, deutlicher, als wenn wir viele Worte gemacht hätten, ein heimliches Einverständnis, das nur der Tod beenden sollte, und eine Freundschaft, stärker als große Liebe.

...Am nächsten Morgen klopfte Firmin um vier Uhr an die Tür des kleinen Zimmers, das ich im Hof der Perlhühner bewohnte. Es war noch dunkel, und ich hatte große Mühe, meine Sachen auf dem Tisch zusammenzusuchen, der mit kupfernen Leuchtern und ganz neuen Heiligenfiguren vollgestellt war, die man am Abend vor meiner Ankunft im Laden ausgesucht hatte, um mein

Zimmer zu möblieren. Im Hof hörte ich, wie Firmin mein Fahrrad aufpumpte und die Tante in der Küche die Glut anblies. Als ich abfuhr, ging gerade die Sonne auf. Aber mein Tag sollte auch lang sein: Ich fuhr zunächst zum Mittagessen nach Sainte-Agathe, um dort meine längere Abwesenheit zu erklären; dann wollte ich meine Fahrt fortsetzen und vor Abend nach La Ferté-d'Angillon zu meinem Freund Augustin Meaulnes gelangen.

Drittes Kapitel

Eine Erscheinung

Ich hatte noch nie eine längere Fahrt mit dem Rad unternommen. Dies war die erste. Trotz meines schlimmen Knies hatte mir Jasmin schon vor längerer Zeit beigebracht, wie man auf das Rad steigt. Wenn das Fahrrad schon einem normalen jungen Mann viel Vergnügen bereitet, wie mußte es da erst einem armen Kerl wie mir vorkommen, der noch vor kurzem in erbarmenswerter Weise und schweißgebadet nach den ersten vier Kilometern das Bein nachzog!... Von der Höhe der Hügel herabzufahren und in die Talmulde der Landschaft einzudringen, wie mit Flügelschlägen die fernen Horizonte der Straße zu entdecken, die sich bei der Annäherung auftun und erblühen, in kürzester Zeit ein Dorf zu durchqueren und es als ganzes mitzunehmen mit einem einzigen Blick... Bis dahin hatte ich eine so reizvolle und leichte Fahrt nur im Traum erlebt. Selbst beim Aufstieg an den Hügeln war ich voller Schwung. Denn ich muß sagen, daß es der Weg in das Land von Meaulnes war, den ich so intensiv aufsog...

»Kurz vor dem Ortseingang«, so hatte Meaulnes mir bei der Beschreibung seines Dorfes einmal erzählt, »ist ein großes Windrad zu erkennen...« Er wußte nicht, wozu es diente, oder vielleicht tat er auch nur so, um meine Neugierde noch anzustacheln.

Erst am Abend dieses Tages gegen Ende August entdeckte ich das große Rad, das sich auf einer weiten Wiese im Wind drehte und dazu diente, das Wasser für einen Hof in der Nähe hochzupumpen. Hinter den Pappeln der Wiese waren schon die ersten Häuser zu erkennen. Je weiter ich auf der Straße fuhr, die in einem großen Bogen um den Bach führte, um so mehr öffnete und entfaltete sich die Landschaft... Als ich auf der Brücke angekommen war, entdeckte ich endlich die Hauptstraße des Dorfes.

Versteckt hinter dem Schilf der Wiese weideten Kühe, und ich hörte ihre Glocken, während ich vom Rad stieg, es mit beiden Händen am Lenker hielt und den Ort betrachtete, in dem ich eine so wichtige Nachricht zu überbringen hatte. Die Häuser, in die man über eine kleine hölzerne Brücke gelangte, standen aufgereiht am Rand eines Wassergrabens, der die Straße entlanglief; sie wirkten wie Schiffe, die in der Ruhe des Abends mit gerefften Segeln vertäut liegen. Es war die Stunde, in der das Feuer in allen Küchen angezündet wird.

Da erfaßten mich Furcht und ein unbestimmtes Bedauern darüber, daß ich diesen großen Frieden stören würde, und das nahm mir allen Mut. Um meine plötzliche Schwäche noch zu verstärken, fiel mir gerade im rechten Moment ein, daß meine Tante Moinel dort auf einem kleinen Platz von La Ferté-d'Angillon wohnte.

Sie war eine meiner Großtanten. Alle ihre Kinder waren gestorben; ich hatte Ernest, den Jüngsten, einen großen Jungen, der Lehrer werden sollte, gut gekannt. Mein

Großonkel Moinel, der alte Gerichtsschreiber, war ihm bald nachgefolgt. Meine Tante war allein geblieben in ihrem seltsamen kleinen Haus, in dem die Teppiche aus Stoffstücken zusammengenäht waren, wo auf den Tischen lauter Hähne, Hühner, Katzen aus Papier standen, die Wände hingegen mit alten Diplomen, Bildern von Verstorbenen und Medaillons mit abgeschnittenen Locken tapeziert waren.

Trotz so viel Kummer und Trauer war sie die Wunderlichkeit und gute Laune selbst. Als ich den kleinen Platz entdeckt hatte, an dem ihr Haus stand, rief ich durch die halb geöffnete Tür sehr laut nach ihr und hörte, wie sie ganz am Ende von drei hintereinanderliegenden Räumen einen spitzen Schrei ausstieß:

»Ach, du lieber Gott!«

Sie schüttete ihren Kaffee ins Feuer – wie konnte sie nur zu dieser Tageszeit Kaffee machen? – und erschien ... Sie ging mit starkem Hohlkreuz, trug auf dem Kopf eine Art breitkrempigen Kapott-Damenhut über ihrer gewaltigen gewölbten Stirn, die ihr etwas von einer Mongolin und einer Hottentottenfrau verlieh, und stieß ruckweise ein kurzes Lachen aus, bei dem sich der Rest ihrer sehr feinen Zähne zeigte.

Während ich sie umarmte, ergriff sie hastig und ungeschickt die Hand, die ich hinter dem Rücken hielt. Mit einer völlig unnötigen Geheimnistuerei – wir waren ganz allein – drückte sie mir eine kleine Münze hinein, die ich nicht ansehen mochte – es war wohl ein Einfrancstück ... Als ich dann Anstalten machte, nachzufragen oder mich bei ihr zu bedanken, gab sie mir einen Stoß und rief:

»Aber laß doch! Ich weiß wohl, wie das ist!«

Sie war immer arm gewesen, hatte immer Geld geborgt und ausgegeben.

»Ich bin immer dumm und unglücklich gewesen«, sagte sie mit ihrer Fistelstimme ohne Verbitterung.

In der Überzeugung, ich würde ebenso von Geldsorgen geplagt wie sie, wartete die gute Frau nicht, bis ich ein Wörtchen sagte, um mir ihre geringen Ersparnisse des Tages in die Hand zu drücken. Und in der Folgezeit empfing sie mich immer in derselben Weise.

Das Abendessen verlief ebenso merkwürdig – zugleich traurig und wunderlich – wie der Empfang. Immer behielt sie eine Kerze in Reichweite und ließ mich, wenn sie sie mitnahm, in der Dunkelheit, oder stellte sie auf den kleinen Tisch, der bedeckt war mit angeschlagenen oder gesprungenen Tellern und Vasen.

»Dieser Vase«, sagte sie, »haben die Preußen im Jahr siebzig die Henkel abgeschlagen, weil sie sie nicht mitnehmen konnten.«

Erst als ich diese große Vase mit ihrer tragischen Geschichte wiedersah, erinnerte ich mich daran, daß wir früher einmal dort gegessen und übernachtet hatten. Mein Vater hatte mich zu einem Spezialisten im Département Yonne gebracht, der mein Knie heilen sollte. Wir mußten vor Tagesanbruch mit einem Schnellzug abfahren... Mir kamen das traurige Abendessen von damals und alle Erzählungen des alten Gerichtsschreibers in den Sinn, der mit aufgestützten Ellenbogen vor seiner Flasche mit einem roten Getränk saß.

Und ich erinnerte mich auch an meine Ängste... Nach dem Abendessen saßen wir vor dem Kamin, und meine Großtante hatte meinen Vater beiseite genommen, um ihm eine Gespenstergeschichte zu erzählen: »Ich drehe mich um... Oh! Mein lieber Louis, was sehe ich da? Eine kleine, graue Frau...« Man sagte, sie habe den Kopf voll solcher Schreckensgeschichten.

An diesem Abend nun, nach dem Essen, als ich, müde

von der Radfahrt, in einem karierten Nachthemd des Onkels Moinel in dem großen Zimmer im Bett lag, setzte sie sich zu mir und begann mit ganz geheimnisvoller und spitzer Stimme:

»Mein lieber François, ich muß dir etwas berichten, was ich noch nie jemandem erzählt habe...«

Ich dachte bei mir:

»Jetzt ist alles aus; jetzt werde ich wie vor zehn Jahren für die ganze Nacht in Schrecken versetzt!...«

Und ich lauschte. Sie wiegte den Kopf und sah starr vor sich hin, als erzählte sie die Geschichte sich selbst:

»Ich kam mit Moinel von einem Fest. Es war die erste Hochzeit, auf die wir beide nach dem Tod unseres armen Ernest gegangen waren, und ich hatte dort meine Schwester Adèle getroffen, die ich seit vier Jahren nicht gesehen hatte! Ein sehr reicher alter Freund von Moinel hatte ihn zur Hochzeit seines Sohnes auf das Gut Les Sablonnières eingeladen. Wir hatten uns einen Wagen gemietet, und das war uns sehr teuer gekommen. Wir fuhren gegen sieben Uhr morgens mitten im Winter auf der Straße zurück. Die Sonne ging gerade auf, und es war kein Mensch zu sehen. Was erblicke ich plötzlich vor uns auf der Straße? Da stand ein kleiner junger Mann, schön wie der Tag, der sich nicht von der Stelle rührte und uns heranfahren ließ. Je näher wir kamen, desto besser konnten wir sein hübsches Gesicht erkennen, das so weiß, so hübsch war, daß man Angst bekam...

Ich packte Moinel am Arm und zitterte wie Espenlaub; ich glaubte, es wäre der liebe Gott!... Da sagte ich zu ihm:

›Sieh nur, eine Erscheinung!‹

Wütend antwortete er mir ganz leise:

›Ich habe es wohl gesehen! Sei doch still, du alte Schwätzerin...‹

Er wußte nicht, was er tun sollte; dann blieb das Pferd stehen... Aus der Nähe erblickten wir ein bleiches Gesicht mit Schweißtropfen auf der Stirn, eine schmutzige Mütze und lange Hosen. Wir vernahmen eine sanfte Stimme, die zu uns sagte:

›Ich bin kein Mann, sondern ein junges Mädchen. Würden Sie mich bitte in Ihrem Wagen mitnehmen, Monsieur und Madame?‹

Wir ließen sie sofort einsteigen, aber kaum saß sie, da verlor sie das Bewußtsein. Kannst du dir vorstellen, um wen es sich handelte? Es war die Braut des jungen Herrn von Les Sablonnières, Frantz de Galais, bei dem wir zur Hochzeit eingeladen waren!«

»Aber die Hochzeit hat doch gar nicht stattgefunden«, sagte ich, »da die Braut weggelaufen ist!«

»Ja, das stimmt«, bemerkte sie kleinlaut und sah mich an. »Es gab keine Hochzeit, weil diese kleine Närrin sich tausend Torheiten in den Kopf gesetzt hat, die sie uns erzählt hat. Sie war eine der Töchter eines armen Webers, und sie war davon überzeugt, daß so viel Glück nicht möglich, daß der junge Mann zu jung sei für sie und daß alle die wunderbaren Dinge, von denen er ihr berichtete, nur auf Einbildung beruhten; und als Frantz sie dann endlich holen wollte, hatte Valentine Angst bekommen. Er ging mit ihr und ihrer Schwester trotz der Kälte und des Sturms im Garten des Erzbischofs von Bourges spazieren. Aus Feingefühl und weil er die jüngere Schwester liebte, erwies der junge Mann der älteren viel Aufmerksamkeit. Da hat meine kleine Närrin sich wohl irgend etwas eingebildet; sie sagte, daß sie ins Haus gehe, um ein Tuch zu holen; und dann hat sie, um sicher zu sein, daß niemand ihr folge, Männerkleider angelegt und ist zu Fuß auf der Straße nach Paris geflohen.

Ihrem Bräutigam hat sie in einem Brief geschrieben, sie ginge zu einem jungen Mann, den sie liebe. Aber das stimmte nicht...

Mir hat sie gesagt: ›Ich bin glücklicher über das Opfer, das ich bringe, als wenn ich seine Frau wäre.‹ Jawohl, mein Dummerchen, aber in der Zwischenzeit kam ihm keineswegs die Idee, die Schwester zu heiraten; er hat vielmehr mit der Pistole auf sich selbst geschossen, man hat die Blutspuren im Wald gesehen, aber nie seinen Körper aufgefunden.«

»Was habt ihr denn mit dem unglücklichen Mädchen gemacht?«

»Zuerst haben wir ihr etwas zu trinken gegeben und dann zu essen. Schließlich ist sie, als wir zu Hause waren, am Feuer eingeschlafen. Während eines guten Teils des Winters ist sie bei uns geblieben. Den ganzen Tag über hat sie, solange es hell war, Kleider zugeschnitten und genäht, Hüte hergerichtet und mit großem Eifer das Haus geputzt. Die Tapeten da hat sie alle selbst wieder angeklebt, und seitdem sie hier war, nisten die Schwalben draußen. Wenn es jedoch am Abend dunkel wurde und sie ihre Arbeit erledigt hatte, fand sie immer einen Vorwand, um in den Hof oder in den Garten oder vor die Tür zu gehen, selbst wenn es Stein und Bein fror. Und dort sah man sie dann stehen und zum Herzerbarmen weinen.

›Na, was haben Sie denn jetzt noch?‹

›Nichts, Madame Moinel!‹

Und damit ging sie wieder ins Haus.

Die Nachbarn sagten:

›Sie haben ja eine sehr hübsche kleine Hausgehilfin gefunden, Madame Moinel.‹

Trotz aller unserer Bitten wollte sie im März weiterziehen nach Paris; ich habe ihr Kleider gegeben, die sie sich zurechtgemacht hat, und Moinel hat ihr am Bahnhof eine Fahrkarte gekauft und etwas Geld gegeben.

Sie hat uns nicht vergessen. Sie ist Näherin in Paris, nicht weit von Notre-Dame; sie schreibt uns noch und fragt nach, ob wir nichts Neues von Les Sablonnières wüßten. Um sie endlich von dieser Idee abzubringen, habe ich ihr geantwortet, daß das Gut abgerissen und verkauft, der junge Mann für immer verschwunden und das junge Mädchen verheiratet sei. Ich denke wohl, daß das alles stimmt. Seitdem höre ich sehr viel weniger von meiner Valentine...«

Es war keine Gespenstergeschichte, was mir Tante Moinel mit ihrer schrillen Stimme da erzählte, die für das Erzählen solcher Geschichten wie geschaffen war. Mir war jedoch gar nicht wohl zumute. Wir hatten doch Frantz, dem Gaukler, geschworen, ihm wie Brüder zu helfen, und hier bot sich mir eine Gelegenheit dazu...

Doch sollte ich Meaulnes deswegen die freudige Nachricht verderben, die ich ihm am nächsten Morgen überbringen wollte, und ihm sagen, was ich gerade erfahren hatte? Wozu sollte er sich in ein Unternehmen stürzen, das keine Aussicht auf Erfolg bot? Wir besaßen zwar tatsächlich die Anschrift des jungen Mädchens, aber wo war der Gaukler zu finden, der durch die Welt zog?... »Lassen wir die Narren bei den Narren«, dachte ich, »Delouche und Boujardon hatten recht. Wieviel Unglück hatte uns dieser Frantz nicht mit seinen romantischen Ideen gebracht!« Und ich beschloß, nichts zu erzählen, solange ich nicht erlebt hätte, daß Augustin Meaulnes und Mademoiselle de Galais verheiratet wären.

Nachdem ich diesen Entschluß gefaßt hatte, blieb mir immer noch der unangenehme Eindruck eincs schlechten

Vorzeichens, ein absurder Eindruck, den ich ganz schnell wegwischte.

Die Kerze war fast heruntergebrannt; eine Schnake sirrte; aber mit gesenktem Kopf unter ihrer Samthaube, die sie nur beim Schlafen ablegte, begann Tante Moinel von neuem mit ihrer Geschichte, wobei sie die Ellbogen auf ihre Knie stützte... Manchmal hob sie plötzlich den Kopf und sah mich an, um zu beobachten, welchen Eindruck ich von der Geschichte hatte, oder auch nur, um zu sehen, ob ich nicht einschliefe. Mein Kopf lag auf dem Kissen, und schließlich schloß ich scheinheilig die Augen und tat so, als würde ich in den Schlaf fallen.

»Also, du schläfst...«, sagte sie ein wenig enttäuscht und mit etwas tieferer Stimme.

Mich packte Mitleid mit ihr und ich protestierte:

»Aber nein, liebe Tante, ich versichere dir...«

»Aber ja doch!« sagte sie. »Ich verstehe übrigens gut, daß all das dich nicht sehr interessiert. Ich erzähle dir da von Leuten, die du nicht gekannt hast...«

Und ich war zu feige, um noch zu antworten.

Viertes Kapitel

Die große Neuigkeit

Als ich am nächsten Morgen in die Hauptstraße gelangte, herrschten ein so schönes Ferienwetter und eine so große Ruhe, und über das ganze Dorf hin waren so friedliche, vertraute Geräusche zu vernehmen, daß ich wieder die ganze frohe Sicherheit dessen gewonnen hatte, der eine gute Nachricht überbringt...

Augustin und seine Mutter wohnten in dem ehemaligen Schulhaus. Beim Tod seines Vaters, der schon lange im Ruhestand gelebt hatte und durch eine Erbschaft zu Wohlstand gelangt war, hatte Meaulnes gewünscht, das Schulgebäude zu kaufen, in dem der alte Lehrer zwanzig Jahre lang unterrichtet und er selbst lesen gelernt hatte. Es sah allerdings nicht sehr einladend aus, sondern war ein großes, viereckiges Haus wie ein Bürgermeisteramt, das es auch gewesen war. Die Fenster im Erdgeschoß waren zur Straße hin so hoch, daß nie jemand hineinsah, und der Hof hinten, auf dem kein einziger Baum stand und dessen Überdachung den Blick auf das Land versperrte, war von allen Schulhöfen, die ich je gesehen habe, der trockenste und trostloseste...

In dem verwinkelten Flur, auf den vier Türen gingen, traf ich Meaulnes' Mutter, die gerade einen großen Packen Wäsche aus dem Garten brachte, die sie vermutlich schon in der ersten Stunde des Morgens zum Trocknen aufgehängt hatte. Die Frisur ihrer grauen Haare hatte sich halb aufgelöst, und einzelne Strähnen hingen ihr ins Gesicht, dessen regelmäßige Züge unter der altmodischen Frisur aufgeschwemmt und müde wirkten wie nach einer durchwachten Nacht. Mit nachdenklicher und trauriger Miene hielt sie ihren Kopf gesenkt.

Aber als sie mich plötzlich erblickte, erkannte sie mich und lächelte.

»Sie kommen im rechten Augenblick. Sehen Sie, ich bringe gerade die Wäsche herein, die ich für Augustins Abreise habe trocknen lassen. Ich habe die ganze Nacht damit verbracht, seine Angelegenheiten zu regeln und seine Sachen zu packen. Der Zug fährt um fünf Uhr, aber wir werden schon mit allem rechtzeitig fertig sein...«

Bei der Sicherheit, mit der sie dies sagte, hätte man

meinen können, daß sie den Entschluß selbst gefaßt hatte. Aber vermutlich wußte sie selbst nicht, wohin Meaulnes fahren wollte.

»Gehen Sie nach oben!« sagte sie. »Sie finden ihn beim Schreiben im Bürgermeisteramt.«

Eilig ging ich die Treppe hoch, öffnete die Tür rechts, an der man das Schild *Mairie* belassen hatte, und befand mich in einem großen Saal mit vier Fenstern, von denen zwei zum Dorf und zwei zum Land hin gingen; an den Wänden hingen noch die vergilbten Porträts der Präsidenten Grévy und Carnot. Auf einem langen Podium, das den ganzen hinteren Teil des Raums einnahm, standen die Stühle der Gemeinderäte noch vor einem mit grünem Filz bedeckten Tisch. In der Mitte saß Meaulnes auf einem alten Sessel, vermutlich dem des Bürgermeisters, und schrieb, wobei er seine Feder in ein altmodisches Tintenfaß aus Fayence tunkte, das die Form eines Herzens hatte. In diesen Ort, der wie geschaffen zu sein schien für einen Rentner des Ortes, zog Meaulnes sich zurück, wenn er während der langen Ferien nicht durch die Gegend streifte ...

Als er mich erkannte, stand er auf, aber keineswegs mit der Eile, die ich erwartet hatte. »Seurel!« sagte er nur mit dem Ausdruck des größten Erstaunens.

Er war immer noch der große Bursche mit dem knochigen Gesicht und dem kahlgeschorenen Kopf. Ein ungepflegter Schnurrbart begann über seinen Lippen zu sprießen. Noch immer hatte er diesen redlichen Ausdruck im Blick ... Aber es kam mir so vor, als hätte sich über das Ungestüm der vergangenen Jahre ein Nebelschleier gelegt, den nur gelegentlich seine große Leidenschaftlichkeit von früher zerriß ...

Er schien sehr verwirrt zu sein, als er mich sah. Mit einem Sprung war ich auf das Podium gelangt. Aber merkwürdigerweise dachte er nicht einmal daran, mir die Hand zu reichen. Er hatte sich mir zugewandt, behielt die Hände hinter dem Rücken und stützte sich, nach hinten gelehnt, auf den Tisch. Er schien sehr verlegen zu sein. Während er mich anschaute, ohne mich wirklich zu sehen, schien er schon ganz mit dem beschäftigt zu sein, was er mir sagen wollte. Wie schon früher und wie auch später war er ein Mensch, der lange brauchte, bis er zu sprechen anfing, so wie es bei Einzelgängern, Jägern und Abenteurern zu beobachten ist: Er hatte einen Entschluß gefaßt, ohne sich um die Worte zu kümmern, die er zu dessen Erklärung brauchte. Und jetzt, wo ich vor ihm stand, fing er erst mühselig an, über die erforderlichen Worte nachzugrübeln.

Ich jedoch erzählte ihm fröhlich, wie ich hergekommen war, wo ich die Nacht verbracht hatte und daß ich sehr überrascht gewesen war zu sehen, daß Madame Meaulnes alles für die Abreise ihres Sohnes vorbereitete...

»Ach, sie hat es dir gesagt?« fragte er.

»Ja. Du verreist doch nicht für lange?«

»Doch, für sehr lange.«

Für einen Augenblick war ich außer Fassung bei dem Gedanken, daß ich jetzt gleich mit einem Wort diesen Entschluß umstürzen würde, den ich nicht verstand; so wagte ich nichts mehr zu sagen und wußte nicht, wie ich mit meinem Auftrag beginnen könnte.

Aber schließlich ergriff er selbst das Wort wie jemand, der sich rechtfertigen möchte, und sagte:

»Seurel, du weißt, was mein merkwürdiges Abenteuer von Sainte-Agathe für mich bedeutet hat. Es war mein Lebenssinn und meine Hoffnung. Was sollte aus mir werden, als diese Hoffnung verloren war?... Wie hätte ich da so leben können wie alle anderen?!

Also habe ich eben versucht, in Paris zu leben, als ich gesehen habe, daß alles zu Ende war und es nicht einmal mehr die Mühe lohnte, das verlorene Gut zu suchen. Aber wie könnte ein Mensch, der einmal einen Sprung in das Paradies getan hat, danach wieder so leben wie alle anderen? Das Glück der anderen kam mir wie ein Hohn vor. Und als ich mich eines Tages ernsthaft und wohlüberlegt entschlossen habe, es so zu machen wie sie, da habe ich mir für lange Zeit eine Menge Gewissensbisse eingehandelt...«

Ich saß mit gesenktem Haupt auf einem Stuhl des Podiums und hörte ihm zu, ohne ihn anzusehen; ich wußte nicht, was ich von seinen rätselhaften Darlegungen halten sollte:

»Meaulnes«, sagte ich, »drück dich klarer aus! Wozu diese weite Reise? Mußt du irgend etwas wiedergutmachen? Mußt du ein Versprechen einlösen?«

»Ja«, antwortete er, »erinnerst du dich an das Versprechen, das ich Frantz gegeben hatte?...«

»Ach!« rief ich erleichtert. »Nur darum geht es?«

»Nur darum. Und vielleicht auch um einen Fehler, den ich wiedergutmachen muß. Beides zugleich...«

Einen Augenblick schwiegen wir, und ich entschied mich mit dem anzufangen, was ich sagen wollte, und legte mir meine Worte zurecht.

»Es gibt nur eine Erklärung, an die ich glaube«, fuhr er noch fort. »Gewiß, ich wollte Mademoiselle de Galais noch einmal sehen, nur um sie wiederzusehen... Aber jetzt bin ich davon überzeugt, daß ich, als ich das Gut ohne Namen entdeckte, auf einer solchen Höhe, auf einer solchen Stufe der Vollkommenheit und der Reinheit war, wie ich sie nie wieder erreichen werde. Nur im Tod werde ich, wie ich dir einmal geschrieben habe, vielleicht die Schönheit jener Zeit wiederfinden...«

Er wechselte den Ton und trat in einer merkwürdigen Erregung näher an mich heran:

»Aber hör gut zu, Seurel! Diese neue Schwierigkeit und diese Reise, der Fehler, den ich begangen und wiedergutzumachen habe, das ist in gewissem Sinn mein altes Abenteuer, das weitergeht...«

Für einen Moment versuchte er mühselig, seine Erinnerungen wieder zu sammeln. Ich hatte die Gelegenheit zuvor versäumt; um nichts in der Welt wollte ich diese hier verstreichen lassen; und jetzt sprach ich – zu früh, denn später sollte ich es bitter bereuen, daß ich sein Geständnis nicht abgewartet hatte.

Ich brachte also meinen Satz vor, der für die frühere Gelegenheit vorbereitet worden war, aber jetzt nicht mehr paßte. Ohne ein weiteres Zeichen der Bewegung hob ich nur ein wenig den Kopf und sagte:

»Und wenn ich gekommen wäre, dir zu sagen, daß nicht alle Hoffnung verloren ist?...«

Er sah mich an, dann wandte er brüsk seine Augen weg und errötete, wie ich noch nie jemanden habe erröten sehen: eine Flut von Blut klopfte ihm heftig in den Schläfen...

»Was willst du damit sagen?« fragte er schließlich kaum vernehmbar.

Da berichtete ich in einem Zug alles, was ich wußte, was ich gemacht hatte, wie sich die Dinge gewendet hatten und es fast so aussah, als würde Yvonne de Galais mich zu ihm schicken.

Er war jetzt schrecklich bleich.

Während meiner ganzen Erzählung hörte er schweigend zu und zog dabei den Kopf etwas ein wie jemand, der überrascht wird und nicht weiß, wie er sich verteidigen, sich verbergen oder fliehen könnte. Er unterbrach mich, wenn ich mich recht entsinne, nur einmal. Ich erzählte ihm nebenbei, daß ganz Les Sablonnières abgerissen sei und das Gut von früher nicht mehr existiere. Da sagte er, als hätte er nur auf die Gelegenheit gewartet, um sein Verhalten und die Verzweiflung, in der er sich befand, zu rechtfertigen:

»Siehst du, es ist nichts mehr da...«

In der Überzeugung, daß schließlich die Versicherung, alles sei so einfach, ihm auch noch den Rest des Schmerzes nähme, erzählte ich ihm am Ende, daß mein Onkel Florentin einen Ausflug aufs Land veranstalte, daß Mademoiselle de Galais zu Pferd dort erscheinen werde und daß er selbst eingeladen sei... Aber er schien völlig aus der Fassung zu sein und antwortete auch weiterhin nicht.

»Du mußt sofort deine Reise absagen«, meinte ich ungeduldig. »Komm, wir geben deiner Mutter Bescheid...«

Und als wir beide die Treppe hinunterstiegen, fragte er mich zögernd:

»Dieser Ausflug aufs Land, soll ich daran wirklich teilnehmen?...«

»Aber ja doch«, antwortete ich, »das ist keine Frage.«

Er sah aus wie einer, den man an den Schultern packt und vorwärts schiebt.

Unten informierte Augustin Madame Meaulnes, daß ich mit ihnen zu Mittag und zu Abend äße und bei ihnen schliefe und daß er selbst sich am nächsten Tag ein Fahrrad leihen würde, um mit mir nach Vieux-Nançay zu fahren.

»Oh, sehr gut!« sagte sie und nickte mit dem Kopf, als würden alle ihre Vermutungen durch diese Neuigkeiten bestätigt.

Ich setzte mich in das kleine Eßzimmer, unter illustrierten Kalendern, verzierten Dolchen und Wasserschläuchen aus dem Sudan, die ein Bruder von Monsieur

Meaulnes, ein ehemaliger Marineinfanterist, von seinen Reisen in ferne Länder mitgebracht hatte.

Augustin ließ mich dort vor dem Essen für einen Moment allein, und ich hörte, wie er im Nebenzimmer, in dem seine Mutter das Gepäck für ihn gepackt hatte, etwas leiser zu ihr sagte, sie solle seinen Koffer nicht wieder auspacken, denn seine Reise sei möglicherweise nur aufgeschoben...

Fünftes Kapitel

Die Landpartie

Auf der Straße nach Vieux-Nançay hatte ich Mühe, mit Augustin mitzukommen. Er fuhr wie ein Rennfahrer. Bei den Steigungen stieg er nicht vom Rad. Auf sein unerklärliches Zögern am Vortag waren eine fieberhafte Hektik, ein Verlangen, möglichst schnell anzukommen, gefolgt, die mich doch ein wenig erschreckten. Bei meinem Onkel zeigte er die gleiche Ungeduld und schien nicht in der Lage zu sein, sich für irgend etwas zu interessieren, bis wir schließlich alle am nächsten Morgen gegen zehn Uhr im Wagen saßen und bereit waren zur Abfahrt an das Ufer des Flusses.

Es war Ende August und der Sommer neigte sich seinem Ende zu. Die leeren Schalen der sich gelb verfärbenden Kastanien begannen schon die weißen Straßen zu bedecken. Der Weg war nicht weit; unser Ziel, der Hof von Aubiers nahe am Cher, lag nur zwei Kilometer hinter Les Sablonnières. Immer wieder einmal begegneten wir anderen Gästen im Wagen und sogar jungen Männern zu Pferd, die Florentin im Namen von Monsieur de Galais kühn eingeladen hatte... Wie damals hatte man sich darum bemüht, Arme und Reiche, Schloßherren und Bauern zusammen einzuladen. So sahen wir, wie Jasmin Delouche auf dem Fahrrad kam, der früher einmal durch den Waldhüter Baladier die Bekanntschaft meines Onkels gemacht hatte.

»Da ist er nun«, sagte Meaulnes, als er ihn erblickte, »der den Schlüssel zu allem besaß, während wir auf unserer Suche bis nach Paris gefahren sind. Es ist zum Verzweifeln!«

Jedesmal, wenn er ihn ansah, steigerte sich sein Groll. Der andere bildete sich dagegen ein, einen Anspruch auf unsere ganze Dankbarkeit zu haben, und begleitete bis zuletzt unseren Wagen in nächster Nähe. Wir konnten erkennen, daß er mühsam und ohne großen Erfolg versucht hatte, sich aufwendig herzurichten, und die Schöße seiner abgeschabten Jacke schlugen an das Schutzblech seines Fahrrads...

Trotz des Zwanges, den er sich auferlegte, liebenswürdig zu erscheinen, konnte sein ältliches Gesicht nicht gefallen. Sein Anblick erfüllte mich vielmehr mit einem unbestimmten Mitleid. Aber mit wem hätte ich an diesem Tag kein Mitleid gehabt?...

Ich denke nie an jenen Ausflug zurück ohne ein dunkles Gefühl des Bedauerns, ohne eine Art von Beklemmung. Dabei hatte ich mir von diesem Tag so viel Freude versprochen! Alles schien so vollständig darauf abgestimmt zu sein, daß wir glücklich würden. Und wie wenig sind wir es geworden!

Aber wie schön waren doch die Ufer des Cher! Auf der Seite, auf der wir haltmachten, lief der Abhang sanft nach unten aus, und das Land teilte sich in kleine grüne Wiesen, in Weidenpflanzungen, die von Hecken umgeben waren, wie lauter ganz kleine Gärten. Auf der anderen Seite des Flusses bestand das Ufer aus grauen, steil abfallenden, felsigen Anhöhen, und über ihnen konnte man in der Ferne zwischen den Tannen romantische kleine Schlösser mit einem Turm erkennen. Von weitem war manchmal die Meute vom Schloß Préveranges zu hören.

Wir waren zu unserem Ort über ein Gewirr von kleinen Wegen gelangt, die mit weißen Kieselsteinen bedeckt waren oder aus tiefem Sand bestanden; es waren Wege, die sich in der Nähe des Flusses durch lebhaft sprudelnde Quellen in Bäche verwandelten. Beim Vorbeigehen faßten uns die Zweige der wilden Johannisbeeren am Ärmel. Einmal tauchten wir in die dunkle Kühle unten in den Hohlwegen, ein andermal badeten wir, wenn die Hecken aufhörten, in dem klaren Licht des ganzen Tals. Als wir näher herankamen, sahen wir, wie auf dem anderen Ufer in der Ferne ein Mann an den Felswänden stand und mit ruhiger Hand Angelschnüre spannte. Mein Gott, wie schön war das!

Wir ließen uns auf einer Wiese nieder in einem durch ein Birkengehölz geschützten Winkel. Es war eine Wiese mit niedrigem Gras, auf der für endlose Spiele Platz zu sein schien.

Die Pferde wurden ausgespannt und zu dem Hof von Aubiers geführt. Man machte sich daran, die Verpflegung im Gehölz auszupacken und auf der Wiese kleine Klapptische aufzustellen, die mein Onkel mitgebracht hatte.

Zu diesem Zeitpunkt wurden freiwillige Helfer benötigt, die an der Einmündung in den nächstgelegenen Hauptweg den letzten Nachzüglern Bescheid geben sollten, wo wir waren. Ich bot mich sofort an, und Meaulnes begleitete mich; wir gingen und stellten uns bei der Hängebrücke auf, wo mehrere Pfade und der Weg von Les Sablonnières zusammenliefen.

Wir gingen auf und ab, sprachen über die Vergangenheit, versuchten, so gut es ging, uns zu zerstreuen, und warteten. Es kam noch ein Wagen aus Vieux-Nançay: uns unbekannte Bauern mit einer großen, mit Bändern geschmückten Tochter. Dann nichts mehr. Doch, es kamen noch drei Kinder in einem Eselskarren, die Kinder des früheren Gärtners von Les Sablonnières.

»Ich glaube, ich erkenne sie wieder«, sagte Meaulnes. »Ich meine, es sind die, die mich damals am ersten Abend des Festes an der Hand genommen und zum Abendessen geführt haben...«

In diesem Augenblick wollte der Esel nicht mehr weitergehen, die Kinder stiegen aus, stachen auf ihn ein, zerrten an ihm und schlugen ihn nach Leibeskräften; da war Meaulnes enttäuscht und tat so, als habe er sich geirrt...

Ich fragte sie, ob sie auf der Straße Monsieur und Mademoiselle de Galais gesehen hätten. Der eine antwortete, daß er es nicht wisse, der andere: »Ich glaube ja, Monsieur.« Und so waren wir auch nicht klüger geworden. Schließlich gingen sie zur Wiese hinunter, die einen zogen den Esel am Zügel, die anderen schoben den Wagen von hinten. Wir nahmen wieder unsere Wache auf. Meaulnes sah starr auf die Biegung des Weges nach Les Sablonnières. Mit Ungeduld und einer Art Furcht erwartete er das Erscheinen des jungen Mädchens, nach dem er sich einst so sehr gesehnt hatte. Eine merkwürdige und fast schon komische Erregung hatte sich seiner bemächtigt, die er an Jasmin ausließ. Von dem kleinen Hang aus, auf den wir gestiegen waren, um den Weg weiter zu überblicken, sahen wir unten auf der Wiese eine Gruppe von Gästen, bei denen Delouche Eindruck zu machen versuchte.

»Sieh nur, wie dieser Dummkopf große Reden führt!« sagte Meaulnes zu mir, und ich antwortete:

»Laß ihn doch; er tut, was er kann, der arme Kerl.«

Augustin ließ nicht locker. Unten mußte ein Hase oder ein Eichhörnchen aus dem Unterholz hervorgelaufen sein. Um seine Stellung noch zu verstärken, tat Jasmin so, als wollte er ihm nachlaufen.

»Na, großartig! Jetzt läuft er...«, sagte Meaulnes, als ginge diese Keckheit noch weiter als alle anderen!

Diesmal mußte ich wirklich lachen, und Meaulnes ging es ebenso; aber das war nur ein kurzer Lichtblick.

Nach einer weiteren Viertelstunde fragte er:

»Und wenn sie nicht kommen sollte?...«

Ich antwortete:

»Sie hat es doch versprochen. Hab doch mehr Geduld!«

Er fing wieder an, Ausschau zu halten. Aber als er schließlich das lange Warten nicht mehr aushalten konnte, sagte er zu mir:

»Hör zu: Ich gehe zu den anderen hinunter. Ich weiß nicht, was sich gegen mich verschworen hat, aber ich spüre, daß sie, wenn ich hier bleibe, nie kommen wird, daß sie dann unmöglich am Ende dieses Weges auftaucht.«

Damit ging er zu der Wiese hinunter und ließ mich ganz allein. Um mir die Zeit zu vertreiben, ging ich einige hundert Meter auf der kleinen Straße, und schon an der ersten Biegung erblickte ich Yvonne de Galais, die im Damensitz auf ihrem alten Schimmel saß, der an diesem Morgen so feurig war, daß sie ihn am Zügel zurückhalten mußte, damit er nicht in Trab fiel. Vor dem Pferd schritt schweigend und mühsam Monsieur de Galais. Vermutlich hatten sie sich unterwegs abgewechselt, und jeder hatte einmal auf dem alten Tier gesessen.

Als das junge Mädchen mich ganz allein erblickte, lächelte sie und sprang behend auf den Boden; sie überließ die Zügel ihrem Vater und wandte sich mir zu, während ich schnell herankam.

»Ich bin sehr glücklich«, sagte sie, »Sie allein anzutreffen, denn ich möchte niemandem außer Ihnen den alten Belisar zeigen oder ihn zu den anderen Pferden stellen. Einmal ist er zu häßlich und zu alt, und dann fürchte ich immer, daß er von einem anderen Pferd verletzt wird. Aber ich wage nur ihn zu besteigen, und wenn er tot ist, lasse ich das Reiten ganz sein.«

Ich spürte bei Mademoiselle de Galais wie bei Meaulnes Ungeduld und beinahe Angst hinter ihrer reizvollen Lebhaftigkeit und der dem Anschein nach so stillen Anmut. Sie sprach schneller als gewöhnlich. Trotz ihrer rosigen Wangen war an einzelnen Stellen um ihre Augen und auf der Stirn eine starke Blässe zu erkennen, die ihre ganze Erregung verriet.

Wir beschlossen, Belisar in einem kleinen Gehölz nahe der Straße an einen Baum zu binden. Der alte Monsieur de Galais holte wortlos wie immer das Halfter aus der Satteltasche und band das Pferd an – etwas tief, wie ich meinte. Ich versprach, unverzüglich Heu, Hafer und Stroh vom Hof zu besorgen...

Und Mademoiselle de Galais gelangte auf die Wiese, wie sie, so stelle ich es mir vor, damals, als Meaulnes sie zum ersten Mal sah, zum Ufer des Sees herabgeschritten war.

Sie reichte ihrem Vater den Arm und hielt ihren weiten, leichten Mantel mit der Hand offen; so schritt sie mit ihrem zugleich ernsten und kindlichen Ausdruck auf die Gäste zu. Ich ging neben ihr. Die Gäste, die sich zerstreut hatten oder weiter entfernt spielten, waren alle aufgestanden und hatten sich versammelt, um sie zu empfangen; für einen Augenblick herrschte Stille, und jeder sah, wie sie herankam.

Meaulnes hatte sich unter die Schar junger Männer gemengt, und nichts außer seinem hohen Wuchs unterschied ihn von seinen Kameraden; es waren allerdings auch junge Leute da, die fast ebenso großgewachsen waren wie er. Er unternahm nichts, was die Aufmerksamkeit auf ihn hätte lenken können, keine Geste und keinen Schritt nach vorn. Ich sah ihn, wie er, grau gekleidet und reglos, unverwandt wie alle anderen auf das junge Mädchen blickte, das da herankam. Allerdings war er am Ende mit einer unbewußten und verlegenen Geste mit der Hand über seinen kahlen Kopf gefahren, so als wollte er mitten unter seinen wohlgekämmten Kameraden den groben, geschorenen Schädel eines Bauern verbergen.

Dann umringte die Gruppe Mademoiselle de Galais. Die jungen Mädchen und Burschen, die sie nicht kannte, wurden ihr vorgestellt... Bald mußte mein Kamerad an die Reihe kommen, und ich fühlte mich ebenso ängstlich, wie er es sein mochte. Ich bereitete mich vor, selbst die Vorstellung zu übernehmen.

Aber bevor ich irgend etwas sagen konnte, war das junge Mädchen überraschend entschlossen und würdevoll auf ihn zugetreten und hatte gesagt:

»Ich erkenne Augustin Meaulnes wieder.«

Und sie reichte ihm die Hand.

Sechstes Kapitel

Die Landpartie

(Schluß)

Neu hinzugekommene Gäste traten fast im gleichen Augenblick heran, um Yvonne de Galais zu begrüßen, und so wurden die beiden jungen Leute voneinander getrennt. Ein unglücklicher Zufall wollte es, daß sie beim Mittagessen nicht an demselben kleinen Tisch Platz nahmen. Aber Meaulnes schien wieder Selbstvertrauen und Mut gewonnen zu haben. Als ich allein zwischen Delouche und Monsieur de Galais saß, sah ich mehrmals, wie mir mein Gefährte von fern freundschaftlich zuwinkte.

Erst als gegen Ende des Abends die Spiele, das Baden, die Unterhaltungen, die Bootsausflüge auf dem nahegelegenen See überall begonnen hatten, kamen Meaulnes und das junge Mädchen wieder zusammen. Wir saßen plaudernd mit Delouche auf Gartenstühlen, die wir mitgebracht hatten, als Mademoiselle de Galais entschlossen eine Gruppe junger Leute verließ, bei denen sie sich zu langweilen schien, und zu uns herüberkam. Sie fragte uns, wie ich mich entsinne, warum wir nicht wie die anderen auf dem See von Aubiers mit dem Boot führen.

»Wir haben am Nachmittag einige Runden gemacht«, antwortete ich, »aber das ist recht eintönig, und wir hatten schnell genug.«

»Warum fahren Sie denn dann nicht auf dem Fluß?« fragte sie.

»Die Strömung ist zu stark, und wir würden Gefahr laufen, abgetrieben zu werden.«

»Wir müßten ein Motorboot oder ein Dampfschiff haben wie damals«, sagte Meaulnes.

»Wir besitzen es nicht mehr«, bemerkte sie mit fast tonloser Stimme. »Wir haben es verkauft.«

Und es entstand ein betretenes Schweigen.

Jasmin nutzte die Gelegenheit und sagte, daß er zu Monsieur de Galais ginge.

»Ich weiß schon, wo ich ihn finden kann.«

Seltsames Spiel des Zufalls, diese beiden so völlig verschiedenartigen Wesen hatten aneinander Gefallen gefunden und waren seit dem Morgen fast ununterbrochen zusammen. Monsieur de Galais hatte mich zu Beginn des Abends für einen Augenblick beiseite genommen und mir gesagt, ich hätte da einen Freund voller Takt, Ehrerbietung und Charakter. Vielleicht war er sogar so weit gegangen, ihm das Geheimnis der Existenz Belisars und sein Versteck anzuvertrauen.

Ich dachte ebenfalls daran, mich zu entfernen, aber ich spürte, wie verlegen die beiden jungen Leute waren und wie ängstlich sie sich gegenüberstanden, und so hielt ich es für klüger, dies nicht zu tun.

Aller Takt von seiten Jasmins und alle Behutsamkeit von meiner Seite nutzten nicht viel. Sie redeten, aber immer wieder kam Meaulnes mit einer Hartnäckigkeit, deren er sich selbst sicher nicht bewußt war, auf die wunderbaren Ereignisse von einst zurück. Und jedesmal mußte ihm das junge Mädchen unter Qualen wiederholen, daß alles verschwunden sei: Das alte, so seltsame und verwinkelte Gebäude war abgerissen, der große Teich war trockengelegt und aufgefüllt worden und die Kinder mit den reizenden Kostümen hatten sich überallhin zerstreut...

»Ach so!« meinte Meaulnes nur voll Verzweiflung, als gäbe ihm der Untergang aller dieser Dinge recht gegenüber dem jungen Mädchen oder mir...

Wir gingen Seite an Seite... Vergeblich versuchte ich

von der Traurigkeit, die uns alle drei ergriff, abzulenken. Mit einer plötzlichen Frage gab Meaulnes wieder seiner fixen Idee nach. Er erkundigte sich nach allem, was er einstmals gesehen hatte: nach den kleinen Mädchen, dem Fahrer der alten Berline, den Ponys des Rennens. »Sind auch die Ponys verkauft worden? Gibt es keine Pferde mehr auf dem Hof?...«

Sie antwortete, daß es keine mehr gäbe, sprach aber nicht von Belisar.

Da erwähnte er die Gegenstände seines Zimmers: die Kandelaber, den großen Spiegel, die alte zerbrochene Laute... Er erkundigte sich nach alldem mit einem ungewöhnlichen Eifer, so als wollte er sicher sein, daß nichts mehr von seinem schönen Abenteuer übriggeblieben wäre, daß das junge Mädchen ihm nicht ein einziges restliches Stück als Nachweis überbrächte, daß sie beide nicht geträumt hatten, so wie der Taucher vom Grund des Wassers einen Kiesel und Algen heraufbringt.

Mademoiselle de Galais und ich mußten nur traurig lächeln, und sie beschloß, es ihm zu erklären:

»Sie werden das schöne Schloß, das Monsieur de Galais und ich für den armen Frantz hergerichtet hatten, nicht wiedersehen.

Wir haben unser Leben damit verbracht, seine Wünsche zu erfüllen. Er war ein so seltsamer, so reizender Mensch! Aber am Abend seiner mißlungenen Verlobung ist alles mit ihm verschwunden.

Monsieur de Galais war schon ruiniert, ohne daß wir es wußten. Frantz hatte Schulden gemacht, und seine früheren Kameraden haben sie sofort bei uns eingefordert, als sie von seinem Verschwinden hörten. Wir sind arm geworden, Madame de Galais ist gestorben, und wir haben in wenigen Tagen alle unsere Freunde verloren.

Wenn Frantz nur zurückkäme! Sofern er nicht schon tot ist! Wenn er doch zu seinen Freunden und zu seiner Braut zurückfände! Die abgebrochene Hochzeit fände statt, und alles würde wieder so, wie es einst gewesen war. Aber kann die Vergangenheit wieder zurückkehren?«

»Wer weiß?« sagte Meaulnes nachdenklich. Und danach stellte er keine Fragen mehr.

Wir schritten alle drei lautlos auf dem kurzen und schon fast gelb gefärbten Gras dahin: Augustin hatte das junge Mädchen, das er für immer verloren geglaubt hatte, zu seiner Rechten. Immer, wenn er eine seiner harten Fragen stellte, wandte sie ihm unruhig ihr reizendes Gesicht zu, um zu antworten, und einmal hatte sie, als sie mit ihm sprach, mit einer Geste voll Vertrauen und Schwäche ihre Hand auf seinen Arm gelegt. Warum verhielt sich der große Meaulnes da wie ein Fremder, wie jemand, der nicht gefunden hat, was er suchte, und der an nichts anderem Interesse hat? Drei Jahre zuvor hätte er dieses Glück nicht ohne zu erschrecken, vielleicht nicht einmal ohne wahnsinnig zu werden, ertragen. Woher kamen bei ihm jetzt nur diese Leere, diese Entfremdung, diese Unfähigkeit, glücklich zu sein?

Wir gelangten zu dem kleinen Waldstück, in dem Monsieur de Galais am Morgen Belisar angebunden hatte; die niedergehende Sonne ließ unsere Schatten auf dem Gras länger werden; vom anderen Ende der Wiesenfläche her hörten wir, gedämpft wie ein glückliches Summen, die Stimmen der Spieler und der jungen Mädchen, und wir blieben stumm in dieser wunderbaren Ruhe, als wir aus der Richtung von Aubiers, dem Hof am Seeufer, von der anderen Seite des Gehölzes her Gesang vernahmen. Es war die jugendliche und ferne Stimme eines Mannes, der seine Tiere zur Tränke führte und der ein

Lied sang, das den Rhythmus eines Tanzliedes besaß, das er aber gefühlvoll in die Länge zog wie eine alte, traurige Ballade:

Meine Schuhe sind rot...
Adieu, Ihr Amouren...
Meine Schuhe sind rot...
Adieu für immer!...

Meaulnes hatte den Kopf gehoben und lauschte. Es war nichts als eine der Weisen, die die zuletzt zurückgebliebenen Bauern auf dem Gut ohne Namen am letzten Abend des Festes gesungen hatten, als alles schon zu Ende war... Nichts als eine Erinnerung – die kläglichste – an jene schönen Tage, die nicht mehr wiederkehren würden.

»Hört ihr das?« fragte Meaulnes halblaut. »Ich gehe und sehe nach, wer das ist.« Und sofort schlug er sich in das kleine Gehölz. Fast im gleichen Augenblick verstummte die Stimme; wir hörten noch, wie ein zweiter Mann im Davoneilen nach seinen Tieren pfiff, dann kam nichts mehr...

Ich sah das junge Mädchen an: Nachdenklich und niedergeschlagen hielt sie ihre Augen auf das Unterholz gerichtet, in dem Meaulnes gerade verschwunden war. Wie oft sollte sie später ebenso nachdenklich auf den kleinen Weg sehen, auf dem Meaulnes für immer verschwinden würde!

Sie wandte sich zu mir und sagte mit schmerzlicher Stimme:

»Er ist nicht glücklich.«

Sie fügte hinzu:

»Und vielleicht kann ich nichts für ihn tun?...«

Ich zögerte mit der Antwort, weil ich fürchtete, daß

Meaulnes, der in Windeseile zu dem Hof gelangt sein mußte und jetzt durch das Gehölz zu uns zurückkam, uns im Gespräch überraschte. Aber ich wollte sie doch ermutigen und ihr sagen, daß sie keine Angst davor haben sollte, den großen Burschen direkt anzusprechen, daß ihn vermutlich ein Geheimnis zur Verzweiflung brächte und daß er sich niemals von sich aus ihr oder irgend jemand sonst anvertrauen würde – als plötzlich von der anderen Seite des Gehölzes ein Schrei ertönte; dann vernahmen wir ein Stampfen wie das eines ausschlagenden Pferdes und den Lärm einer Auseinandersetzung, zudem Stimmen, die sich überschlugen ... Ich begriff sofort, daß dem alten Belisar etwas zugestoßen sein mußte, und rannte zu der Stelle, von der der ganze Lärm kam. Mademoiselle de Galais folgte mir in einiger Entfernung. Hinten auf der Wiese hatte man wohl unser Laufen bemerkt, denn als ich in das Unterholz eindrang, hörte ich die Schreie der herbeieilenden Leute.

Der alte Belisar, der zu niedrig angebunden war, hatte sich mit einem Vorderbein in seiner Leine verfangen; er hatte sich nicht gerührt, bis Monsieur de Galais und Delouche bei ihrem Spaziergang vorbeikamen und näher zu ihm herantraten; erschreckt und erregt von dem ungewohnten Hafer, den man ihm gegeben hatte, hatte er wild um sich geschlagen; die beiden Männer hatten versucht, ihn zu befreien, sich dabei aber so ungeschickt angestellt, daß er sich noch mehr verhedderte; dabei liefen sie noch Gefahr, gefährliche Hufschläge abzubekommen. In diesem Moment war Meaulnes auf dem Rückweg von Aubiers zufällig zu ihnen gestoßen. Wütend über soviel Ungeschick hatte er die beiden Männer so heftig beiseite gestoßen, daß sie fast in die Büsche gefallen wären. Vorsichtig, aber im Handumdrehen hatte er Belisar befreit. Zu spät, denn das Unglück war schon geschehen: Das Pferd mußte sich einen Nerv gequetscht oder etwas gebrochen haben, denn es ließ kläglich den Kopf hängen, der Sattel hatte sich auf seinem Rücken halb gelöst, und es hielt einen Huf angezogen unter seinem Bauch und zitterte am ganzen Leib. Meaulnes hatte sich heruntergebeugt, tastete es ab und untersuchte es wortlos.

Als er den Kopf hob, waren fast alle um ihn versammelt, aber er sah niemanden. Er war rot vor Wut und schrie:

»Ich möchte bloß wissen, wer ihn so hat anbinden können und ihm den ganzen Tag den Sattel auf dem Rükken gelassen hat, und wer überhaupt die Frechheit besaß, dieses alte Pferd zu satteln, das gerade noch dazu taugt, einen Karren zu ziehen!«

Delouche wollte etwas sagen und alles auf sich nehmen.

»Halt doch den Mund! Auch das ist noch deine Schuld. Ich habe ja gesehen, wie dämlich du an der Leine gezogen hast, um ihn loszumachen.«

Er bückte sich wieder und machte sich von neuem daran, mit der flachen Hand über das Sprunggelenk des Pferdes zu streichen.

Monsieur de Galais, der noch nichts gesagt hatte, wollte unglücklicherweise seine Zurückhaltung aufgeben und stammelte:

»Marineoffiziere machen gewöhnlich ... Mein Pferd ...«

»Ach, es gehört Ihnen?« sagte Meaulnes etwas ruhiger und errötete heftig, als er sich zu dem alten Mann wandte.

Ich nahm an, er werde nun in einem anderen Ton sprechen und sich entschuldigen. Er holte kurz Atem. Und dann bemerkte ich, daß es ihm ein bitteres und verzweifeltes Vergnügen bereitete, die Situation noch zu verschlimmern, alles für immer zu zerstören, denn er sagte arrogant:

»Na, dazu kann ich Ihnen nicht gratulieren.«

Jemand schlug vor:

»Vielleicht hilft frisches Wasser... Wenn man ihn zur Furt führt...«

Ohne zu antworten, sagte Meaulnes: »Dieses alte Pferd muß sofort weggeführt werden, solange es noch laufen kann – es ist keine Zeit zu verlieren – und dann muß man es in seinen Stall stellen und dort lassen!«

Mehrere junge Männer boten sich gleich an, aber Mademoiselle de Galais winkte sofort dankend ab. Mit feuerrotem Gesicht und nahe daran, in Tränen auszubrechen, verabschiedete sie sich von allen, sogar von Meaulnes, der ganz verwirrt war und es nicht wagte, sie anzusehen. Sie nahm das Pferd beim Zügel, so wie man jemandem die Hand reicht, mehr um ihm näher zu sein, als um es zu führen... Der Wind dieses Sommerendes war so lau auf dem Weg nach Les Sablonnières, daß man hätte meinen können, man wäre im Mai, und die Blätter der Hecken zitterten in der südlichen Brise... So sahen wir sie davongehen; sie streckte den Arm halb aus dem Ärmel und hielt in ihrer schmalen Hand den starken Lederzügel. Ihr Vater marschierte mühsam an ihrer Seite...

Wie traurig war das Ende dieses Abends! Nach und nach sammelte jeder seine Pakete und sein Geschirr ein; die Stühle wurden zusammengeklappt und die Tische zusammengelegt; einer nach dem anderen fuhren die Wagen ab, beladen mit Gepäck und mit Leuten, die ihre Hüte lüfteten und die Taschentücher schwenkten. Wir blieben als letzte auf dem Gelände mit meinem Onkel Florentin, den, ebenso wie uns, Bedauern und eine große Enttäuschung erfüllten, ohne daß er darüber sprach.

Auch wir fuhren ab und wurden von unserem schönen Rotfuchs in dem gut gefederten Wagen schnell davongetragen. In der Kurve knirschten die Räder im Sand, und schon sahen Meaulnes und ich vom hinteren Sitz aus die Stelle verschwinden, wo der Seitenweg einmündete, den der alte Belisar und seine Herren genommen hatten.

Da aber wandte mein Kamerad – das Wesen, das ich auf der Welt am wenigsten zu weinen für fähig hielt – mir plötzlich sein Gesicht zu, das von dem unwiderstehlichen Andrang der Tränen völlig verändert war.

»Halten Sie bitte an!« sagte er und legte Florentin die Hand auf die Schulter. »Kümmert euch nicht um mich. Ich komme zu Fuß allein zurück.«

Die Hand auf dem Schutzblech des Wagens, sprang er mit einem Satz auf den Boden. Zu unserer Verwunderung machte er kehrt, begann zu laufen und lief bis zu jenem kleinen Weg, an dem wir gerade vorbeigefahren waren, dem Weg nach Les Sablonnières. Er mußte so zu dem Gut gelangen, auf jener Tannenallee, auf der er damals gegangen war und wo er, als Landstreicher im Unterholz versteckt, die geheimnisvolle Unterhaltung der schönen, unbekannten Kinder angehört hatte...

An diesem selben Abend hielt er schluchzend um die Hand von Mademoiselle de Galais an.

Siebtes Kapitel

Der Tag der Hochzeit

Es ist ein Donnerstag Anfang Februar, ein schöner, eiskalter Donnerstagabend, und der Sturm bläst. Es ist gegen halb vier, vier Uhr... Auf den Hecken um die Dörfer ist seit dem Mittag die Wäsche ausgebreitet und trocknet in dem böigen Wind. In allen Häusern erhellt der Schein des Feuers im Eßzimmer einen richtigen Altar von glänzendem Spielzeug. Müde vom Spielen hat sich das Kind zu seiner Mutter gesetzt und läßt sich von ihrem Hochzeitstag erzählen...

Wer nicht glücklich sein möchte, braucht nur auf den Speicher zu steigen, und er wird es bis zum Abend wie bei einem Schiffbruch pfeifen und heulen hören; er muß nur auf die Straße hinausgehen, und der Wind wird ihm den Schal auf den Mund drücken wie einen plötzlichen heißen Kuß, der ihm die Tränen in die Augen treibt. Für denjenigen aber, der das Glück liebt, steht am Ende eines verschlammten Weges das Haus von Les Sablonnières, in das mein Freund Meaulnes mit Yvonne de Galais gezogen ist, die seit dem Mittag seine Frau ist.

Die Verlobungszeit hat fünf Monate gedauert. Sie war friedlich, so friedlich, wie die erste Begegnung bewegt gewesen war. Meaulnes kam mit dem Fahrrad oder mit dem Wagen sehr oft nach Les Sablonnières. Mehr als zweimal in der Woche hat Mademoiselle de Galais, wenn sie nähend oder lesend bei dem großen Fenster saß, das zu der Heide und zu den Tannen geht, gesehen, wie seine hohe Gestalt in schnellem Schritt plötzlich hinter dem Vorhang vorbeiging, denn immer kommt er über den Umweg, den er damals eingeschlagen hatte. Aber er spielt nur damit – und ohne Worte – auf die Vergangenheit an. Es scheint so, als habe das Glück seine seltsamen inneren Qualen zur Ruhe gebracht.

Kleine Ereignisse bildeten Einschnitte in diesen fünf Monaten: Ich wurde zum Lehrer in dem Weiler Saint-Benoist-des-Champs ernannt. Saint-Benoist ist kein Dorf. Es besteht aus über das Land verstreuten Höfen, und das Schulhaus liegt völlig allein für sich auf einer Anhöhe bei der Straße. Ich führe ein sehr einsames Leben; aber wenn ich durch die Felder gehe, brauche ich nur eine dreiviertel Stunde bis nach Les Sablonnières.

Delouche ist jetzt bei seinem Onkel, einem Bauunternehmer, in Vieux-Nançay. Bald wird er der Chef sein. Er besucht mich oft. Auf Bitten von Mademoiselle de Galais ist Meaulnes jetzt sehr freundlich zu ihm.

Und so erklärt es sich, daß wir beide gegen vier Uhr nachmittags dort herumstreifen, während alle Hochzeitsgäste schon wieder abgefahren sind.

Die Hochzeit fand am Mittag in größter Stille in der alten Kapelle von Les Sablonnières statt, die nicht abgerissen worden war und die zum nahen Hang hin von den Tannen halb verdeckt wird. Nach einem kurzen Essen sind Meaulnes' Mutter, Monsieur Seurel und Millie, Florentin und die anderen Gäste wieder in ihre Wagen gestiegen. Nur Jasmin und ich sind geblieben...

Wir gehen ziellos am Saum des Waldes hinter dem Haus von Les Sablonnières umher, am Rand des großen Brachlandes, wo vorher der jetzt abgerissene Hof stand. Wir sind von Unruhe erfüllt, ohne es uns eingestehen zu wollen und ohne zu wissen warum. Wir versuchen vergeblich, unsere Gedanken zu zerstreuen und unsere Angst zu betäuben, indem wir uns bei unserem Spaziergang ohne Ziel die Lager der Hasen zeigen oder die kleinen Furchen im Sand, wo vor kurzer Zeit die Kaninchen gewühlt haben... oder eine ausgelegte Schlinge, die Spur eines Wilderers. Aber immer wieder kommen wir zurück zum Rand des niedrigen Gehölzes, von wo aus wir das stille und verschlossene Haus erblicken...

Unter dem großen Fenster, von dem aus man auf die Tannen sieht, befindet sich ein Holzbalkon, bewachsen von wilden Gräsern, die der Wind niederbeugt. Auf den Fensterscheiben spiegelt sich ein Lichtschein wie von einem offenen Feuer. Von Zeit zu Zeit geht ein Schatten vorüber. Ringsum auf den umliegenden Feldern, im Gemüsegarten, in dem einzigen Hof, der von den ehemaligen Nebengebäuden übriggeblieben ist, nichts als Stille und Einsamkeit. Die Pächter des Hofs sind in das Dorf gefahren, um das Glück ihrer Herrschaft zu feiern.

Von Zeit zu Zeit schlägt uns der von Feuchtigkeit, fast schon von Regen durchtränkte Wind ins Gesicht und bringt uns die verlorenen Töne eines Klaviers herüber. Dort, in dem verschlossenen Haus, spielt jemand. Einen Augenblick bleibe ich stehen, um still zuzuhören. Es klingt zunächst wie eine unsichere Stimme, die ihr Glück nicht zu singen wagt... Es ist wie das Lachen eines kleinen Mädchens, das das ganze Spielzeug in seinem Zimmer zusammengesucht hat und es jetzt vor seinem Freund ausbreitet. Ich muß auch an die zunächst noch ängstliche Freude einer Frau denken, die ein schönes Kleid angezogen hat und nun kommt, um es zu zeigen, und die nicht sicher ist, ob es Gefallen findet... Die Melodie, die ich nicht kenne, ist zugleich eine Bitte, ein inständiges Flehen an das Glück, nicht zu grausam zu sein, ein Gruß an das Glück und nahezu ein Niederknien vor ihm...

Es geht mir durch den Kopf: »Sie sind endlich glücklich. Meaulnes ist dort, bei ihr...«

Und das zu wissen, dessen sicher zu sein genügt, mich, das brave Kind, vollständig zufriedenzustellen.

Während ich in diesem Augenblick ganz versunken dastehe und mein Gesicht vom Wind der Ebene wie von der Gischt des Meeres befeuchtet wird, spüre ich, wie mich jemand an der Schulter berührt:

»Horch!« sagt Jasmin ganz leise.

Ich sehe ihn an, und er gibt mir ein Zeichen, mich nicht zu rühren; er selbst lauscht mit gesenktem Kopf und gerunzelter Stirn...

Achtes Kapitel

Frantz' Ruf

»Uh-Uh!«

Diesmal habe ich es vernommen. Es ist ein Signal, ein Ruf aus zwei Tönen, einem hohen und einem tiefen, ein Ruf, den ich früher schon einmal gehört habe ... Ah, ich erinnere mich: Es ist der Schrei, den der große Gaukler ausstieß, als er von der Gitterpforte der Schule aus seinen jungen Kameraden herausrief. Frantz hatte uns schwören lassen, ihm auf diesen Ruf hin zu jeder Zeit überallhin zu folgen. Aber was verlangt er heute damit?

»Das kommt links aus dem großen Tannenwald, wahrscheinlich ein Wilddieb«, sage ich leise.

Jasmin schüttelt nur den Kopf und sagt:

»Du weißt doch ganz genau, daß das nicht stimmt!«

Dann fährt er etwas leiser fort:

»Sie sind beide seit heute morgen wieder im Land. Um elf Uhr habe ich Ganache ertappt, wie er in einem Feld bei der Kapelle auf der Lauer lag. Sie sind von weit her gekommen, vielleicht mit dem Fahrrad, denn sein Rükken war bis hoch hinauf mit Dreck bespritzt ...«

»Was suchen sie denn hier?«

»Ich habe keine Ahnung. Aber ich weiß, daß wir sie auf jeden Fall von hier verjagen müssen. Wir dürfen sie hier nicht herumstreifen lassen. Sonst fangen alle die Torheiten von neuem an ...«

Ich teile seine Meinung, ohne es zuzugeben, und sage:

»Am besten wäre es, wir gingen zu ihnen, um zu hören, was sie wollen, und bringen sie dann zur Vernunft ...«

Langsam schleichen wir leise und gebückt durch das Unterholz bis zu dem großen Tannenwald, aus dem in regelmäßigen Abständen der langgezogene Schrei ertönt, der an sich nicht traurig klingt, besonders uns beiden aber als ein schlechtes Vorzeichen erscheint.

In diesem Teil des Tannenwaldes, wo sich der Blick zwischen den in regelmäßigen Abständen gepflanzten Stämmen verliert, ist es schwierig, jemanden zu überraschen und voranzugehen, ohne selbst gesehen zu werden. Wir versuchen dies nicht einmal. Ich stelle mich an die eine Ecke des Waldstücks, Jasmin an die entgegengesetzte, so daß jeder von uns zwei Seiten des Rechtecks von außen überblickt und keiner der Gaukler uns entwischt, ohne daß wir ihn anrufen. Nachdem wir uns aufgestellt haben, übernehme ich meine Rolle eines friedlichen Kundschafters und rufe:

»Frantz!... Frantz!... Haben Sie keine Angst! Ich bin es, Seurel; ich möchte mit Ihnen sprechen...«

Für einen Augenblick ist alles still; gerade als ich noch einmal rufen will, ertönt eine Stimme mitten aus dem Tannenwald, wohin mein Blick nicht ganz reicht, und befiehlt:

»Bleiben Sie, wo Sie sind; er kommt zu Ihnen!«

Nach und nach kann ich zwischen den großen Tannen, die aus der Entfernung näher zusammenzustehen scheinen, die Umrisse des jungen Mannes erkennen, der sich mir nähert. Er scheint schmutzbedeckt und schlecht gekleidet zu sein; Fahrradklammern halten seine Hosenbeine zusammen, eine alte Matrosenmütze sitzt auf den zu langen Haaren; endlich erkenne ich sein ausgezehrtes Gesicht... Es sieht so aus, als habe er geweint.

Er kommt entschlossen auf mich zu und fragt mit sehr anmaßendem Ausdruck:

»Was wollen Sie?«

»Und was machen Sie hier, Frantz? Warum wollen Sie

die stören, die glücklich sind? Was wünschen Sie? Sagen Sie es!«

Auf meine so direkten Fragen hin errötet er, stammelt etwas und antwortet lediglich:

»Ich, ich bin unglücklich, ich bin so unglücklich.«

Dann legt er den Kopf in den Arm und fängt, an einen Baumstamm gelehnt, bitterlich an zu weinen. Wir sind ein paar Schritte in den Tannenwald hineingegangen; es ist ein vollkommen ruhiger Ort. Nicht einmal die Stimme des Windes ist zu hören, den die großen Tannen am Saum des Waldes aufhalten. Zwischen den ebenmäßigen Stämmen erhebt sich immer wieder das erstickte Schluchzen des jungen Mannes und verstummt schließlich. Ich warte, bis diese Krise vorbei ist, lege dann die Hand auf seine Schulter und sage:

»Frantz, Sie kommen jetzt mit mir. Ich bringe Sie zu ihnen. Die beiden werden Sie aufnehmen wie ein wiedergefundenes verlorenes Kind, und alles wird zu Ende sein.«

Aber er wollte nichts annehmen. Mit tränenerstickter Stimme, unglücklich, starrsinnig, wütend, antwortete er:

»Also kümmert sich Meaulnes nicht mehr um mich? Warum antwortet er nicht, wenn ich nach ihm rufe? Warum hält er sein Versprechen nicht?«

»Sie sehen doch, Frantz«, antwortete ich, »die Zeit der Phantastereien und der Kindereien ist vorbei. Stören Sie nicht mit Narreteien das Glück derer, die Sie lieben, das Glück Ihrer Schwester und von Augustin Meaulnes.«

»Aber Sie wissen doch ganz genau, daß nur er allein mich retten kann. Nur er kann die Spur wiederfinden, die ich suche. Seit drei Jahren ziehen Ganache und ich ohne Erfolg durch ganz Frankreich. Ich hatte nur noch in Ihren Freund Vertrauen, und jetzt antwortet er nicht mehr. Er hat ja seine Liebe wiedergefunden. Warum denkt er jetzt nicht auch an mich? Er muß sich auf den Weg machen. Yvonne wird ihn sicher ziehen lassen... Sie hat mir nie etwas abgeschlagen.«

Ich blickte in ein Gesicht, in dem die Tränen in Staub und Dreck schmutzige Furchen gezogen hatten, ich sah das Gesicht eines erschöpften und geschlagenen alten Jungen. Um seine Augen lag ein Kranz von Sommersprossen, sein Kinn war schlecht rasiert; die zu langen Haare hingen über den schmutzigen Kragen. Die Hände in den Hosentaschen, stand er schlotternd da. Er war nicht mehr das in Lumpen gekleidete Königskind der vergangenen Jahre. Vermutlich war er im Herzen noch mehr ein Kind als früher: gebieterisch, unberechenbar und gleich darauf verzweifelt. Aber dieses kindliche Verhalten ließ sich schwer ertragen bei dem doch schon etwas älteren Jungen... Früher besaß er so viel jugendlichen Stolz, daß ihm jede nur mögliche Torheit erlaubt zu sein schien. Jetzt aber war man eher versucht, ihn zu beklagen, weil er sein Leben nicht in den Griff bekommen hatte, und ihm die Rolle des romantischen jungen Helden vorzuwerfen, in die er sich, wie ich bemerkte, hineinsteigerte... Und schließlich mußte ich unwillkürlich daran denken, daß unser Frantz mit seiner schönen Liebe ebenso hatte stehlen müssen, um zu leben, wie sein Gefährte Ganache... Dazu hatte also der ganze Stolz geführt!

»Wenn ich Ihnen verspreche«, sagte ich schließlich nach einigem Nachdenken, »daß Meaulnes sich in ein paar Tagen für Sie, nur für Sie, auf den Weg machen wird?«

»Er wird es schaffen, nicht wahr? Sie sind sich dessen doch sicher?« fragte er mich und klapperte mit den Zähnen.

»Ich denke schon. Mit ihm wird alles möglich!«

»Und wie werde ich das erfahren? Wer wird es mir sagen?«

»Kommen Sie in genau einem Jahr zur gleichen Stunde hierher, und Sie werden das junge Mädchen, das sie lieben, finden.«

Als ich dies sagte, wollte ich nicht etwa das junge Paar stören, sondern mich bei Tante Moinel erkundigen und mich selbst daranmachen, das junge Mädchen zu finden.

Der Gaukler sah mir mit einem Verlangen nach Vertrauen in die Augen, das wirklich bewundernswert war. Fünfzehn Jahre – er war immer noch und trotz allem fünfzehn Jahre alt, das Alter, in dem wir in Sainte-Agathe am Abend die Klassenräume ausfegten und alle drei diesen schrecklichen Kinderschwur ablegten.

Wieder packte ihn die Verzweiflung, als er gezwungen war zu sagen:

»Also gut, wir gehen.«

Sicher krampfte sich ihm das Herz heftig zusammen, als er die Wälder ringsum sah, die er von neuem verlassen sollte.

»In drei Tagen«, sagte er, »sind wir auf den Straßen in Deutschland. Wir haben unsere Wagen weit weg von hier abgestellt und sind dreißig Stunden gelaufen, ohne anzuhalten. Wir hatten geglaubt, wir würden rechtzeitig ankommen, um Meaulnes vor der Hochzeit mitzunehmen und mit ihm meine Braut zu suchen, so wie er den Hof von Les Sablonnières gesucht hat.«

Dann packte ihn wieder seine kindische Launenhaftigkeit und er sagte im Weggehen:

»Rufen Sie Ihren Delouche, denn es wäre schrecklich, wenn ich ihm begegnete!«

Ich sah, wie seine graue Gestalt allmählich zwischen den Tannen verschwand, und rief nach Jasmin. Zusammen nahmen wir wieder unsere Wache auf. Wenig später beobachteten wir dort hinten, daß Augustin die Fensterläden des Hauses schloß, und wir waren betroffen von der seltsamen Art, wie er sich dabei verhielt.

Neuntes Kapitel

Die glücklichen Leute

Später habe ich bis ins einzelne erfahren, was sich dort hinten abgespielt hat.

Vom frühen Nachmittag an sind Meaulnes und seine Frau, die ich immer noch Mademoiselle de Galais nenne, in dem Salon von Les Sablonnières ganz allein geblieben. Nach der Abfahrt der Gäste hat der alte Monsieur de Galais für eine Sekunde die Tür geöffnet, so daß der Sturm heulend in das Haus drang; dann hat er sich nach Vieux-Nançay begeben. Er wird erst zum Abendessen zurückkommen, um alles abzuschließen und im Pachthof seine Anweisungen zu geben. Kein Geräusch dringt jetzt mehr von draußen zu den jungen Leuten. Nur der kahle Zweig eines Rosenstocks schlägt auf der Seite zur Heide hin an das Fenster. In dem heftigen Wintersturm sind die beiden Liebenden eingeschlossen mit ihrem Glück, wie zwei Passagiere auf einem dahintreibenden Boot.

»Das Feuer droht zu verlöschen«, sagte Mademoiselle de Galais und wollte ein Holzscheit aus dem Kasten nehmen.

Aber Meaulnes eilte hin und legte selbst das Holz ins Feuer.

Dann ergriff er die Hand, die ihm das junge Mädchen

reichte, und sie blieben voreinander stehen, wie betäubt von einer großen Neuigkeit, die sich nicht aussprechen läßt.

Der Wind toste mit dem Lärm eines Flusses, der über die Ufer getreten ist. Von Zeit zu Zeit zog ein Regentropfen quer über das Fenster wie über die Türscheibe eines Zuges.

Da machte sich das junge Mädchen frei, öffnete die Tür zum Flur und verschwand mit einem geheimnisvollen Lächeln. Für einen Augenblick blieb Augustin in dem Halbdunkel allein... Das Ticken einer kleinen Pendeluhr erinnerte an das Eßzimmer von Sainte-Agathe... Er dachte vermutlich: »Das ist also hier das Haus, das ich so sehr gesucht habe, das ist der Flur, der damals voller Geflüster und seltsamer, vorbeihuschender Gestalten war...«

In diesem Augenblick mußte er wohl – Mademoiselle de Galais erzählte mir später, auch sie habe ihn vernommen – Frantz' ersten Schrei ganz in der Nähe des Hauses gehört haben.

Umsonst zeigte ihm da die junge Frau alle die wunderbaren Dinge, die sie herangebracht hatte: ihr Kinderspielzeug, alle ihre Kinderphotographien: sie als Marketenderin, sie und Frantz auf den Knien ihrer sehr hübschen Mutter... dann alles, was von den braven Kleidern von früher übriggeblieben war: »bis hin zu dem, sehen Sie, das ich damals trug, als Sie mich bald kennenlernen sollten, als Sie, glaube ich, nach Sainte-Agathe kamen...«; aber Meaulnes sah und hörte nichts mehr.

Für einen Augenblick schien ihn allerdings noch einmal das Bewußtsein seines ungewöhnlichen, unvorstellbaren Glücks zu ergreifen:

»Sie sind hier«, sagte er mit dumpfer Stimme, als würde ihm schwindeln, wenn er es nur ausspräche, »Sie gehen am Tisch vorbei, und für einen Augenblick ruht Ihre Hand auf ihm...«

Dann fuhr er fort:

»Als meine Mutter eine junge Frau war, lehnte sie auf die gleiche Weise ihre Brust nach vorn, wenn sie mit mir sprach... Und wenn sie sich ans Klavier setzte...«

Da schlug Mademoiselle de Galais ihm vor zu spielen, bevor es Nacht würde. Doch in dieser Ecke des Salons war es schon dunkel, und sie mußten eine Kerze anzünden. Der rosafarbene Lampenschirm verstärkte noch das Rot auf den Wangen des jungen Mädchens, ein Zeichen ihrer großen Angst.

Weit hinten am Waldesrand vernahm ich die ersten Töne jenes zitternden Liedes, das uns der Wind herübertrug, das aber bald von dem zweiten Ruf der beiden Verrückten unterbrochen wurde, die durch die Tannen näher an uns herangekommen waren.

Lange sah Meaulnes schweigend zum Fenster hinaus, während er dem jungen Mädchen lauschte. Mehrmals wandte er sich dem sanften Antlitz voll Schwäche und Angst zu. Dann ging er zu Yvonne und legte ihr ganz leicht die Hand auf die Schulter. Sie spürte sie sanft und zärtlich an ihrem Hals ruhen, und sie hätte eine Antwort auf diese Zärtlichkeit finden müssen.

»Der Tag geht zu Ende«, sagte er schließlich. »Ich gehe und schließe die Fenster, aber spiele bitte weiter...«

Was ging da in diesem dunklen und wilden Herzen vor sich? Ich habe mir oft diese Frage gestellt, aber erst eine Antwort erhalten, als es zu spät war. Waren es unbewußte Gewissensbisse oder ein unerklärlicher Kummer? Oder war es Furcht davor, daß ihm dieses unerhörte Glück, das er so festhielt, bald zwischen seinen Händen zergehen würde? Packte ihn etwa die schreckliche Versuchung, auf der Stelle und unwiderruflich das Wunder, das er erlangt hatte, wegzuwerfen?

Nachdem er seine junge Frau noch einmal angesehen hatte, ging er langsam und leise hinaus. Vom Waldrand aus konnten wir sehen, wie er zögernd zuerst einen Laden schloß, dann unsicher zu uns herübersah, einen zweiten Laden schloß, und dann ganz plötzlich in unsere Richtung davonrannte, so schnell er konnte. Er war bei uns, bevor wir daran denken konnten, uns besser zu verstecken. Er entdeckte uns, als er über eine kleine, frischgepflanzte Hecke steigen wollte, die eine Wiese abgrenzte. Er schwenkte zur Seite ab. Ich erinnere mich an sein verstörtes Aussehen, das Aussehen eines gehetzten Tieres... Er schickte sich an, zurückzulaufen und bei dem kleinen Bach über die Hecke zu setzen.

Ich rief ihm zu:

»Meaulnes!... Augustin!...«

Aber er wandte nicht einmal den Kopf. Da rief ich, weil ich überzeugt war, daß nur dies ihn zurückhalten könne:

»Frantz ist hier! Bleib stehen!«

Endlich hielt er an. Ohne mir die Zeit zu lassen, daß ich mir zurechtlegte, was ich sagen wollte, meinte er:

»Er ist hier! Was will er?«

»Er ist unglücklich«, antwortete ich. »Er ist gekommen, dich um Hilfe zu bitten, um wiederzufinden, was er verloren hat.«

»Ach so!« sagte er und senkte den Kopf. »Ich habe es ja geahnt. Es war vergeblich, den Gedanken daran zu verdrängen... Aber wo ist er? Sag schnell!«

Ich berichtete, daß Frantz gerade weggegangen sei und wir ihn sicher nicht mehr einholen könnten. Das war eine große Enttäuschung für Meaulnes. Er machte zögernd zwei oder drei Schritte, dann blieb er stehen. Er schien höchst bekümmert und unentschlossen zu sein. Ich erzählte, was ich in seinem Namen dem jungen Mann versprochen hatte, und sagte ihm, daß ich mich mit ihm am gleichen Ort und in einem Jahr verabredet hatte.

Der sonst so ruhige Augustin war jetzt in einem Zustand ungewöhnlicher Erregung und Ungeduld:

»Ach, warum hast du das gemacht?« sagte er. »Vermutlich kann ich ihn wirklich retten, aber wenn, dann sofort. Ich muß ihn sehen und mit ihm sprechen. Er muß mir verzeihen, und ich werde alles wiedergutmachen... Sonst kann ich mich dort nicht mehr zeigen...«

Mit diesen Worten wendete er sich zu dem Haus von Les Sablonnières.

»So zerstörst du also«, sagte ich, »um eines kindlichen Versprechens willen, das du gegeben hast, dein Glück.«

»Ach, wenn es nur das Versprechen wäre«, antwortete er.

Und so erfuhr ich, ohne es erraten zu können, daß noch etwas anderes die beiden jungen Leute miteinander verband.

»In jedem Fall«, sagte ich, »können wir sie nicht mehr erreichen. Sie sind jetzt schon unterwegs nach Deutschland.«

Er wollte antworten, als eine Gestalt mit wirren Haaren und verstörtem Blick zwischen uns auftauchte, Mademoiselle de Galais. Sie mußte schnell gelaufen sein, denn ihr Gesicht war von Schweiß überströmt. Sie war wohl auch gefallen und hatte sich die Stirn über dem rechten Auge verletzt; in ihren Haaren klebte Blut.

Ich habe einmal in den Armenvierteln von Paris erlebt, wie ein Ehepaar von Gendarmen, die in den Streit eingreifen mußten, auf die Straße hinuntergeführt und getrennt wurde, ein Ehepaar, von dem man gemeint hatte, es sei glücklich vereint und ehrbar. Der Krach war irgendwann plötzlich ausgebrochen, gerade als man sich zu Tisch begab, am Sonntag vor dem Ausgehen, oder als man den Geburtstag des kleinen Sohnes feiern wollte ... und plötzlich war alles vergessen und zerstört. Mann und Frau sind jetzt in der Aufregung nur noch zwei arme Teufel, und die heulenden Kinder werfen sich ihnen entgegen, umschlingen sie fest und flehen sie an, ruhig zu sein und sich nicht mehr zu schlagen.

Als Mademoiselle de Galais bei Meaulnes ankam, mußte ich an eines dieser Kinder denken, an eines dieser armen, verstörten Kinder. Ich glaube, auch wenn alle ihre Freunde, das ganze Dorf, ja, die ganze Welt auf sie gesehen hätten, sie wäre doch auf die gleiche Weise herbeigeeilt und mit zerzaustem Haar, beschmutzt und weinend hingestürzt.

Aber als ihr klar wurde, daß Meaulnes tatsächlich hier war, daß er sie wenigstens für dieses Mal nicht verlassen würde, schob sie ihren Arm unter den seinen und konnte wie ein kleines Kind ihr Lachen unter den Tränen nicht verbergen. Alle beide sprachen sie nichts, aber als sie ihr Taschentuch hervorholte, nahm Meaulnes es ihr sanft aus den Händen und wischte vorsichtig und behutsam das Blut ab, das in Flecken im Haar des jungen Mädchens klebte.

»Wir müssen jetzt nach Hause gehen«, sagte er.

Und ich ließ sie beide zurückgehen in dem kräftigen, schönen Wind des Winterabends; er reichte ihr an den schwierigen Stellen die Hand, und sie lächelte und beeilte sich; so kehrten sie zu ihrem Heim zurück, das sie für einen Augenblick verlassen hatten.

Zehntes Kapitel

»Frantz' Haus«

Ich war nicht sehr beruhigt und empfand ein dumpfes Gefühl der Angst, das durch das glückliche Ende der Aufregungen am Vortag nicht völlig beseitigt worden war; in diesem Zustand war ich gezwungen, den ganzen nächsten Tag in der Schule zu verbringen. Nach dem Unterricht am Nachmittag und der darauf folgenden »Arbeitsstunde« machte ich mich sofort auf den Weg nach Les Sablonnières. Es wurde dunkel, als ich in die Tannenallee gelangte, die zu dem Haus führte. Alle Fensterläden waren schon geschlossen. Ich wollte nicht ungelegen kommen und am Tag nach der Hochzeit zu so später Stunde erscheinen. So streifte ich noch längere Zeit um den Garten und die anliegenden Felder, immer in der Hoffnung, es käme jemand aus dem verschlossenen Haus... Aber meine Hoffnung wurde enttäuscht. Selbst in dem Pachthof nebenan rührte sich nichts. Und so mußte ich, von den düstersten Vorahnungen gepeinigt, wieder nach Hause zurückkehren.

Die gleiche Ungewißheit am nächsten Morgen, einem Samstag. Am Abend nahm ich eilig meinen Umhang, den Stock und ein Stück Brot als Wegzehrung, doch als ich bei Einbruch der Dunkelheit nach Les Sablonnières kam, war wie am Vortag alles schon geschlossen... Ein schwacher Lichtschein im ersten Stock, jedoch keinerlei Geräusch und keinerlei Bewegung. Aber ich sah, daß diesmal das Tor zum Pachthof offenstand und das Feuer in der großen Küche brannte; ich vernahm das übliche Geräusch von Stimmen und Schritten zur Abendessenszeit. Diese Beobachtung beruhigte mich, ohne mir viel weiterzuhelfen. Ich konnte diesen Leuten nichts sagen und sie auch nichts fragen. Und so ging ich zurück, um weiter vergeblich zu beobachten und zu warten, immer in der Hoffnung, ich würde sehen, wie die Tür aufginge und die hohe Gestalt von Augustin erschiene.

Erst am Sonntagnachmittag entschloß ich mich, an der Tür von Les Sablonnières zu klingeln. Als ich die kahlen Hügel hinaufstieg, vernahm ich von ferne das Vesperläuten des Wintersonntags. Ich fühlte mich einsam und sehr traurig. Eine schlimme Vorahnung kam über mich, und ich war nur halb überrascht, als auf mein Klingeln hin Monsieur de Galais ganz allein erschien und mit leiser Stimme sagte, Yvonne de Galais läge mit hohem Fieber im Bett, Meaulnes habe schon am Freitagmorgen zu einer langen Reise aufbrechen müssen und man wisse nicht, wann er zurückkäme...

Da der alte Mann sehr verlegen und traurig aussah und mich nicht hereinbat, verabschiedete ich mich gleich wieder von ihm. Er schloß die Tür, und ich blieb einen Augenblick auf der Treppe stehen, bedrückt und so verwirrt, daß ich, ohne zu wissen warum, den verdorrten Zweig einer Glyzinie ansah, den der Wind in einem Sonnenstrahl traurig hin und her schwanken ließ.

So hatte sich das geheimnisvolle Schuldgefühl, das Meaulnes seit seinem Aufenthalt in Paris verfolgte, also doch als stärker erwiesen. Mein großer Gefährte hatte schließlich doch vor seinem beharrlichen Glück davonlaufen müssen...

Jeden Donnerstag und jeden Sonntag kam ich und erkundigte mich nach dem Befinden von Yvonne de Galais, bis zu jenem Abend, da es ihr endlich besser ging und sie mich hereinbat. Sie saß am Feuer in dem Salon, dessen großes, niedriges Fenster auf das Land und die Wälder hinausging. Sie war nicht bleich, wie ich es mir vorgestellt hatte, sondern im Gegenteil fiebrig, mit starken roten Flecken unter den Augen und im Zustand äußerster Erregung. Obwohl sie noch sehr schwach zu sein schien, hatte sie sich wie zum Ausgehen angekleidet. Sie sprach wenig, aber sie sagte jeden Satz so lebhaft, als wolle sie sich selbst überzeugen, daß das Glück noch nicht vergangen sei ... Ich habe keine Erinnerung mehr an das, worüber wir sprachen. Ich entsinne mich nur noch, daß ich zögernd danach fragte, wann Meaulnes zurückkommen werde.

»Ich weiß nicht, wann er wieder zurück sein wird«, antwortete sie lebhaft.

Eine flehentliche Bitte kam in ihren Augen zum Ausdruck, und so hütete ich mich, noch weiter zu fragen.

Ich besuchte sie jetzt häufiger. Oft plauderte ich mit ihr am Kaminfeuer in dem niedrigen Salon, wo es schneller Nacht wurde als anderswo. Niemals sprach sie mit mir über sich und ihren verborgenen Kummer. Aber sie wurde nicht müde mir zuzuhören, wenn ich mit allen Einzelheiten von unserem Leben als Schüler in Sainte-Agathe erzählte.

Sie hörte sich mit Ernst, Mitgefühl und einem geradezu mütterlichen Interesse den Bericht der Nöte von uns großen Kindern an. Nichts schien sie zu überraschen, nicht einmal unsere tollsten und gefährlichsten Kinderstreiche. Die bedauerlichen Abenteuer ihres Bruders hatten ihre Zärtlichkeit und ihr Mitgefühl, die sie von Monsieur de Galais geerbt hatte, nicht verringert. Der einzige Kummer, den die Vergangenheit ihr bereitete, bestand meiner Meinung nach darin, daß sie damals nicht eng genug mit ihrem Bruder vertraut gewesen war; denn im Augenblick seines großen Zusammenbruchs hatte er weder ihr noch sonst jemandem etwas zu sagen gewagt, sondern geglaubt, er sei rettungslos verloren. Und wenn ich es recht bedenke, so hatte die junge Frau eine schwere Aufgabe übernommen: eine gefährliche Aufgabe, einem Geist voll verrückter Ideen und Hirngespinste wie ihrem Bruder zu helfen; und eine erdrückende Aufgabe, wenn es darum ging, sich mit einem Herzen so voll Abenteuerdurst wie dem meines Freundes Meaulnes zusammenzutun.

Sie selbst gab mir eines Tages den rührendsten, ich möchte fast sagen, den geheimnisvollsten Beweis des Vertrauens in die kindlichen Träume ihres Bruders, den Beweis dafür, mit welcher Mühe und Sorge sie sich um die Reste jenes Traumes kümmerte, in dem er bis zum zwanzigsten Lebensjahr gelebt hatte.

Es geschah an einem Abend im April, der trostlos war wie ein Abend im Spätherbst. Seit fast einem Monat lebten wir in einem vor der Zeit milden Frühlingswetter, und die junge Frau hatte in Begleitung von Monsieur de Galais die langen Spaziergänge wieder aufgenommen, die sie so gerne mochte. Aber da sich der alte Mann an diesem Tag müde fühlte und ich frei war, bat sie mich, sie trotz des bedrohlichen Wetters zu begleiten. Als wir mehr als eine halbe Meile von Les Sablonnières entfernt an dem See entlanggingen, überraschte uns ein Gewitter mit Regen und Hagel. Unter dem Dach des Schuppens, wo wir uns zum Schutz gegen den andauernden Regenguß untergestellt hatten, blies ein eisiger Wind, und wir standen nachdenklich beieinander vor der dunkel gewordenen Landschaft. Ich sehe sie noch immer ganz bleich und verstört vor mir in ihrem leichten, schlichten Kleid.

»Wir müssen nach Hause zurück«, sagte sie. »Wir sind schon vor so langer Zeit weggegangen. Was kann inzwischen nicht alles passiert sein?«

Als wir jedoch endlich unseren Unterstand verlassen konnten, ging die junge Frau, statt nach Les Sablonnières zurückzukehren, in der gleichen Richtung weiter und bat mich, ihr zu folgen. Nach einem längeren Marsch gelangten wir zu einem Haus, das ich nicht kannte und das verlassen an einem ausgefahrenen Weg lag, der nach Préveranges führen mußte. Es handelte sich um ein kleines schlichtes Haus mit einem Schieferdach, das sich in nichts von dem im Land üblichen Haustyp unterschied, außer daß es weitab und einsam lag.

Wenn man Yvonne de Galais zusah, hätte man meinen können, das Haus gehöre uns und wir hätten es wegen einer längeren Reise verlassen. Sie bückte sich, öffnete ein kleines Gartentor und inspizierte eilig und beunruhigt den verlassenen Ort. Ein großer, von Unkraut bewachsener Hof, in den offensichtlich Kinder gekommen waren, um während der langen und sich dahinziehenden Abende des Winterendes dort zu spielen, war von dem Gewitter ausgewaschen. Ein Holzreif lag in einer Pfütze. In den kleinen Gärtchen, in denen die Kinder Blumen und Erbsen gesät hatten, hatte der starke Regen nur noch Streifen von weißem Kies übriggelassen. Und schließlich entdeckten wir, hingekauert an der Schwelle einer der nassen Türen, eine ganze Brut von Küken, die der Regenguß durchnäßt hatte. Sie waren beinahe alle unter den erstarrten Flügeln und den zerzausten Federn der Glucke gestorben.

Bei diesem jämmerlichen Anblick stieß die junge Frau einen erstickten Schrei aus. Sie bückte sich und suchte ohne Rücksicht auf das Wasser und den Dreck die noch lebenden Küken unter den toten heraus und legte sie in einen Zipfel ihres Mantels. Dann gingen wir in das Haus, dessen Schlüssel sie besaß. Vier Türen führten auf einen schmalen Flur, in dem sich heulend der Wind fing. Yvonne de Galais öffnete die erste Tür links und ließ mich in ein dunkles Zimmer eintreten, in dem ich nach einem Augenblick des Zögerns einen großen Spiegel und ein kleines Bett erkannte, über das nach der Gewohnheit des Landes eine Daunendecke aus roter Seide gebreitet war. Sie durchsuchte kurz die anderen Räume der Wohnung und kam dann mit der kranken Brut in einem mit Flaum ausgelegten Körbchen zurück, das sie vorsichtig unter die Daunendecke schob. Und während ein erster und letzter schwacher Sonnenstrahl des Tages unsere Gesichter noch bleicher und die hereinbrechende Nacht noch dunkler erscheinen ließ, standen wir beide durchfroren und verstört in dem merkwürdigen Haus!

Immer wieder ging sie zu dem Nest der kranken Tiere und holte ein weiteres totes Küken heraus, damit die anderen nicht auch noch zugrunde gingen. Und jedesmal kam es uns so vor, als zöge etwas wie ein starker Wind durch die zerbrochenen Scheiben des Speichers und klage leise wie das geheimnisvolle Jammern unbekannter Kinder.

»Dies hier«, sagte meine Gefährtin mir endlich, »war Frantz' Haus, als er klein war. Er wünschte sich ein Haus nur für sich ganz allein, weit weg von den anderen, in dem er spielen, sich vergnügen, leben konnte, wie es ihm paßte. Mein Vater fand diesen Einfall so ungewöhnlich und so spaßig, daß er nicht nein sagte. Und wann immer es ihm gefiel, an einem Donnerstag, einem Sonntag oder sonstwann, zog Frantz los, um in seinem Haus zu wohnen wie ein Mann. Die Kinder der umliegenden Bauernhöfe kamen, um mit ihm zu spielen, um ihm im Haushalt zu helfen und im Garten zu arbeiten. Es war ein herrliches Spiel! Wenn es dann Abend wurde, hatte er keine Angst, allein zu schlafen. Wir haben ihn so sehr bewundert, daß wir nicht einmal daran dachten, uns Sorgen zu machen.«

»Jetzt steht das Haus schon seit langem leer«, fuhr sie

mit einem Seufzer fort. »Niedergedrückt von Alter und Kummer, hat Monsieur de Galais nie etwas unternommen, um meinen Bruder wiederzufinden und zurückzuholen. Und was könnte er auch unternehmen?

Ich gehe oft hier vorbei. Die Bauernkinder aus der Umgebung kommen immer noch und spielen wie früher im Hof. Und ich stelle mir gerne vor, daß es die alten Freunde von Frantz sind, daß auch er noch ein Kind ist und bald wieder zurückkommen wird mit seiner Braut, die er sich gewählt hat.

Die Kinder kennen mich gut. Ich spiele mit ihnen. Dies war unsere Brut von Küken...«

Es hatte des Regengusses bedurft und der Zerstörung dieser Kinderwelt, damit sie mir endlich den großen Kummer, von dem sie nie etwas hatte verlauten lassen, den großen Schmerz über den Verlust ihres so törichten, so zauberhaften und so bewunderten Bruders anvertraute. Und ich lauschte ihr, ohne zu antworten, und mein Herz schwoll an vor lauter Seufzern...

Wir schlossen die Türen und das Gartentor, legten die Küken in die Bretterhütte hinter dem Haus, sie nahm traurig meinen Arm, und ich geleitete sie zurück...

Wochen und Monate vergingen. Vergangene Zeit! Verlorenes Glück! Während mein Gefährte geflohen war, war es mir zugefallen, den Arm derjenigen, die die Fee, die Prinzessin und die geheimnisvolle Liebe unserer ganzen Jugend gewesen war, zu nehmen und alles zu sagen, was ihren Kummer lindern mochte. Was könnte ich heute von jener Zeit, von den abendlichen Unterhaltungen nach dem Schulunterricht, den ich auf dem Hügel von Saint-Benoist-des-Champs erteilte, von den Spaziergängen berichten, bei denen das einzige, worüber wir hätten sprechen müssen, auch das einzige war, worüber wir beschlossen hatten zu schweigen? Ich habe nur die schon halb verwischte Erinnerung an ein schönes, abgezehrtes Antlitz bewahrt, an zwei Augen, deren Lider sich langsam senkten, wenn sie mich ansahen, als wollten sie nur noch eine innere Welt erblicken.

Und ich bin ihr treuer Gefährte geblieben – der Gefährte einer Erwartung, über die wir nicht sprachen – während eines ganzen Frühjahrs und eines ganzen Sommers, wie es sie nie mehr geben wird. Mehrmals kehrten wir an einem Nachmittag zu Frantz' Haus zurück. Sie öffnete die Türen, um zu lüften, damit nichts schimmlig wäre, wenn das junge Paar zurückkäme. Sie kümmerte sich um das halbwilde Federvieh, das im Hühnerhof nistete. Und am Donnerstag und am Sonntag begleiteten wir mit unseren Aufmunterungen die Spiele der Bauernkinder aus der Umgebung, deren Schreien und Lachen an dem einsamen Ort das verlassene kleine Haus noch einsamer und leerer erscheinen ließen.

Elftes Kapitel

Gespräch im Regen

Der August, die Ferienzeit, entfernte mich von Les Sablonnières und der jungen Frau. Ich mußte meine beiden freien Monate in Sainte-Agathe verbringen. Ich sah wieder den großen, staubigen Hof, das Pausendach, den leeren Klassenraum... Alles erinnerte an den großen Meaulnes. Alles war erfüllt von den Erinnerungen an unsere schon vergangene Jugend. Während der langen herbstlich goldenen Tage schloß ich mich wie früher, vor der Ankunft des großen Meaulnes, im Schularchiv oder in den leeren Klassenräumen ein. Ich las und schrieb und gab mich der Erinnerung hin ... Mein Vater war weiter fort zum Angeln gegangen; Millie nähte im Salon oder spielte wie früher auf dem Klavier ... Und in der vollkommenen Stille des Klassenraums, in dem die zerrissenen grünen Papierkränze, die Umschläge der Bücherpreise und die abgewischten Tafeln anzeigten, daß das Schuljahr beendet und die Belohnungen verteilt waren, in dem alles auf den Herbst, den Schuljahresbeginn im Oktober und auf neue Arbeit und Anstrengung wartete – dort mußte auch ich daran denken, daß die Zeit unserer Jugend zu Ende war und wir das Glück nicht gefunden hatten; auch ich wartete auf das Wiedersehen mit Les Sablonnières und auf die Rückkehr von Meaulnes, der vielleicht nie mehr kommen würde ...

Aber ich konnte Millie auch eine erfreuliche Neuigkeit berichten, als sie sich entschloß, mich nach der jungverheirateten Frau zu fragen. Ich fürchtete ihre Fragen, ihre zugleich unschuldige wie auch sehr durchtriebene Art, einen plötzlich in Verlegenheit zu bringen, indem sie den Finger gerade auf den geheimsten Gedanken legte, den man hegte. So kam ich allem zuvor und berichtete ihr, daß die junge Frau meines Freundes Meaulnes im Oktober Mutter würde.

Für mich aber dachte ich an den Tag, an dem Yvonne de Galais mir diese große Neuigkeit eröffnet hatte. Zunächst gab es ein Schweigen, von meiner Seite die leichte Verlegenheit eines jungen Mannes. Um diese zu verscheuchen, hatte ich, ohne zu überlegen, gleich hinzugefügt – und zu spät daran gedacht, an welches Drama ich damit rührte:

»Sie müssen sehr glücklich sein.«

Doch sie, ohne jeden Hintergedanken, ohne Bedauern

oder Groll, hatte mit einem schönen, glücklichen Lächeln geantwortet:

»Ja, sehr glücklich.«

Die letzte Ferienwoche ist ja im allgemeinen die schönste und die romantischste, die Woche der großen Regenfälle, die Woche, in der das Feuer angezündet wird, die Woche, die ich gewöhnlich damit verbrachte, in dem dunklen und regennassen Tannenwald von Vieux-Nançay zu jagen; diesmal jedoch traf ich meine Vorbereitungen, um direkt nach Saint-Benoist-des-Champs zurückzukehren. Firmin, meine Tante Julie und meine Kusinen von Vieux-Nançay hätten mir zu viele Fragen gestellt, auf die ich nicht antworten wollte. Ich verzichtete darauf, für acht Tage das berauschende Leben eines Jägers auf dem Lande zu führen, und kehrte vier Tage vor Schulbeginn in mein Schulhaus zurück.

Ich kam vor der Dunkelheit im Hof an, der schon mit gelben Blättern bedeckt war. Nachdem der Fuhrmann wieder gefahren war, packte ich traurig in dem widerhallenden und »muffigen« Eßraum das Proviantpaket aus, das mir meine Mutter zurechtgemacht hatte... Nach einem kurzen Imbiß legte ich mir voll ängstlicher Ungeduld den Umhang über und machte mich in fieberhafter Eile auf den Weg, der mich direkt in die Nähe von Les Sablonnières führte.

Ich wollte dort nicht schon am ersten Abend nach meiner Ankunft wie ein Eindringling ins Haus fallen. Aber ich war mutiger als im Februar und ging zunächst um das Gut herum, wo nur das Fenster der jungen Frau erleuchtet war, stieg dann hinter dem Haus über die Gartenhecke und setzte mich in der beginnenden Dämmerung auf eine Bank an dieser Hecke, glücklich darüber, nur hier zu sein, ganz nahe bei dem, was mich auf der Welt am stärksten bewegte und beunruhigte.

Die Nacht kam, und ein feiner Regen begann zu fallen. Mit gesenktem Kopf sah ich, ohne es recht zu bemerken, zu, wie meine Schuhe allmählich feucht wurden und vom Wasser glänzten. Die Dunkelheit umgab mich langsam, und kühle Luft erfaßte mich, ohne meine Träumereien zu stören. Mit zarter Trauer dachte ich an die schlammigen Wege von Sainte-Agathe am gleichen Abend im Monat September; ich sah den Platz des Dorfes im Nebel vor mir, den Metzgergesellen, der pfeifend zur Wasserpumpe ging, das hell erleuchtete Café, die fröhliche Wagenladung mit ihren wie ein Panzer aufgespannten Regenschirmen, die vor dem Ende der Ferien bei Onkel Florentin eintraf... Und traurig sagte ich bei mir: »Was ist alles dieses Glück wert, da weder mein Gefährte Meaulnes noch seine junge Frau dabeisein können...«

In diesem Augenblick hob ich den Kopf und erblickte sie zwei Schritte entfernt vor mir. Das Geräusch ihrer Schuhe war in dem Sand so leicht, daß ich es verwechselt hatte mit dem der Wassertropfen in der Hecke. Um Kopf und Schultern hatten sie ein großes Tuch aus schwarzer Wolle gelegt, und der feine Regen bestäubte die Haare über ihrer Stirn. Vermutlich hatte sie mich durch das Gartenfenster ihres Zimmers gesehen. Und so kam sie auf mich zu. Auf diese Weise hatte sich früher meine Mutter beunruhigt und mich gesucht, um mir zu sagen: »Komm jetzt herein!«, aber dann hatte sie Gefallen gefunden an dem Spaziergang im Regen und in der Dunkelheit und nur sanft gesagt: »Du wirst dich erkälten!«, und sie war bei mir geblieben und hatte noch lange mit mir geplaudert...

Yvonne de Galais reichte mir ihre glühendheiße Hand

und setzte sich, statt mich in das Haus von Les Sablonnières zu bitten, auf die am wenigsten nasse Stelle der von Moos und Grünspan bedeckten Bank, während ich, mit dem Knie auf die Bank gestützt, dastand und mich zu ihr hinabbeugte, um ihr zuzuhören.

Zuerst schalt sie mich freundschaftlich, weil ich meine Ferien verkürzt hatte, und ich antwortete:

»Ich mußte doch früher kommen, um Ihnen Gesellschaft zu leisten.«

»Es stimmt«, sagte sie ganz leise und seufzte. »Ich bin immer noch allein, Augustin ist nicht wiedergekommen...«

Ich nahm diesen Seufzer für einen Ausdruck des Kummers, für einen versteckten Vorwurf, und ich setzte langsam an und sagte:

»So viele törichte Gedanken in einem so edlen Kopf! Vielleicht ist die Lust auf Abenteuer stärker als alles...«

Aber die junge Frau unterbrach mich. Und an diesem Ort und diesem Abend geschah es, daß sie zum ersten und zum letzten Mal mit mir über Meaulnes sprach.

»Sprechen Sie nicht so«, sagte sie sanft, »François Seurel, mein Freund. Nur wir, nur ich bin schuldig. Bedenken Sie, was wir getan haben... Wir haben ihm gesagt: ›Hier ist das Glück, hier ist, was du während deiner ganzen Jugend gesucht hast, hier ist das junge Mädchen, das am Ende all deiner Träume stand!‹

Wie hätte der, den wir auf diese Weise an den Schultern packten und vorwärts schoben, nicht von Zögern, von Furcht, schließlich von Erschrecken erfaßt werden sollen, wie hätte er der Versuchung zu fliehen widerstehen können?«

»Yvonne«, sagte ich ganz leise, »Sie wissen doch, daß Sie jenes Glück, jenes junge Mädchen waren.«

»Ach!« seufzte sie. »Wie konnte ich für einen Augenblick diesen stolzen Gedanken hegen! Er ist an allem schuld!

Ich habe Ihnen gesagt: ›Vielleicht kann ich nichts für ihn tun.‹ Und im Inneren habe ich bei mir gedacht: ›Da er mich so sehr gesucht hat und da ich ihn liebe, muß ich doch sein Glück machen.‹ Aber als ich ihn bei mir sah, mit all seiner Fieberhaftigkeit, seiner Unruhe, seinen rätselhaften Gewissensbissen, da wurde mir klar, daß ich auch nur eine arme Frau bin wie die anderen...

›Ich bin deiner nicht würdig‹, hat er am frühen Morgen, am Ende unserer Hochzeitsnacht, immer wieder gesagt.

Und ich habe versucht, ihn zu trösten, ihn zu besänftigen. Aber nichts beruhigte ihn in seiner Angst. Da habe ich gesagt: ›Wenn Sie wirklich gehen müssen, wenn ich in dem Augenblick zu Ihnen gekommen bin, da nichts Sie glücklich machen kann, wenn es sein muß, daß Sie mich für eine Zeit verlassen, um dann beruhigt wieder zu mir zurückzukehren, dann bin ich es, die Sie bittet zu gehen...«

In der Dunkelheit sah ich, daß sie ihre Augen zu mir erhoben hatte. Als hätte sie mir eine Beichte abgelegt, wartete sie ängstlich darauf, daß ich sie freisprach oder verurteilte. Aber was hätte ich sagen können? Gewiß, in meinem Innersten sah ich den großen Meaulnes von damals wieder, der, wild und linkisch, lieber eine Strafe auf sich nahm, als sich zu entschuldigen oder um eine Erlaubnis zu bitten, die man ihm mit Sicherheit erteilt hätte. Wahrscheinlich hätte Yvonne de Galais ihm Zwang antun, seinen Kopf in ihre Hände nehmen und ihm sagen müssen: »Was macht es, was Sie getan haben: ich liebe Sie! Sind denn nicht alle Menschen Sünder?« Vermutlich war es ein großer Fehler von ihr gewesen, ihn aus Großmut, aus Opferbereitschaft wieder auf die Straße der Abenteuer zurückzustoßen... Aber wie hätte ich so viel Güte, so viel Liebe verurteilen können?...

Für lange Zeit herrschte Schweigen, während dessen wir, bis auf den Grund des Herzens aufgewühlt, hörten, wie der kalte Regen von den Hecken und den Zweigen der Bäume herniedertropfte.

»So ist er denn am Morgen gegangen«, fuhr sie fort. »Nichts trennte uns nunmehr. Und er hat mich ganz einfach geküßt, wie ein Mann, der seine junge Frau vor einer langen Reise verläßt...«

Sie stand auf. Ich nahm ihre fiebrige Hand und ihren Arm, und wir schritten in tiefer Dunkelheit die Allee wieder hinauf.

»Aber er hat Ihnen doch nie geschrieben?« fragte ich.

»Niemals«, antwortete sie.

Und als uns beiden der Gedanke an das abenteuerliche Leben kam, das er zu dieser Stunde auf den Straßen von Frankreich oder Deutschland führte, begannen wir über ihn zu sprechen, wie wir es noch nie getan hatten. Vergessene Einzelheiten und Eindrücke von früher kamen uns ins Gedächtnis zurück, während wir langsam wieder dem Haus zuschritten und nach jedem Schritt länger stehenblieben, um unsere Erinnerungen besser auszutauschen... Lange – bis zur Garteneinfahrt – hörte ich in der Dunkelheit die wunderbare, leise Stimme der jungen Frau; und mich packte wieder meine alte Begeisterung, und ich erzählte ihr, ohne zu ermatten, mit tiefer Freundschaft von dem, der uns verlassen hatte...

Zwölftes Kapitel

Die Last

Die Schule sollte am Montag wieder beginnen. Am Samstagabend gegen fünf Uhr kam eine Frau des Gutes in den Schulhof, wo ich damit beschäftigt war, für den Winter Holz zu sägen. Sie teilte mir mit, daß in Les Sablonnières ein kleines Mädchen geboren sei. Die Geburt war schwierig gewesen. Um neun Uhr abends hatte man die Hebamme von Préveranges bitten müssen zu kommen. Um Mitternacht wurde von neuem angespannt, um von Vierzon den Arzt zu holen. Er hatte die Geburtszange anwenden müssen. Das kleine Mädchen war am Kopf verletzt worden und schrie viel, schien aber recht lebensfähig zu sein. Yvonne de Galais war jetzt noch sehr schwach, hatte aber mit größter Tapferkeit gelitten und durchgehalten.

Ich ließ meine Arbeit liegen, zog eilig einen anderen Rock an und folgte, eigentlich ganz zufrieden über diese Nachricht, der Frau nach Les Sablonnières. Weil ich fürchtete, eine der beiden Verletzten könne eingeschlafen sein, stieg ich behutsam die schmale Holztreppe zum ersten Stock hoch. Mit müdem, aber glücklichem Gesichtsausdruck stand da Monsieur de Galais und ließ mich in das Zimmer eintreten, in dem man provisorisch die Wiege mit den Vorhängen eingerichtet hatte.

Ich hatte noch nie ein Haus betreten, in dem am gleichen Tag ein kleines Kind geboren worden war. Wie seltsam, geheimnisvoll und gut kam mir das vor! Es war ein so schöner Abend – ein richtiger Sommerabend –, daß Monsieur de Galais keine Bedenken gehabt hatte, das Fenster zum Hof zu öffnen. Er lehnte neben mir an der Fensterbank und berichtete erschöpft und glücklich von den dramatischen Vorgängen der Nacht; und ich lauschte ihm und hatte das dunkle Gefühl, daß jetzt ein fremdes Wesen bei uns im Zimmer sei...

Hinter den Vorhängen fing es an zu schreien, einen kleinen, schrillen, langgezogenen Schrei... Und Monsieur de Galais sagte leise zu mir:

»Sie schreit wegen der Verletzung am Kopf.«

Mechanisch – es war zu spüren, daß er das seit dem Morgen getan und Übung gewonnen hatte – machte er sich daran, das kleine Bündel von Vorhängen zu wiegen.

»Sie hat schon gelacht«, sagte er, »und sie ergreift den Finger. Aber Sie haben sie noch gar nicht gesehen?«

Er öffnete die Vorhänge, und ich erblickte ein rotes, verschwollenes Gesichtchen, einen kleinen, durch die Zange langgezogenen und deformierten Schädel.

»Das macht nichts«, sagte Monsieur de Galais. »Der Arzt hat gesagt, daß sich das von selbst wieder geben werde... Reichen Sie ihr Ihren Finger, sie wird ihn fest umgreifen.«

Ich entdeckte da so etwas wie eine unbekannte Welt. Ich fühlte, wie sich mein Herz weitete und mit einer seltsamen Freude erfüllte, die ich vorher nicht gekannt hatte...

Vorsichtig öffnete Monsieur de Galais einen Spalt breit die Tür zum Zimmer der jungen Frau. Sie schlief nicht.

»Sie können eintreten«, sagte er.

Sie lag ausgestreckt da, ihr fiebriges Gesicht inmitten ihrer aufgelösten blonden Haare. Müde lächelnd reichte sie mir ihre Hand. Ich beglückwünschte sie zu ihrer Tochter. Mit etwas rauher Stimme und ungewöhnlicher Härte – der Härte dessen, der aus dem Kampf kommt – sagte sie lächelnd:

»Ja, aber man hat sie mir beschädigt.«

Ich mußte bald wieder gehen, um sie nicht zu ermüden.

Am folgenden Tag, einem Sonntag, begab ich mich am Nachmittag mit geradezu fröhlicher Eile nach Les Sablonnières. Ein an der Tür mit Nadeln festgesteckter Zettel ließ meine schon erhobene Hand wieder sinken:

Bitte nicht klingeln

Ich konnte mir nicht denken, worum es sich handelte. Ich klopfte ziemlich stark an die Tür und hörte, wie gedämpfte Schritte drinnen herankamen. Ein Mann, den ich nicht kannte – der Arzt von Vierzon – öffnete mir.

»Was ist denn los?« fragte ich aufgeregt.

»Pst! Pst!« flüsterte er ganz leise und etwas ärgerlich. »Das kleine Mädchen wäre heute nacht fast gestorben, und der Mutter geht es sehr schlecht.«

Völlig verwirrt folgte ich ihm auf Zehenspitzen in den ersten Stock. Das kleine Mädchen schlief in seiner Wiege, ganz bleich, ganz weiß wie ein totes Kind. Der Arzt hoffte, es retten zu können. Bei der Mutter wollte er für nichts einstehen ... Er gab mir als dem einzigen Freund der Familie lange Erklärungen und sprach von einem Lungenstau, einer Embolie. Er war unschlüssig und seiner Sache nicht sicher ... Monsieur de Galais kam herein, in den zwei Tagen schrecklich gealtert, verstört und zitternd.

Er führte mich in ihr Zimmer, ohne recht zu wissen, was er tat, und sagte ganz leise:

»Sie darf nicht erschreckt werden; der Arzt hat uns angewiesen, ihr zu sagen, daß alles gut stände.«

Das ganze Blut im Gesicht, so lag Yvonne de Galais ausgestreckt da, den Kopf nach hinten geneigt wie am Vortag. Wangen und Stirn waren dunkelrot, die Augen manchmal verdreht wie bei jemandem, der erstickt. Sie kämpfte unsagbar mutig und sanft gegen den Tod.

Sie konnte nicht sprechen, aber sie reichte mir ihre glühendheiße Hand mit solcher Freundschaft, daß ich fast in Tränen ausgebrochen wäre.

»Na also, na also!« sagte Monsieur de Galais sehr laut mit einer furchtbaren Heiterkeit, die an Wahnsinn grenzte. »Sie sehen, für eine Kranke sieht sie gar nicht schlecht aus!«

Ich wußte nicht, was ich darauf sagen sollte, aber ich behielt die erschreckend heiße Hand der sterbenden jungen Frau in der meinen...

Sie unternahm eine Anstrengung, um mir etwas zu sagen, um mich nach irgend etwas zu fragen; sie richtete ihre Augen auf mich, dann zum Fenster, als wollte sie mir ein Zeichen geben, nach draußen zu gehen und jemanden zu suchen... Da packte sie ein schrecklicher Erstickungsanfall; ihre schönen blauen Augen, die mich gerade eben noch so unglücklich angerufen hatten, verdrehten sich; ihre Wangen und ihre Stirn wurden fast schwarz, sie kämpfte still und versuchte bis zuletzt, ihr Erschrecken und ihre Verzweiflung zu beherrschen. Der Arzt und die Frauen stürzten mit einem Sauerstoffballon, mit Tüchern und Fläschchen herbei, während der alte Mann sich über sie beugte und mit seiner harten und zittrigen Stimme schrie, als wäre sie schon weit entfernt von ihm:

»Keine Angst, Yvonne! Das ist gleich vorbei. Du brauchst keine Angst zu haben!«

Dann ließ der Anfall nach. Sie konnte ein wenig atmen, litt aber weiter unter halben Erstickungsanfällen; mit weißen Augen und zurückgeworfenem Kopf kämpfte sie immer noch, aber sie war auch nicht für einen Augenblick fähig, mich anzusehen und mit mir zu sprechen, aus dem Abgrund heraufzukommen, in den sie schon eingetaucht war.

... Da ich doch nichts mehr tun konnte, entschloß ich mich zu gehen. Wahrscheinlich hätte ich noch einen Augenblick bleiben können, und ein Gefühl schrecklicher Reue erfüllt mich bei diesem Gedanken. Aber wozu? Ich hatte ja noch Hoffnung. Ich war davon überzeugt, daß alles nicht so schnell käme.

Als ich zu dem Saum des Tannenwaldes hinter dem Haus gelangte, mußte ich an den Blick der jungen Frau denken, der zum Fenster gerichtet war, und ich spähte mit der Aufmerksamkeit eines Wachtpostens oder eines Menschenjägers in die Tiefen jenes Waldes, aus dem Augustin damals gekommen und in den er im letzten Winter geflohen war. Ach, leider rührte sich nichts; kein verdächtiger Schatten, kein Zweig, der sich bewegte. Nach einer Weile vernahm ich weit hinten, dort, wo die Allee von Préveranges herkommt, das dünne Klingeln eines Glöckchens. Bald tauchte dann an der Biegung des Weges ein Junge mit einer roten Kappe und einem Schülerkittel auf, dem ein Priester folgte ... Ich ging weiter und schluckte meine Tränen hinunter.

Am nächsten Tag war Schulbeginn. Schon um sieben Uhr standen zwei oder drei Jungen im Hof. Ich zögerte lange, bis ich hinunterging, mich zu zeigen. Und als ich endlich erschien und den zwei Monate lang verschlossenen und daher stickigen Klassenraum aufschloß, da geschah, was ich am allermeisten befürchtet hatte: Ich sah, wie der größte Schüler sich aus der Gruppe löste, die unter dem Pausendach spielte, und auf mich zukam. Er kam mir zu sagen, daß »die junge Dame von Les Sablonnières gestern abend bei Einbruch der Nacht gestorben sei«.

Alles verwirrt sich mir, alles geht unter in diesem Schmerz. Mir scheint jetzt, daß ich niemals mehr den Mut finde, mit dem Unterricht zu beginnen. Schon den kahlen Schulhof zu überqueren stellt eine Mühsal dar, bei der meine Knie den Dienst versagen. Alles ist qualvoll, alles ist bitter, da sie tot ist. Die Welt ist leer, die Ferien sind zu Ende. Zu Ende die langen Fahrten im Wagen ohne Ziel, zu Ende das geheimnisvolle Fest... Alles wird wieder zu der Mühsal, die es immer war.

Ich habe den Kindern gesagt, daß der Unterricht an diesem Morgen ausfalle. In kleinen Gruppen gehen sie davon und bringen den anderen über das Land hin die Mitteilung. Ich aber nehme meinen schwarzen Hut, die gesäumte Jacke, die ich besitze, und mache mich in elender Verfassung auf den Weg nach Les Sablonnières.

...Da stehe ich nun vor dem Haus, das wir vor drei Jahren so sehr gesucht haben! In diesem Haus ist Yvonne de Galais, die Frau von Augustin Meaulnes, gestern abend gestorben. Ein Fremdling würde es für eine Kapelle halten, so still ist es seit gestern an diesem trostlosen Ort geworden.

Das also brachte uns der schöne Morgen des ersten Schultags, diese falsche Herbstsonne, die durch die Zweige dringt. Wie könnte ich gegen dieses schreckliche Gefühl der Auflehnung ankämpfen, wie könnte ich mich der Tränen erwehren, die erstickend in mir aufsteigen? Wir hatten das schöne junge Mädchen wiedergefunden, wir hatten es gewonnen. Sie war die Frau meines Gefährten, und ich liebte sie mit jener tiefen, heimlichen Freundschaft, die sich nicht in Worten äußert. Wenn ich sie sah, war ich zufrieden wie ein kleines Kind. Vielleicht hätte ich eines schönen Tages ein anderes Mädchen geheiratet, aber ihr hätte ich als erster die große, geheime Neuigkeit anvertraut...

Neben der Klingel hing an der Tür noch der Zettel von gestern. Der Sarg stand schon unten im Flur. Im Zimmer des ersten Stocks empfängt mich die Amme des Kindes, berichtet mir von dem Ende und öffnet sachte die Tür... Da liegt sie. Kein Fieber mehr und kein Kampf. Keine Röte mehr im Gesicht und keine Erwartung mehr... Nichts als Stille und, von Watte umgeben, ein hartes, fühlloses, weißes Gesicht, eine tote Stirn, über der die Haare dicht und hart hervortreten.

In einer Ecke kauert Monsieur de Galais und dreht uns den Rücken zu. Er hat keine Schuhe an, sondern ist in Strümpfen und wühlt mit erschreckender Beharrlichkeit in Schubladen voller Unordnung, die er aus einem Schrank herausgezogen hat. Von Zeit zu Zeit, wenn er aus der Schublade eine schon vergilbte Photographie seiner Tochter herausholt, erfaßt ihn ein Anfall von Schluchzern, der seine Schultern schüttelt wie ein Lachanfall.

Die Beerdigung ist für Mittag angesetzt. Der Arzt fürchtet, daß sich der Körper schnell zersetzt, wie es manchmal nach einer Embolie der Fall ist. Deswegen ist das Gesicht und auch der ganze Körper mit Watte umgeben, die in Phenol getränkt ist.

Man hat ihr das wunderbare dunkelblaue Samtkleid, das mit kleinen Silbersternen übersät ist, angelegt, aber die schönen, heute nicht mehr modischen Puffärmel mußten flachgedrückt und zerknittert werden. Wie sie fertig gekleidet ist und der Sarg nach oben gebracht werden soll, bemerkt man, daß er in dem zu engen Flur nicht um die Ecke geht. Er müßte mit einem Seil von außen durch das Fenster hereingezogen und dann auf demselben Wege wieder nach unten gebracht werden... Aber da tritt Monsieur de Galais, der sich immer noch über alte Sachen beugt, unter denen er nach irgendwelchen verlorenen Erinnerungen sucht, mit erschreckender Heftigkeit dazwischen und sagt mit einer von Tränen und Zorn erstickten Stimme:

»Lieber werde ich sie nehmen und in meinen Armen hinuntertragen, als etwas so Grauenvolles zulassen ...!«

Und er hätte es getan, auf die Gefahr hin, auf halbem Weg vor Schwäche zu stürzen und mit ihr zusammenzubrechen!

Aber da trete ich vor und mache das einzig Mögliche: Mit Unterstützung des Arztes und einer Frau schiebe ich einen Arm unter den Rücken der ausgestreckt liegenden Toten, den anderen unter ihre Beine und hebe sie an meine Brust. Wie sie so auf meinem linken Arm sitzt, die Schultern gegen meinen rechten Arm gelehnt und den zurückgefallenen Kopf unter meinem Kinn, drückt sie schrecklich schwer auf mein Herz. Langsam, Stufe um Stufe, steige ich die lange, steile Treppe hinunter, während man unten alles herrichtet.

Bald schon ermatten meine Arme. Bei jedem Schritt gerate ich mit diesem Gewicht auf der Brust mehr außer Atem. Ich halte den leblosen, schweren Körper fest und beuge meinen Kopf über den ihren; ich atme heftig, und beim Einatmen gelangen mir ihre blonden Haare in den Mund – Haare einer Toten, die nach Erde schmecken. Dieser Geschmack von Erde und Tod, diese Last auf meinem Herzen sind alles, was für mich von dem großen Abenteuer bleibt, und von Ihnen, Yvonne de Galais, der jungen Frau, so sehr gesucht – so sehr geliebt...

Dreizehntes Kapitel

Das Aufsatzheft

In dem Haus voll trauriger Erinnerungen, in dem die Frauen den ganzen Tag über ein kleines, kränkliches Kind wiegten und trösteten, dauerte es nicht lange, bis auch Monsieur de Galais bettlägerig wurde. In den ersten Tagen strengen winterlichen Frostes entschlief er friedlich, und ich konnte mich nicht der Tränen erwehren am Bett dieses reizenden alten Mannes, dessen Nachsicht und dessen Phantastereien zusammen mit denen des Sohnes die Ursache unseres ganzen Abenteuers gewesen waren. Er verstarb glücklicherweise ohne wirklich zu verstehen, was sich ereignet hatte, und in fast vollkommener Stille. Da er schon seit langer Zeit keine Freunde oder Verwandte mehr in dieser Gegend Frankreichs besaß, setzte er mich testamentarisch zum Universalerben ein bis zur Rückkehr von Meaulnes, dem ich über alles Rechenschaft ablegen sollte, wenn er denn je zurückkäme... Seitdem wohnte ich in Les Sablonnières. Ich ging nur noch nach Saint-Benoist, um meinen Unterricht abzuhalten; früh am Morgen machte ich mich dorthin auf, aß mittags, was man mir im Gutshof vorbereitet hatte und ich auf dem Ofen wieder aufwärmte, und kehrte am Abend nach der Aufgabenüberwachung heim. So konnte ich das Kind bei mir behalten, das die Mägde des Pachthofs versorgten. Vor allem hatte ich auf diese Weise eher die Aussicht, Augustin zu begegnen, wenn er eines Tages nach Les Sablonnières zurückkehren würde.

Im übrigen gab ich die Hoffnung nicht auf, irgendwann einmal in den Möbelstücken und den Schubladen des Hauses irgendein Papier, irgendeinen Hinweis zu finden, der es mir ermöglichen würde herauszufinden, wie er während des langen Schweigens der vergangenen Jahre seine Zeit verbracht hatte – und vielleicht auf diese Weise auch die Gründe für seine Flucht zu begreifen oder wenigstens seine Spur wiederaufzufinden... Ich hatte schon ohne Erfolg ich weiß nicht wie viele Wandschränke und sonstige Schränke durchsucht und in den Abstellkammern eine Menge alter Kartons jeder Art geöffnet, die mit Bündeln alter Briefe und vergilbter Photographien der Familie de Galais angefüllt waren oder von künstlichen Blumen und Federn von Reihern und veraltetem Federschmuck überquollen. Diesen Schachteln entströmte ein Geruch nach Verwelktem, nach verflüchtigtem Parfum, der plötzlich für einen ganzen Tag Erinnerungen und Kummer in mir wachrief, so daß ich nicht mehr weiterforschen mochte.

Schließlich entdeckte ich an einem freien Tag auf dem Speicher einen alten kleinen Koffer, länglich und flach, überzogen mit halb abgewetzten Schweineborsten, in dem ich Augustins Schülerkoffer wiedererkannte. Ich machte mir Vorwürfe, bei meinen Nachforschungen nicht hier begonnen zu haben. Das verrostete Schloß konnte ich leicht aufsprengen. Der Koffer war randvoll mit Heften und Büchern von Sainte-Agathe. Arithmetik, Literatur, Aufgabenhefte und was weiß ich noch alles sonst... Eher mit Rührung als mit Neugierde begann ich in all dem zu wühlen, las die alten Diktate, die ich noch auswendig konnte, weil wir sie so oft abgeschrieben hatten! »L'Aqueduc« von Rousseau, »Une aventure en Calabre« von P.-L. Courier, »Lettre de George Sand à son fils«...

Es gab da auch noch ein Aufsatzheft. Das erstaunte mich, denn diese Hefte blieben in der Schule und die Schüler nahmen sie nie mit nach Hause. Er war ein grünes, an den Rändern schon ganz vergilbtes Heft. Der

Name des Schülers, *Augustin Meaulnes*, stand in wunderbarer Rundschrift auf dem Deckel. Ich öffnete das Heft und erkannte an dem Datum der Aufgaben, April 189..., daß Meaulnes das Heft nur wenige Tage vor seiner Abreise aus Sainte-Agathe begonnen hatte. Die ersten Seiten waren in jener äußersten Gewissenhaftigkeit gehalten, die bei der Arbeit in dem Aufsatzheft verlangt wurde. Aber nur die ersten drei Seiten waren beschrieben, der Rest war frei, und deshalb hatte Meaulnes das Heft mitgenommen.

Während ich auf dem Boden kniend über diese kindischen Gewohnheiten und Vorschriften nachdachte, die einen so großen Platz in unserer Jugend eingenommen hatten, blätterte ich mit dem Daumen den Rand der Seiten des nicht gebrauchten Heftes, und so entdeckte ich, daß andere Blätter beschrieben waren. Nach vier weißen Blättern setzte wieder die Schrift ein.

Es war noch immer Meaulnes' Schrift, aber sie war eilig geschrieben, schlecht ausgeformt, kaum leserlich; kurze Absätze von unterschiedlicher Länge wurden von weiß gelassenen Linien unterteilt. Manchmal stand nur ein unvollendeter Satz, zuweilen nur ein Datum da. Schon von der ersten Zeile an wurde mir klar, daß sich hier Angaben über Meaulnes' Leben in Paris finden lassen könnten, Hinweise auf die Spur, die ich suchte, und so ging ich hinunter ins Eßzimmer, um in Ruhe und bei Tageslicht das seltsame Dokument durchzulesen. Es war ein heller und windiger Wintertag. Einmal malte die kräftige Sonne die Fensterkreuze auf den weißen Vorhängen der Fenster ab, dann wieder warf ein Windstoß einen eisigen Regenschauer gegen die Scheiben. Und ich saß am Feuer vor dem Fenster und las diese Zeilen, durch die mir so vieles klar wurde und die ich hier wörtlich wiedergebe...

Vierzehntes Kapitel

Das Geheimnis

Ich bin noch einmal an dem Fenster des Hauses vorbeigegangen. Die Scheiben sind immer noch staubig und sehen hinter dem doppelten Vorhang dahinter weißlich aus. Selbst wenn Yvonne de Galais ihn öffnen würde, hätte ich ihr nichts zu sagen, da sie jetzt verheiratet ist... Was bleibt mir nun übrig? Wie soll ich leben?...

Samstag, 13. Februar. Am Ufer der Seine bin ich wieder dem jungen Mädchen begegnet, das mir im Juni Auskunft gegeben und das wie ich vor dem verschlossenen Haus gewartet hatte... Ich habe mit ihr gesprochen. Beim Gehen habe ich von der Seite her die kleinen Schönheitsfehler in ihrem Gesicht beobachtet: eine kleine Falte am Mundwinkel, die ein wenig schlaffen Wangen und eine zu starke Schicht Puder an den Nasenflügeln. Sie wandte sich unvermittelt um, sah mir, vielleicht, weil sie von vorn schöner aussieht als im Profil, gerade in die Augen und sagte ganz kurz:

»Sie machen mir viel Spaß. Sie erinnern mich an einen jungen Mann, der mir früher einmal in Bourges den Hof gemacht hat. Er war sogar mit mir verlobt...«

Als es jedoch ganz dunkel geworden war, ist sie auf dem leeren und nassen Gehsteig, der den Schein einer Gaslaterne reflektierte, plötzlich an mich herangetreten und hat mich gebeten, sie und ihre Schwester an diesem Abend mit ins Theater zu nehmen. Jetzt erst bemerke ich, daß sie in Trauer ist, einen für ihr jugendliches Gesicht viel zu alt wirkenden Damenhut trägt und einen Regenschirm, so lang und so dünn wie ein Spazierstock, bei sich hat. Da ich ganz nahe bei ihr stehe, streifen meine Nägel kratzend über den Kreppstoff ihrer Bluse... Ich tue so, als bereite es mir Schwierigkeiten, ihrer Bitte nachzugeben. Sie ist verärgert und möchte sofort gehen; und nun bin ich es, der sie zurückhält und bittet. Ein Arbeiter geht in der Dunkelheit vorüber und sagt halblaut und im Scherz:

»Geh nicht mit, Kleine, er würde dir weh tun!«

Da sind wir beide völlig sprachlos stehengeblieben.

Im Theater. – Die beiden Mädchen, meine Freundin, die Valentine Blondeau heißt, und ihre Schwester, sind mit armseligen Schultertüchern gekommen.

Valentine sitzt vor mir. Sie dreht sich alle Augenblicke unruhig um, als würde sie sich fragen, was ich von ihr wolle. Und ich fühle mich in ihrer Nähe beinahe glücklich und antworte ihr jedesmal mit einem Lächeln.

Rings um uns saßen Frauen mit viel zu tief ausgeschnittenen Kleidern, und wir machten uns darüber lustig. Anfangs lächelte sie darüber, aber dann sagte sie: »Ich sollte nicht lachen, denn auch ich trage einen zu weiten Ausschnitt.« Und damit hüllte sie sich in ihr Tuch ein. In der Tat konnte man sehen, daß sie beim eiligen Umziehen unter dem viereckigen Ausschnitt aus schwarzer Spitze den oberen Rand ihres schlichten, hochschließenden Hemdes einfach umgeschlagen hatte.

Sie hat etwas Armseliges und Kindliches; in ihrem Blick liegt ein leidender und abenteuerlicher Ausdruck, der mich anzieht. Sie ist das einzige Wesen auf der Welt, das mir über die Leute vom Gut Auskunft geben könnte, und in ihrer Nähe muß ich immer wieder an mein merkwürdiges Abenteuer von damals denken... Ich wollte sie nochmals befragen über das kleine Haus an dem Boulevard, aber sie hat mir ihrerseits so unbequeme Fragen gestellt, daß ich keine Antworten darauf fand. Ich spüre, daß wir beide von nun an über diesen Gegenstand nicht mehr sprechen werden. Und doch weiß ich auch, daß ich sie wiedersehen werde. Aber wozu das und warum?... Bin ich jetzt dazu verurteilt, die Spur jedes Wesens aufzunehmen, dem auch nur der geringste, entfernteste Duft meines verfehlten Abenteuers anhaftet?...

Um Mitternacht, allein auf der verlassenen Straße, frage ich mich, was denn dieses neue und seltsame Abenteuer für mich bedeutet. Ich gehe an Häusern entlang, die wie Pappkartons aneinandergereiht sind und in denen ein ganzes Volk schläft. Und plötzlich fällt mir ein Entschluß ein, den ich im vergangenen Monat gefaßt hatte: Ich hatte beschlossen, mitten in der Nacht, gegen ein Uhr morgens um das Haus zu streifen, die Gartentür zu öffnen und wie ein Dieb einzudringen, um nach irgendeinem Hinweis zu suchen, der es mir ermöglichen könnte, das verlorene Gut wiederzufinden, um sie wiederzusehen, um sie nur wiederzusehen... Aber ich bin müde und habe Hunger. Auch ich habe mich vor dem Theater mit dem Umziehen beeilt und habe nicht zu Abend gegessen... Unruhig hin- und hergerissen bleibe ich jedoch längere Zeit auf der Bettkante sitzen und lege mich schließlich mit einem gewissen Schuldgefühl schlafen. Warum?

Auch das folgende muß ich noch vermerken: Sie wollten nicht, daß ich sie nach Hause begleitete, und wollten mir auch nicht sagen, wo sie wohnten. Aber ich bin ihnen so lange gefolgt, wie ich konnte. Ich weiß jetzt, daß sie in einer kleinen Straße in der Nähe von Notre-Dame wohnen, aber ich kenne die Hausnummer nicht... Ich denke, sie sind Näherinnen oder Modistinnen.

In einem unbeobachteten Augenblick hat sich Valentine mit mir auf Donnerstag, vier Uhr, vor dem Theater, das wir besucht hatten, verabredet und gesagt:

»Sollte ich am Donnerstag nicht da sein, so kommen Sie am Freitag zur selben Zeit, dann am Samstag und an allen folgenden Tagen!«

Donnerstag, 18. Februar. – Ich bin losgegangen in dem starken Wind, der den Regen bringt. In jedem Augenblick sagt man sich: Es wird gleich anfangen zu regnen...

Ich gehe mit schwer bedrücktem Herzen durch die Straßen. Ein Regentropfen fällt, und ich fürchte den Regen, denn es kann sein, daß sie bei einem Schauer nicht kommt. Aber der Wind kommt wieder auf, und für dieses Mal fällt noch kein Regen. Dort oben, in dem einmal grauen und dann wieder strahlenden Himmel des Nachmittags, hat eine große Wolke dem Wind weichen müssen. Und ich warte jämmerlich hier unten...

Vor dem Theater. – Nach einer Viertelstunde bin ich sicher, daß sie nicht kommen wird. Vom Ufer der Seine, an dem ich stehe, habe ich die Brücke, über die sie hätte kommen müssen, und die darüberschreitenden Leute im Auge. Mein Blick folgt allen jungen Frauen in Trauer, die ich herannahen sehe, und ich empfinde fast so etwas wie Dankbarkeit denjenigen gegenüber, die am längsten und noch ganz in der Nähe ihr ähnlich sahen und mich hoffen ließen...

Eine Stunde habe ich gewartet. Ich bin müde. Bei Einbruch der Dunkelheit beobachte ich, wie ein Polizist einen Ganoven zum nächsten Polizeirevier schleppt, der ihm mit erstickter Stimme alle unflätigen Beschimpfungen ins Gesicht schleudert, über die er verfügt. Der Polizist ist wütend, bleich und stumm... Schon im Flur der Wache fängt er an, auf ihn einzuschlagen, dann macht er hinter ihnen beiden die Tür zu, um den Elenden in aller Ruhe zu verprügeln... Es kommt mir der schreckliche Gedanke, daß ich auf das Paradies verzichtet habe und jetzt vor den Toren der Hölle stehe.

Des Wartens müde, verlasse ich den Ort und gehe in jene enge, tiefgelegene Gasse zwischen der Seine und Notre-Dame, wo ich den ungefähren Ort ihres Hauses kenne. Ganz allein gehe ich auf und ab. Manchmal kommt ein Dienstmädchen oder eine Hausfrau heraus in den feinen Regen, um vor der Nacht ihre Einkäufe zu machen... Hier gibt es für mich nichts zu tun, und ich gehe weiter... Nochmals gehe ich in dem hellen Regen, der die Nacht aufhält, über den Platz, auf dem wir aufeinander hätten warten sollen. Es sind jetzt mehr Menschen dort als gerade eben – eine dunkle Menschenmenge...

Vermutungen – Verzweiflung – Müdigkeit. Ich klammere mich an den Gedanken: morgen. Morgen werde ich zur selben Zeit an denselben Ort zurückkommen und auf sie warten. Und es eilt mir sehr, daß es morgen wird. Es stimmt mich verdrießlich, wenn ich an den heutigen Abend und an den morgigen Vormittag denke, den ich müßig verbringen werde... Aber ist der Tag heute nicht schon fast vergangen? Als ich nach Hause zurückgekehrt bin und am Feuer sitze, höre ich, wie die Abendzeitungen ausgerufen werden. Vermutlich wird sie das von ihrem Haus irgendwo in der Stadt nahe Notre-Dame auch hören.

Sie ... ich will sagen: Valentine.

Dieser Abend, den ich am liebsten aus meinem Leben gestrichen hätte, liegt mir schwer auf der Seele. Während die Zeit voranschreitet, dieser Tag bald zur Neige geht und ich schon wünsche, er wäre zu Ende, weihen andere Menschen ihm alle ihre Hoffnung, alle ihre Liebe und ihre letzten Kräfte. Es gibt Menschen, die im Sterben liegen, andere sehen einem Zahlungstermin entgegen und wünschen, daß es nie morgen würde. Für wieder andere wird der Tag morgen wie ein Gewissensbiß anbrechen. Manche sind erschöpft, und diese Nacht wird niemals lang genug sein, um ihnen die ganze Ruhe zu verschaffen, die sie benötigen. Und mit welchem Recht wage ich, der ich meinen ganzen Tag verloren habe, den Tag morgen herbeizurufen?

Freitag abend. – Ich hatte geglaubt weiterzuschreiben: »Ich habe sie nicht wiedergesehen.« Und alles wäre vorbei gewesen.

Aber als ich am Abend um vier Uhr zu der Ecke bei dem Theater gelangte, stand sie schon da. Zart, ernst und schwarz gekleidet, aber mit Puder im Gesicht und einer Halskrause, die ihr das Aussehen eines schuldbewußten Pierrots verlieh. Sie sah zugleich betrübt und schalkhaft aus.

Sie ist gekommen, um mir zu sagen, daß sie mich auf der Stelle verlassen wolle und nicht wiederkomme.

. . . .

Und dennoch schreiten wir beide bei Einbruch der Nacht noch immer langsam nebeneinander über den Kies im Garten der Tuilerien. Sie erzählt mir ihre ganze Lebensgeschichte, aber auf eine so verhüllte Art, daß ich es kaum verstehe. Sie sagt »mein Geliebter«, wenn sie von jenem Verlobten spricht, den sie nicht geheiratet hat. Sie tut dies, wie ich glaube, mit Absicht, um mich zu schokkieren und damit ich mich nicht an sie binde.

Einzelne Sätze von ihr gebe ich nur ungern wieder:

»Setzen Sie kein Vertrauen in mich, ich habe immer nur Dummheiten gemacht.

Ich habe mich ganz allein auf den Landstraßen herumgetrieben.

Ich habe meinen Bräutigam zur Verzweiflung gebracht. Ich habe ihn verlassen, weil er mich zu sehr bewunderte; er hat mich nur in seiner Phantasie gesehen und nicht so, wie ich wirklich war. Ich bin jedoch voller Fehler, und wir wären sehr unglücklich geworden.«

Bei jeder Gelegenheit ertappe ich sie, wie sie sich schlechter macht, als sie ist. Ich denke, daß sie sich selbst beweisen möchte, daß sie damals recht hatte, die Torheit zu begehen, von der sie spricht, daß sie nichts bereuen muß und daß sie des Glücks nicht würdig war, das sich ihr bot.

Ein anderes Mal sagte sie mir und blickte mich dabei lange an: »Was mir an Ihnen gefällt, sind, ich weiß nicht wieso, meine Erinnerungen...«

Und dann wieder sagte sie: »Ich liebe ihn immer noch, mehr als Sie glauben.«

Und schließlich, brüsk, geradeheraus und traurig: »Was wollen Sie eigentlich? Lieben Sie mich denn auch? Wollen auch Sie um meine Hand anhalten?...«

Ich stotterte etwas heraus. Ich weiß nicht, was ich ihr geantwortet habe. Es kann sein, daß ich ja gesagt habe.

Hier brach diese Art von Tagebuch ab. Was folgte, waren unleserliche und formlose Briefe voller Verbesserungen. Eine schwierige Zeit der Verlobung!... Auf die Bitten von Meaulnes hin hatte das junge Mädchen seinen Beruf aufgegeben. Er hatte sich mit der Vorbereitung der Hochzeit beschäftigt. Aber immer wieder hatte ihn das Verlangen gepackt weiterzusuchen, noch einmal die

Spur seiner verlorenen Liebe aufzunehmen; vermutlich war er mehrere Male verschwunden; und schrecklich verlegen hat er versucht, sich in seinen Briefen vor Valentine zu rechtfertigen.

Fünfzehntes Kapitel
Das Geheimnis
(Fortsetzung)

Danach setzte wieder das Tagebuch ein.

Er hatte seine Erinnerungen an einen gemeinsam verbrachten Aufenthalt irgendwo auf dem Land aufgezeichnet. Aber merkwürdigerweise war das Tagebuch ab diesem Zeitpunkt, vielleicht aus einem Gefühl heimlicher Scheu heraus, so unzusammenhängend und formlos abgefaßt und obendrein so eilig hingekritzelt worden, daß ich diesen Teil seiner Geschichte selbst aufnehmen und zusammenstellen mußte.

14. Juni. – Als er spät am Morgen in dem Zimmer des Gasthauses erwachte, hatte die Sonne schon die roten Muster auf den schwarzen Vorhängen aufleuchten lassen. In der Gaststube unten tranken Landarbeiter ihren Morgenkaffee und sprachen laut miteinander: Sie regten sich mit groben, aber friedlichen Worten gegen einen ihrer Brotgeber auf. Vermutlich hatte Meaulnes schon lange das ruhige Geräusch gehört, denn zunächst achtete er nicht darauf. Der Vorhang mit den Trauben, die die Sonne rot färbte, die morgendlichen Stimmen, die in das stille Zimmer von unten heraufdrangen, das alles vermischte

sich zu dem einzigartigen Eindruck, zu Beginn wunderbarer großer Ferien auf dem Land aufzuwachen.

Er stand auf und klopfte an der Tür zum Nachbarzimmer; als keine Antwort erfolgte, öffnete er sie vorsichtig. Da erblickte er nun Valentine, und es wurde ihm klar, woher das ruhige Glücksgefühl zu ihm kam. Sie schlief völlig still und bewegungslos, ohne daß man sie atmen hörte, so wie ein Vogel schlafen muß. Er stand lange da und betrachtete das Kindergesicht mit den geschlossenen Augen, ein so ruhiges Gesicht, daß man es am liebsten niemals geweckt und aufgestört hätte.

Die einzige Bewegung, mit der sie zeigte, daß sie nicht mehr schlief, bestand darin, daß sie die Augen öffnete und ihn ansah.

Sobald sie angekleidet war, kam Meaulnes wieder zu ihr, und sie sagte: »Wir sind spät dran.«

Sofort machte sie sich wie eine Hausfrau in ihrer Wohnung zu schaffen.

Sie brachte die Zimmer in Ordnung, bürstete die Kleider aus, die Meaulnes am Vortag getragen hatte, und geriet in Verzweiflung, als sie unten an den Hosen anlangte: Die Hosenbeine waren stark verschmutzt. Sie zögerte zunächst und begann dann, bevor sie die Bürste ergriff, mit größter Sorgfalt die oberste Dreckschicht mit einem Messer abzukratzen.

»So machten es«, sagte Meaulnes, »die Jungen in Sainte-Agathe auch, wenn sie in den Dreck geflogen waren.«

»Mir hat meine Mutter das beigebracht«, sagte Valentine.

... Eine solche Gefährtin hätte sich der große Meaulnes, der Jäger und Bauer, vor seinem geheimnisvollen Abenteuer wohl gewünscht.

Beim Abendessen auf dem Hof, zu dem sie durch ihre Freunde, die sie als Eheleute ausgegeben hatten, zu ihrem Leidwesen eingeladen worden waren, verhielt sich Valentine schüchtern wie eine Jungvermählte.

An den Enden der Tafel, die mit einem weißen Tischtuch bedeckt war, hatte man die Kerzen in zwei Kandelabern angezündet wie für eine friedliche Hochzeit auf dem Land. Wenn sich bei dieser schwachen Beleuchtung die Gesichter nach vorn beugten, lagen sie im Dunkeln.

Rechts von Patrice, dem Sohn des Bauern, saß Valentine, dann kam Meaulnes, der immer ganz schweigsam blieb, obwohl man sich ständig an ihn wandte. Seitdem er beschlossen hatte, alle Bemerkungen zu vermeiden und Valentine in diesem verlassenen Dorf als seine Frau auszugeben, quälten ihn Kummer und Gewissensbisse. Während Patrice wie ein Edelmann vom Land das Essen leitete, dachte Meaulnes:

»Eigentlich müßte ich heute abend in einem niedrigen Saal wie diesem, einem schönen Saal, den ich wohl kenne, meinem Hochzeitsessen vorsitzen.«

Valentine neben ihm lehnte schüchtern alles ab, was man ihr anbot. Sie hätte für eine junge Bäuerin gelten können. Bei jedem neuen Versuch sah sie ihren Freund an, als wolle sie sich zu ihm flüchten. Schon lange drängte Patrice vergeblich darauf, saß sie ihr Glas leere, bis sich schließlich Meaulnes zu ihr hinüberbeugte und sanft zu ihr sagte:

»Du mußt trinken, meine kleine Valentine.«

Da endlich trank sie gehorsam. Und Patrice beglückwünschte den jungen Mann lächelnd dazu, eine so folgsame Frau zu haben.

Aber Valentine und Meaulnes blieben schweigsam und in Gedanken verloren. Zum einen waren sie müde; ihre

Füße, die während des Spaziergangs in den Schlamm eingesunken waren, fühlten sich auf den frisch gescheuerten Fliesen der Küche eiskalt an. Zum anderen sah sich der junge Mann immer wieder veranlaßt zu sagen:

»Meine Frau, Valentine, meine Frau...«

Und jedesmal, wenn er in dem dunklen Saal und vor den fremden Bauersleuten mit leiser Stimme dieses Wort aussprach, hatte er das Gefühl, etwas falsch zu machen.

17. Juni. – Der Nachmittag des letzten Tages fing schlecht an.

Patrice und seine Frau begleiteten sie auf dem Spaziergang. Auf dem unebenen, mit Heidekraut bewachsenen Hang wurden die beiden Paare im Lauf der Zeit voneinander getrennt. Meaulnes und Valentine setzten sich in einem kleinen Gehölz zwischen die Wacholdersträucher.

Der Wind brachte Regentropfen, und die Wolken hingen tief. Es hatte den Anschein, als habe der Abend einen bitteren Geschmack, den Geschmack von solchem Überdruß, daß selbst die Liebe ihn nicht verjagen konnte.

Sie blieben lange in ihrem Versteck, geschützt unter den Zweigen, und sprachen wenig. Dann hellte es sich auf, und es wurde schön. Sie nahmen an, daß jetzt alles gut ginge.

Und sie begannen, von der Liebe zu reden, Valentine redete und redete...

»Das«, sagte sie, »hat mir mein Verlobter – er war ja wie ein Kind – versprochen: Wir würden sofort ein Haus haben, das wie ein strohgedecktes Bauernhaus einsam in der Landschaft läge. Es stünde schon fertig da, sagte er. Wir würden dort am Abend unserer Hochzeit, zu der Stunde, wo es Nacht wird, wie nach einer langen Reise ankommen. Und auf den Wegen und im Hof, verborgen in den Büschen, würden unbekannte Kinder uns ein Fest bereiten und rufen: ›Es lebe die Braut!‹ ... Was für Narreteien, nicht?«

Bestürzt und erschrocken hörte Meaulnes ihr zu. In alledem entdeckte er so etwas wie das Echo einer schon früher einmal vernommenen Stimme. Und auch in dem Ton, mit dem das junge Mädchen diese Geschichte erzählte, lag leichtes Bedauern.

Aber sie fürchtete, ihn verletzt zu haben. Sie wandte sich lebhaft und mit Zärtlichkeit zu ihm.

»Ihnen«, sagte sie, »möchte ich alles geben, was ich besitze, etwas, was für mich kostbarer ist als alles übrige sonst ... und Sie sollen es verbrennen!«

Damit sah sie ihn starr und ängstlich an und zog ein kleines Päckchen Briefe aus ihrer Tasche, das sie ihm hinreichte, die Briefe ihres Verlobten.

Ach, sofort hatte er die feine Schrift erkannt. Warum war ihm nicht schon früher der Gedanke gekommen! Es war die Schrift von Frantz, dem Gaukler, die er damals auf dem verzweifelten Abschiedsbrief in dem Zimmer des Gutshofes gelesen hatte ...

Sie gingen jetzt auf einem schmalen Weg zwischen Gänseblümchen und Heuwiesen, die von der Fünf-Uhr-Sonne schräg beschienen wurden. Und Meaulnes war derart bestürzt, daß er noch gar nicht völlig begriff, welche Katastrophe dies alles für ihn bedeutete. Er las weiter, weil sie ihn gebeten hatte zu lesen. Kindliche, sentimentale, pathetische Sätze ... Im letzten Brief stand das folgende:

... Ach, Sie haben das kleine Herz verloren, das kann ich Ihnen nicht verzeihen, kleine Valentine! Was wird aus uns werden? Doch ich bin nicht abergläubisch ...

Meaulnes las, halb blind vor Schmerz und Zorn, mit unbewegtem, ganz bleichem Gesicht und einem Zucken um die Augen. Als sie ihn in diesem Zustand erblickte, wurde Valentine unruhig und sah nach, an welcher Stelle er las und was ihn so in Zorn brachte.

»Es handelt sich«, so erklärte sie ihm schnell, »um ein Schmuckstück von ihm; er hatte mich schwören lassen, es für immer zu behalten. Das war so eine seiner verrückten Ideen.«

Aber ihre Bemerkung versetzte Meaulnes in noch größeren Zorn.

»Verrückte Ideen«, sagte er und steckte die Briefe in seine Tasche. »Warum immer wieder dieses Wort? Warum wollten Sie nie an ihn glauben? Ich habe ihn gekannt; er war der wunderbarste Junge auf der Welt!«

»Sie haben ihn gekannt?« fragte sie in höchster Erregung. »Sie haben Frantz de Galais gekannt?«

»Er war mein bester Freund, der Bruder bei meinen Abenteuern, und jetzt habe ich ihm die Braut genommen! Ach«, fuhr er voller Wut fort, »was für ein Unheil haben Sie über uns gebracht, weil Sie an nichts haben glauben wollen. Bei Ihnen liegt die ganze Schuld. Sie haben alles zerstört, alles zerstört!«

Sie wollte mit ihm sprechen, ihn bei der Hand nehmen, aber er stieß sie brutal zurück.

»Gehen Sie weg! Lassen Sie mich!«

»Nun ja, wenn es so steht«, sagte sie stotternd und fast weinend, mit feuerrotem Gesicht, »dann werde ich auch wirklich gehen. Ich werde mit meiner Schwester nach Haus zurückfahren, nach Bourges. Und wenn Sie nicht wiederkommen und mich holen, so wissen Sie ja, daß mein Vater zu arm ist, um mich im Hause zu halten; ich werde wieder nach Paris abreisen, ich werde wieder durch die Straßen ziehen, wie ich es schon einmal getan habe; sicher werde ich ein verlorenes Mädchen; ich habe ja keine Arbeit mehr...«

Und damit ging sie, um ihre Sachen zu holen und den Zug zu nehmen, während Meaulnes ihr nicht einmal zusah, wie sie fortging, sondern aufs Geratewohl weiterschritt.

Wiederum brach das Tagebuch ab.

Es folgten noch einige Entwürfe von Briefen, Briefen eines unentschlossenen, unsicheren Mannes. Nach La Ferté-d'Angillon zurückgekehrt, schrieb Meaulnes an Valentine dem äußeren Anschein nach so, daß er ihr gegenüber seinen Entschluß bestätigte, sie nie mehr wiederzusehen, und daß er die genauen Gründe für diesen Entschluß darlegte, in Wirklichkeit aber vielleicht deshalb, damit sie ihm antworte. In einem dieser Briefe stellte er eine Frage, an die er in seiner Verwirrung zunächst gar nicht gedacht hatte: Wußte sie, wo sich das so sehr gesuchte Gut befand? In einem anderen Brief bat er sie inständig, sich mit Frantz de Galais wieder zu versöhnen. Er selbst wollte es auf sich nehmen, ihn wiederzufinden ... All die Briefe, von denen ich die Entwürfe sah, waren offensichtlich nicht abgesandt worden. Aber zwei- oder dreimal hatte er wohl doch geschrieben und nie eine Antwort erhalten. Dies war für ihn eine Zeit schwerer, harter innerer Kämpfe in völliger Vereinsamung gewesen. Da die Hoffnung, Yvonne de Galais je wiederzusehen, gänzlich geschwunden war, hatte er wohl gespürt, wie sein großer Entschluß schwächer wurde. Und nach den folgenden Seiten – den letzten seines Tagebuchs – zu schließen, stelle ich mir vor, daß er an einem schönen Morgen zu Beginn der Ferien ein Fahrrad mietete und nach Bourges fuhr, um die Kathedrale zu besichtigen.

Er war in der ersten Stunde des Morgens auf der schönen Straße, die gerade durch die Wälder führt, losgefahren und hatte unterwegs tausend Scheingründe erfunden, um, ohne um eine Aussöhnung zu bitten, aufrecht vor die hinzutreten, die er fortgejagt hatte.

Die vier letzten Seiten, die ich zusammenstellen konnte, berichten von dieser Reise und dem letzten Fehler ...

Sechzehntes Kapitel
Das Geheimnis
(Schluß)

25. August. – Nach langem Suchen entdeckte er auf der anderen Seite von Bourges ganz am Ende der neuen Vororte das Haus von Valentine Blondeau. Auf der Türschwelle stand eine Frau – Valentines Mutter – und schien ihn zu erwarten. Sie hatte das breite und faltige, aber noch schöne Gesicht einer guten Hausfrau. Neugierig sah sie ihn herankommen, und als er fragte, ob hier die Demoiselles Blondeau wohnten, erklärte sie ihm sanft und freundlich, daß sie am 15. August nach Paris zurückgefahren seien.

»Sie haben mir ausdrücklich verboten zu sagen, wohin sie gingen«, fügte sie hinzu. »Aber wenn man an ihre alte Adresse schreibt, werden ihnen die Briefe nachgesandt.«

Als er zurückging und das Fahrrad durch den kleinen Garten schob, dachte er:

»Sie ist abgereist ... Alles ist zu Ende, so, wie ich es wollte ... Ich war es, der sie dazu gezwungen hat. ›Ich werde sicherlich ein verlorenes Mädchen‹, hat sie gesagt. Und ich habe sie dazu gebracht! Ich habe die Braut von Frantz ins Unglück gestürzt!«

Und wie von Sinnen wiederholte er immer wieder ganz leise vor sich hin: »Um so besser! Um so besser!« mit dem klaren Bewußtsein, daß es ganz im Gegenteil »um so schlechter« war und daß er vor den Augen dieser Frau, noch bevor er am Gartentor angelangt wäre, mit beiden Beinen stolpern und auf die Knie fallen würde.

Er dachte nicht daran, zu Mittag zu essen, und begab sich in ein Lokal, wo er einen langen Brief an Valentine schrieb, nur um zu schreien, nur um sich von dem verzweifelten Schrei, der ihn erstickte, zu befreien. Immer wieder schrieb er in seinem Brief: »Wie konnten Sie nur! Wie konnten Sie nur! ... Wie konnten Sie sich nur so tief fallenlassen! Wie konnten Sie sich nur auf diese Weise ins Verderben stürzen!«

In seiner Nähe saßen Offiziere und tranken. Einer von ihnen erzählte laut eine Frauengeschichte, von der einzelne Fetzen zu verstehen waren: »... Ich habe ihr gesagt ... Sie sollten mich doch kennen ... Ich mache jeden Abend ein Spiel mit Ihrem Mann!« Die anderen lachten und wendeten den Kopf nach hinten, um hinter ihre Bänke zu spucken. Bleich und staubbedeckt sah Meaulnes sie wie ein Bettler an. Er stellte sich vor, wie sie Valentine auf ihren Knien hielten.

Lange irrte er auf dem Fahrrad um die Kathedrale und sagte zu sich, ohne es klar auszudrücken: »Im Grunde war ich ja wegen der Kathedrale gekommen.« Auf dem verlassenen Platz, zu dem alle Straßen führten, ragte sie gewaltig und gleichgültig empor. Die Straßen waren schmal und verschmutzt wie die Gassen um die Dorfkirchen. Hier und da leuchtete das Kennzeichen eines zweideutigen Hauses, eine rote Laterne ... Meaulnes spürte, daß sein Leid in diesem schmutzigen und lasterhaften Viertel verloren wäre, welches wie in den alten Zeiten unter den Strebepfeilern der Kathedrale Zuflucht gefunden hatte. Die Angst des Landbewohners kam über ihn, ein Widerwillen gegen diese städtische Kirche, in deren verborgenen Ecken alle Laster in Stein gehauen sind, die zwischen den verrufenen Häusern erbaut ist und die für die reinsten Schmerzen der Liebe kein Heilmittel kennt.

Zwei Mädchen gingen eng umschlungen vorüber und sahen ihn herausfordernd an. Aus Abscheu oder zum Spiel, um sich an seiner Liebe zu rächen oder um sie zu ruinieren, fuhr Meaulnes langsam mit dem Fahrrad hinter ihnen her, und eine der beiden, ein jämmerliches Geschöpf, dessen dünne blonde Haare mit einem falschen Knoten nach hinten gezogen waren, gab ihm für sechs Uhr im erzbischöflichen Garten ein Stelldichein, in dem Garten, in dem sich Frantz in einem seiner Briefe mit der armen Valentine verabredet hatte.

Er sagte nicht nein, weil er genau wußte, daß er die Stadt zu dieser Stunde schon längst verlassen haben würde. Von ihrem niedrigen Fenster in der abschüssigen Straße winkte sie ihm noch lange undeutlich nach.

Er hatte es eilig damit, sich wieder auf den Heimweg zu machen.

Doch bevor er abfuhr, konnte er dem schmerzlichen Verlangen, ein letztes Mal an Valentines Haus vorbeizufahren, nicht widerstehen. Er sog alles mit seinen Augen auf und konnte einen Vorrat an Traurigkeit mitnehmen. Es war eines der letzten Häuser in der Vorstadt, von da an wurde die Straße zu einer Landstraße... Gegenüber bildete eine Art unbebautes Gelände so etwas wie einen kleinen Platz. Niemand war am Fenster oder auf dem

Hof zu sehen, niemand. Nur ein schmutziges, stark gepudertes Mädchen ging eine Mauer entlang und zerrte zwei zerlumpte Jungen mit sich.

Hier hatte sich Valentines Jugend abgespielt, hier hatte sie angefangen, die Welt mit ihren vertrauensvollen und klugen Augen anzusehen. Hinter diesen Fenstern hatte sie gearbeitet und genäht. Und in dieser Vorortstraße war Frantz vorübergegangen, um sie zu sehen und ihr zuzulächeln. Aber jetzt war da nichts mehr, nichts... Der traurige Abend hielt noch an, und Meaulnes wußte nur das eine, daß Valentine an diesem gleichen Nachmittag, verlassen und verloren, den gleichen traurigen Platz in ihrer Erinnerung vorüberziehen ließ, zu dem sie nie mehr zurückkehren würde.

Die lange Strecke, die er bei der Heimfahrt noch vor sich hatte, sollte die letzte Zuflucht gegen seinen Schmerz sein, die letzte Möglichkeit, sich gewaltsam abzulenken, bevor er gänzlich in diesem Schmerz versinken würde.

Er fuhr los. Im Tal, nicht weit von der Landstraße, zeigten wunderschöne Bauernhäuser zwischen den Bäumen am Uferrand ihre spitzen, mit grünen Spaliergittern geschmückten Giebel. Vermutlich sprachen dort unten auf den Rasenflächen junge Mädchen aufmerksam von der Liebe. Dort unten wohnten, so stellte er es sich vor, Seelen, schöne Seelen...

Aber für Meaulnes gab es in diesem Augenblick nur eine Liebe, jene unbefriedigte Liebe, die so grausame Schläge hatte erfahren müssen; und das einzige von allen jungen Mädchen, das er hätte beschützen und retten müssen, hatte er eben ins Verderben gejagt.

Einige flüchtig hingeschriebene Zeilen des Tagebuchs machten mir noch klar, daß er den Plan gefaßt hatte, Valentine um jeden Preis wiederzufinden, bevor es zu spät wäre. Ein Datum am Rand einer Seite brachte mich zu der Annahme, daß dies der Zweck der langen Reise war, für die Madame Meaulnes gerade die Vorbereitungen traf, als ich nach La Ferté-d'Angillon kam und alles durcheinanderbrachte. An einem schönen Morgen gegen Ende August war Meaulnes gerade dabei, in dem früheren Bürgermeisteramt seine Erinnerungen und seine Pläne zu notieren, als ich die Tür aufstieß und ihm die große Neuigkeit überbrachte, die er nicht mehr erwartete. Er war wieder von seinem alten Abenteuer gepackt und gebannt worden, ohne daß er es gewagt hätte, etwas zu unternehmen oder zu gestehen. Gewissensbisse, Schmerz und Kummer, einmal unterdrückt, dann wieder übermächtig hochgekommen, hatten hier ihren Anfang genommen bis zu dem Hochzeitstag, als der Ruf des Gauklers aus dem Tannenwald ihm auf dramatische Weise seinen ersten Schwur als junger Mann wieder ins Gedächtnis gerufen hatte.

In dasselbe Aufsatzheft hatte er vor Morgengrauen noch eilig einige Worte gekritzelt, bevor er, mit ihrer Erlaubnis – aber für immer – Yvonne de Galais verließ, die am Tag zuvor seine Frau geworden war:

»Ich gehe. Ich muß die Spur der beiden Gaukler finden, die gestern in den Tannenwald gekommen und mit dem Fahrrad nach Osten gefahren sind. Ich komme erst dann zu Yvonne zurück, wenn ich Frantz und Valentine verheiratet mitbringen und in Frantz' Haus unterbringen kann.

Diese Aufzeichnungen, die ich als geheimes Tagebuch begonnen habe und die zu meiner Beichte geworden sind, werden, falls ich nicht zurückkehre, Eigentum meines Freundes François Seurel.«

Es war wohl so gewesen, daß er das Heft in Eile unter die anderen geschoben, daß er dann seinen kleinen, alten Schülerkoffer abgeschlossen hatte und verschwunden war.

Epilog

Die Zeit verging. Ich verlor die Hoffnung, meinen Gefährten jemals wiederzusehen, und trübsinnig verstrichen die Tage in der Dorfschule, traurig in dem verlassenen Haus. Frantz erschien nicht zu dem Treffen, das ich mit ihm vereinbart hatte, und im übrigen wußte meine Tante Moinel schon seit langem nicht mehr, wo Valentine wohnte.

Die einzige Freude in Les Sablonnières wurde bald schon das kleine Mädchen, das wir hatten retten können. Gegen Ende September zeigte es sich, daß sie sogar ein kräftiges und hübsches Mädchen zu werden versprach. Sie wurde bald ein Jahr alt; sie klammerte sich an den Stäben der Stühle fest und schob diese ganz allein vor sich her, wobei sie zu laufen versuchte und sich nichts daraus machte, wenn sie hinfiel; der Lärm, den sie veranstaltete, hallte lang und dumpf in dem verlassenen Gebäude wider. Wenn ich sie in den Arm nahm, wollte sie keinen Kuß von mir haben. Sie besaß eine wilde und zugleich reizende Art, herumzuzappeln und mit der offenen kleinen Hand mein Gesicht wegzudrücken, wobei sie laut herauslachte. Mit ihrer ganzen kindlichen Fröhlichkeit und Lebhaftigkeit schien es so, als würde sie den Kummer verjagen, der seit ihrer Geburt auf dem Haus lag. Ich sagte mir manchmal: »Vielleicht wird sie trotz ihrer wilden Art doch ein wenig auch mein Kind ...« Aber wieder einmal entschied die Vorsehung anders.

An einem Sonntagmorgen gegen Ende September war ich sehr früh aufgestanden, noch vor der Bäuerin, die auf das kleine Mädchen aufpaßte. Ich hatte vor, mit zwei Männern aus Saint-Benoist und mit Jasmin Delouche am Cher zu angeln. Es kam nicht selten vor, daß sich die Dorfbewohner der Umgebung auf diese Weise verabredeten, um auf größeren Ausflügen ohne Erlaubnis zu fischen: nachts mit der bloßen Hand oder auch mit den verbotenen Wurfnetzen ... Im Sommer zogen wir an den freien Tagen schon in der Morgendämmerung los und kehrten erst gegen Mittag nach Hause zurück. Für die meisten dieser Männer war das der Broterwerb. Für mich bildete es den einzigen Zeitvertreib, die einzigen Abenteuer, die mich an die von früher erinnerten. Und schließlich hatte ich an diesen Ausflügen sogar Gefallen gefunden, an dem ausgiebigen Fischen längs des Flusses oder im Schilf des Sees.

An diesem Morgen nun stand ich bereits um halb sechs Uhr vor dem Haus in einem kleinen Schuppen, der an der Mauer zwischen dem englischen Garten von Les Sablonnières und dem Gemüsegarten des Pachthofes lehnte. Ich war damit beschäftigt, die Netze zu entwirren, die ich am Donnerstag zuvor auf einen Haufen geworfen hatte.

Es war noch nicht ganz hell in der frühen Dämmerung des schönen Septembermorgens, und der Schuppen, in dem ich eilig mein Gerät herrichtete, lag noch halb im Dunkeln.

Ich stand schweigend da und arbeitete, als ich plötzlich vernahm, wie das Gartentor geöffnet wurde und Schritte im Kies knirschten.

»Oh!« dachte ich mir, »meine Leute kommen früher, als ich angenommen hatte. Und ich bin nicht fertig! ...«

Aber der Mann, der da in den Hof hereinkam, war mir nicht bekannt. Soweit ich es erkennen konnte, war es ein großer, bärtiger Bursche, der wie ein Jäger oder ein Wilderer gekleidet war. Statt mich dort zu suchen, wo die anderen bei unseren morgendlichen Treffen mich immer zu finden wußten, ging er direkt zur Eingangstür.

»Gut!« dachte ich, »es ist einer ihrer Freunde, den sie, ohne mich zu informieren, eingeladen und vorausgeschickt haben.«

Der Mann drückte vorsichtig, ohne Lärm zu machen, die Türklinke herunter, aber ich hatte die Tür sofort nach dem Hinausgehen wieder abgeschlossen. Er versuchte es nun am Kücheneingang; dann zögerte er einen Augenblick und wandte mir sein besorgtes Gesicht zu, das vom Dämmerlicht beleuchtet wurde. Erst in diesem Moment erkannte ich den großen Meaulnes wieder.

Lange blieb ich an Ort und Stelle stehen, erschrocken und verzweifelt, und plötzlich packte mich wieder der ganze Schmerz, der durch seine Rückkehr wachgerufen wurde. Er war derweilen hinter dem Haus verschwunden, ging darum herum und kehrte dann zögernd wieder zurück.

Da ging ich auf ihn zu und umarmte ihn unter Tränen. Er hatte sofort verstanden:

»Ach!« sagte er nur kurz, »sie ist tot, nicht wahr?«

Und so blieb er da stehen, stumm, unbewegt und erschreckend. Ich nahm ihn am Arm und zog ihn vorsichtig zum Haus. Es war jetzt hell. Um das Schlimmste sofort hinter uns zu bringen, führte ich ihn die Treppe zum Zimmer der Toten hinauf. Kaum war er eingetreten, fiel er vor dem Bett auf die Knie und verharrte lange, den Kopf in den Armen vergraben, in dieser Haltung.

Endlich stand er wieder auf, schwankend, mit wirrem Blick, ohne zu wissen, wo er war. Und wieder nahm ich ihn beim Arm und führte ihn zu der Tür, die in das Zimmer des kleinen Mädchens führte. Während die Amme noch unten weilte, war sie von selbst aufgewacht und hatte sich von allein in ihrer Wiege aufgesetzt. Wir konnten gerade ihren Kopf sehen, der sich uns erstaunt zuwandte.

»Das ist deine Tochter«, sagte ich.

Er schrak zusammen und sah mich an.

Dann ergriff er sie und nahm sie in seine Arme. Anfangs konnte er sie gar nicht gut sehen, weil er weinen mußte. Um seine große Rührung und die Flut der Tränen abzuwehren, wandte er sich mit gesenktem Kopf zu mir und sagte, indem er sie auf seinem rechten Arm eng an sich gedrückt hielt:

»Ich habe sie mitgebracht, die beiden anderen... Geh und besuche sie in ihrem Haus!«

Und tatsächlich, als ich am frühen Morgen, ganz in Gedanken und beinahe glücklich zu Frantz' Haus ging, das Yvonne de Galais mir damals in verlassenem Zustand gezeigt hatte, bemerkte ich aus der Ferne eine junge Hausfrau mit einem runden Kragen, die die Türschwelle kehrte. Für ein paar kleine Kuhhirten, die im Sonntagsgewand zur Messe gingen, war sie ein Gegenstand der Neugierde und der Begeisterung...

Inzwischen wurde es dem kleinen Mädchen zuviel, immer so gedrückt zu werden, und da Augustin den Kopf zur Seite wandte, um seine Tränen zu verbergen und versiegen zu lassen, und da er sie deshalb nicht ansah, klatschte sie ihm kräftig mit ihrer kleinen Hand auf den feuchten, bärtigen Mund.

Und jetzt hob der Vater seine Tochter hoch in die Luft

und ließ sie mit ausgestreckten Armen hin- und hertanzen. Da klatschte sie zufrieden in die Hände...

Ich war ein bißchen zurückgetreten, um die beiden besser betrachten zu können. Ich war etwas enttäuscht, aber auch entzückt, weil mir klar wurde, daß das kleine Mädchen jetzt endlich den Gefährten gefunden hatte, auf den es unbewußt gewartet hatte. Ich spürte genau, daß Meaulnes zurückgekommen war, um mir die einzige Freude zu nehmen, die er mir noch gelassen hatte. Und schon stellte ich mir vor, wie er in der Nacht seine Tochter in einen Mantel hüllt und mit ihr zu neuen Abenteuern davonzieht.

Nachwort

Der Autor des *Großen Meaulnes* (auszusprechen wie »Mohn«) hieß eigentlich Henri-Alban Fournier und wurde am 3. Oktober 1886 in La Chapelle-d'Angillon, einem kleinen Ort nördlich von Bourges, zwischen Cher und Loire, geboren, also in der Gegend zwischen dem Berry und der Sologne, in der sein Roman spielt. Die Eltern waren Lehrer, und in dem Milieu der ländlichen Volksschule wuchsen die Kinder auf – der drei Jahre jüngeren Schwester Isabelle ist das Werk gewidmet.

Im Alter von zwölf Jahren besuchte Fournier zunächst das Lycée Voltaire in Paris und wechselte 1901 auf ein Gymnasium in Brest, um sich dort auf die *Ecole Navale* vorzubereiten. Er verzichtete aber bald auf die Laufbahn eines Marineoffiziers, ging auf ein Gymnasium in Bourges, bis er 1903 ein Stipendium erhielt, um das angesehene Lycée Lakanal in Sceaux im Süden von Paris zu besuchen. In dem literarischen Zweig des Gymnasiums lernte er den Freund kennen, mit dem er im engsten Gedankenaustausch in allen Fragen der Kunst blieb, Jacques Rivière (1886–1925), der 1909 die Schwester Isabelle heiratete.

Am 1. Juni 1905, dem Himmelfahrtstag, hatte der Schüler jenes Erlebnis, das der Auslöser seines Romans wurde: Er begegnete auf der Treppe des Grand Palais in Paris einer hochgewachsenen, blonden jungen Frau. Von ihrer ungewöhnlichen Schönheit getroffen, folgte er ihr über die Seine ins Quartier Latin, und es gelang ihm in den folgenden Tagen, sie wiederzusehen und ein Gespräch am Ufer der Seine mit ihr zu führen. Yvonne de Quièvrecourt lebt weiter als die Yvonne de Galais des Romans, und bis zu dessen Fertigstellung acht Jahre später beherrschte diese Begegnung die Gedanken Fourniers.

Ab 1906 besuchte er das Lycée Louis-le-Grand in Paris, um sich auf ein Studium an der *Ecole Normale Supérieure* vorzubereiten. Wider Erwarten hatte er aber bei dem Aufnahmewettbewerb 1907 keinen Erfolg. Bevor er im Herbst seinen Militärdienst antrat, begab er sich nochmals zu dem Haus der nicht wiedergesehenen Schönheit, mußte aber von dem Concierge erfahren, daß sie inzwischen verheiratet sei.

In den der Militärzeit folgenden Jahren verzichtete Fournier nach einer mißlungenen Englisch-Prüfung auf eine Anstellung im Staatsdienst und arbeitete unter anderem als freier Mitarbeiter für eine Pariser Zeitung und zugleich an seinem Roman, der allmählich Gestalt annahm. Bevor er 1913 in der renommierten *Nouvelle Revue Française* (NRF), zu deren Mitbegründern 1909 der Freund Rivière gehörte, veröffentlicht wurde, kam es im Mai in Rochefort zu der ersehnten Wiederbegegnung mit Yvonne de Quièvrecourt, die mittlerweile Mutter zweier Kinder war. Sie gestand ihm, daß auch sie noch lange an ihre Begegnung zurückgedacht, sich aber damals schon gebunden gefühlt habe. Fournier berichtete ihr von dem bald erscheinenden Roman und bekannte seinerseits, daß der Gedanke an sie sein Leben in den acht Jahren seit ihrer ersten Begegnung erfüllt habe.

Als im folgenden Jahr der Erste Weltkrieg ausbrach, rückte Fournier als Leutnant mit seiner Truppe aus dem Département Gers aus und traf am 22. September 1914 in einem Waldstück bei les Eparges, das auf den Maashöhen von Verdun liegt, auf die Deutschen. Nach dem Gefecht wurden 21 Franzosen vermißt gemeldet. Sie, und unter ihnen Alain-Fournier, wurden erst 1991 in einem gemeinsamen Grab entdeckt, identifiziert und am 10. November 1992 in Anwesenheit ihrer Nachkommen auf einem Soldatenfriedhof beigesetzt.

1924 veröffentlichte Rivière unter dem Titel *Miracles* Gedichte und Erzählungen von Alain-Fournier mit einer ausführlichen Einleitung, in der er darstellte, welche Autoren Alain-Fournier beeinflußt haben. Nach dem Tod ihres Mannes hat Isabelle Rivière dann 1926–28 in der NRF den Briefwechsel der beiden Freunde veröffentlicht, der mit einem

Brief Rivières 1905 einsetzt und mit dem Brief Alain-Fourniers vom 13. Juli 1914 endet. Er umfaßt nicht weniger als vier Bände und zeugt von der engen Geistesverwandtschaft der beiden Männer. Zugleich enthält er zahlreiche Hinweise zum Verständnis des *Großen Meaulnes.*

Der große, von zahlreichen Schriftstellern bezeugte Erfolg des Werkes, der in der Zahl von fast vier Millionen seit dem Erscheinen verkauften Exemplaren allein in Frankreich zum Ausdruck kommt, beruht nicht nur darauf, daß es den Erwartungen der Leser seiner Zeit entsprach, sofern sie sich vom realistischen und naturalistischen Roman ab- und neuen Formen des Erzählens zuwandten. Auch die mit der Jugendbewegung verbundene Aufwertung von Kindheit und Jugend genügt nicht zur Erklärung dieser Resonanz. Der Erste Weltkrieg unmittelbar nach dem Erscheinen des Romans hatte der Revolte gegen die Welt der Erwachsenen ein Ende gesetzt, so daß bei aller Analogie zwischen der Jugendbewegung und der Verherrlichung der Jugend im *Großen Meaulnes* dessen Anerkennung als ein Meisterwerk der Literatur in dem Zeitgeist keine ausreichende Erklärung findet. Die Gründe für den Erfolg des Romans sind in erster Linie in ihm selbst zu suchen.

Sein zeitloser Reiz beruht auf dem übergangslosen Wechsel von Realität und Unwirklichkeit, von äußerster, liebevoll ausgearbeiteter Präzision in der Darstellung von Personen, Landschaften, Stimmungen und der märchenhaften Welt der Kindheit und Jugend, die ihren Höhepunkt bei dem von den Kindern gestalteten Fest auf dem einsamen Landgut findet. Als sich im dritten Teil des Romans für Meaulnes die Gelegenheit bietet, die angebetete Frau endlich zu finden, da zögert er, weil er damals einen »Grad von Reinheit und Vollkommenheit« erreicht hatte wie nie wieder später; und zugleich macht ihn diese Erkenntnis unfähig, die Realität des Lebens zu akzeptieren: »Aber wie könnte ein Mensch, der einmal einen Sprung in das Paradies gemacht hat, danach wieder so leben wie alle anderen?«

Das Paradies, das ist die Welt der Gäste des Festes, die in völliger Harmonie zusammen feiern und unter denen nicht einer ist, zu dem Meaulnes nicht Vertrauen gehabt hätte. Selbst in der kalten Jahreszeit wird es möglich, eine Bootsfahrt zu unternehmen, bei der der Held der Erzählung der idealisierten Frau begegnet. Das Bild erinnert an Watteau, an die künstlerischen Wunschvorstellungen des 18. Jahrhunderts mit ihrer Verwandlung der Wirklichkeit in eine überhöhte, erotische Traumwelt. Das Spiel der Masken, die Hindernisse für die Liebenden durch Irrtümer und falsch verstandene Nachrichten weisen auf die Komödien Marivaux' hin. In dem Roman Alain-Fourniers erscheint noch einmal, bevor der Weltkrieg den schönen Traum zerstörte, das alte Bild Arkadiens, in dem die Menschen mit sich und der Natur in Harmonie leben. Arm und Reich werden ohne Unterschied zu dem Fest der Kinder eingeladen.

Während Meaulnes nicht bereit ist, sich den Anforderungen der Lebenspraxis zu stellen, und, wie es sein Freund François vorhersieht, eines Tages auch mit seinem kleinen Kind zu neuen Abenteuern aufbrechen wird, verbleiben die anderen Personen in der ländlichen Welt, die Alain-Fournier mit großer Intensität darstellt: Die Schule der Dritten Republik mit ihrer materiellen Armseligkeit und ihrem hohen Anspruch, die verlorenen Dörfer der Sologne, die Freuden des Ausflugs zum Bad in dem sauberen Fluß, der Laden des Onkels in der Kleinstadt und immer wieder die weite Landschaft in ihrem jahreszeitlichen Wandel. Vor diesem Hintergrund gewinnt Meaulnes' Abenteuer seine Besonderheit, die auch heute nichts von ihrer Faszination verloren hat.

Peter Schunck

Inhalt

ERSTER TEIL

ZWEITER TEIL

DRITTER TEIL

Französische Erzähler

IN RECLAMS UNIVERSAL-BIBLIOTHEK

Alain-Fournier: *Der große Meaulnes.* 270 S. UB 9304

Balzac, Honoré de: *Das Chagrinleder.* 341 S. UB 2440 – *Eugénie Grandet.* 240 S. UB 2108 – *Die Frau von dreißig Jahren.* 263 S. UB 1963 – *Oberst Chabert.* 116 S. UB 2107 – *Vater Goriot.* 360 S. UB 2268

Chateaubriand, François René de: *René. Atala.* 131 S. UB 976

Constant, Benjamin: *Adolphe.* 141 S. UB 8452

Daudet, Alphonse: *Briefe aus meiner Mühle.* 208 S. UB 3227 – *Die wunderbaren Abenteuer des Herrn Tartarin aus Tarascon.* 148 S. UB 1707

Diderot, Denis: *Jacques der Fatalist.* 360 S. UB 9335 – *Rameaus Neffe.* 189 S. UB 1229

Fénelon, François de: *Die Abenteuer des Telemach.* 512 S. UB 1327

Flaubert, Gustave: *Drei Erzählungen.* 191 S. UB 8972 – *Madame Bovary.* 454 S. UB 5666 – *Salammbô.* 366 S. UB 1650

Gide, André: *Die Pastoral-Symphonie.* 79 S. UB 8051

Goncourt, Jean: *Renée Mauperin.* 117 S. UB 8625

Huysmans, Joris-Karl: *Gegen den Strich.* 317 S. UB 8754 – *Tief unten.* 375 S. UB 8984

La Fayette, Marie-Madeleine v.: *Die Prinzessin von Clèves.* 236 S. UB 7986

Maupassant, Guy de: *Bel-Ami.* 416 S. UB 9686 – *Fettklößchen.* 70 S. UB 6768 – *Novellen.* 312 S. UB 4297 (auch geb.) – *Der Schmuck. Der Teufel. Der Horla.* 63 S. UB 6795

Mérimée, Prosper: *Carmen.* 86 S. UB 1602 – *Colomba.* 176 S. UB 1244 – *Mateo Falcone / Das Blaue Zimmer.* (Zweispr.) 80 S. UB 9795

Montesquieu: *Persische Briefe.* 384 S. UB 2051

Murger, Henry: *Boheme.* Szenen aus dem Pariser Künstlerleben. 399 S. UB 1534

Perrault, Charles: *Sämtliche Märchen.* 141 S. UB 8355

Prévost, Antoine-Françoise: *Manon Lescaut.* 208 S. UB 937

Proust, Marcel: *Combray.* 255 S. UB 8620

Rabelais, François: *Gargantua.* 279 S. UB 8764

Robbe-Grillet, Alain: *Die Jalousie oder die Eifersucht.* 133 S. UB 8992

Rodenbach, Georges: *Das tote Brügge.* 96 S. UB 5194

Rousseau, Jean-Jacques: *Emile.* 1030 S. UB 910

Saint-Exupéry, Antoine: *Durst.* 62 S. UB 7847

Stendhal: *Armance.* 223 S. UB 5090

Voltaire: *Candid.* 120 S. UB 6549 – *L'Ingénu / Der Freimütige.* (Zweispr.) 256 S. UB 7909

Zola, Emile: *Germinal.* 622 S. UB 4928 – *Therèse Raquin.* 271 S. UB 9782

Philipp Reclam jun. Stuttgart